Nordseewellen
und
Treibholzliebe

© Julia Beylouny 2025

Als Ebook erschienen im Ullstein Digital Verlag

Bibliografische Information der Deutschen Nationalbibliothek:
Die Deutsche Nationalbibliothek verzeichnet diese Publikation
in der Deutschen Nationalbibliografie;
detaillierte bibliografische Daten sind im Internet über:
//dnb.dnb.de abrufbar.

Verlag: BoD · Books on Demand GmbH,
In de Tarpen 42, 22848 Norderstedt, bod@bod.de
Druck: Libri Plureos GmbH, Friedensallee 273,
22763 Hamburg

Covergestaltung: Lorenz Emmerich

ISBN: 978-3-7693-6827-7

Prolog ✂ Romina, 2024

Was tue ich hier eigentlich? Mein Spiegelbild schaut mich vorwurfs-
voll an. Wie konnte ich mich bloß auf so etwas einlassen?
Das ist doch gar nicht meine Art. Ich erkenne mich kaum wieder.
„So bist du nicht", flüstere ich mir zu und versuche verzweifelt,
eine Erklärung für mein Verhalten zu finden. Vielleicht hat das
Bedürfnis, meiner besten Freundin helfen zu wollen, mein Urteils-
vermögen außer Kraft gesetzt. Oder ist es das, was wahre Freundschaft ausmacht?

Jetzt, da ich mich selbst betrachte, mich für diesen Betrug auch
noch herausputze, fällt es mir wie Schuppen von den Augen. Dass
es nicht richtig ist. Dass es gemein und hinterhältig ist. Dass ich
im Begriff bin, jemanden bewusst zu täuschen und seine hilflose
Situation auszunutzen. Und das Schlimmste daran ist: Ich kann
nichts mehr dagegen tun. Meine Knie schlottern, und mir ist ganz
schlecht vor Anspannung.

„Schäm dich, Romina!", sage ich, während ich in die blauen Augen
meines Spiegelbildes sehe. Widerwillig greife ich zum Mascara und
schminke mich. Wieso überhaupt? Er wird mich nicht mal sehen.

Ich könnte Sybille die Schuld an meiner Situation zuweisen. Ja, das
wäre einfach. Das würde mein Gewissen beruhigen.

Nein. Ich drehe den Mascara zu und schiebe ihn zurück ins
Schränkchen. Nein, ich habe zugesagt. Aus freien Stücken. Ich
hätte das nicht tun müssen. Hab ich aber.

Kapitel 1 ✂ Romina, 2024

Ich liebe den Geruch und die Haptik von Stoffen. Das Gefühl, wenn Textilien vom Rattern und Surren meiner Nähmaschine begleitet unter der Nadel herlaufen. Wie ein Fluss aus Gewebe, der im Lichtschein durch meine Hände strömt.

Manchmal, wenn ich allein in der Schneiderei bin, schließe ich die Augen und inhaliere die Gerüche der verschiedenen Stoffe. Jedes Material erzählt eine Geschichte, bringt Erinnerungen mit sich.

Leder: herb und aromatisch. Das riecht nach Freiheit und nach Papa, an den ich mich als Kind auf sonntäglichen Motorradausflügen geschmiegt habe.

Leinen: der Duft, wenn Omas Apfelkuchen unter dem Tuch abkühlte.

Brokat und Tartan: Schottland und Whisky. Sie stehen für die schweren Vorhänge im Glasgower Nobelhotel und den angetrunkenen Kerl im Kilt, der mich im Pub geküsst hat.

Frottee: das kuschlige Spannbettlaken in kalten Winternächten, wenn ich bei meinen Cousinen übernachtet habe und Tante Mia uns aus *Hörbe mit dem großen Hut* oder *Madita* vorgelesen hat.

In solchen Momenten bin ich sicher, dass der Beruf der Schneiderin mich mehr erfüllt als alles, was ich sonst hätte tun können.

Jetzt muss ich mich aber sputen, denn es ist gleich fünf, und dann schließen wir. Ich muss noch schnell einen Knopf an einem Hemd annähen, denn der Kunde will es noch heute abholen. Er muss jeden Moment hier sein. Max Koch ist ein Stammkunde unserer

Schneiderei. Allein beim Gedanken an ihn bekomme ich weiche Knie. In Windeseile suche ich nach einem passenden Vierloch-knopf und weißem Garn. Dabei stelle ich mir vor, wie Max Koch in diesem Hemd aussieht. Zu welchem Anlass er es wohl trägt und ob am Stoff noch ein Hauch seines Parfums haftet. Meine Nase wäre ja prädestiniert dazu, es herauszufinden, aber … Ich schüttle den Gedanken schnell ab und nähe zügig weiter. Zu einem weißen Hemd kann er alles tragen. Eine rote Krawatte würde bei seinen pechschwarzen Haaren gigantisch aussehen. In diesem Moment bimmelt die Türglocke. Ich schaue hastig auf und bin erleichtert, dass es nur Sybille ist mit ihrem ausgelassenen „Hallöchen!".

Seit unserer Ausbildung sind wir beste Freundinnen, obwohl wir grundverschieden sind. Sybille mit ihren langen blonden Locken, die bei jeder Bewegung wie vergoldete Sprungfedern auf und ab wippen. Im Gegensatz zu mir weiß sie ihre blauen Augen beim Flirten perfekt einzusetzen. Neben ihr komme ich mir manchmal wie ein graues Mäuschen vor.

„Hi", begrüße ich sie.

Sybille schiebt ein Stück Leinenstoff zur Seite und setzt sich auf meinen Nähtisch. Sie zückt ihr Handy und tippt etwas. Dabei strahlt sie übers ganze Gesicht.

Im ersten Moment bin ich über ihr Verhalten verwundert, aber gleich darauf fällt mir wieder ein, dass es ja Sybille ist. Da sollte mich gar nichts mehr wundern. Ich schneide den Faden ab und glätte das Hemd. Geschafft! Jetzt kann der Kunde kommen.

Meine beste Freundin schmachtet noch immer ihr Smartphone an. Ich frage mich, wieso sie hergekommen ist. Nur um am Handy zu tippen?

„Wie geht's denn so, und wie war dein Urlaub?", will ich wissen.

„Ich kann auch abschließen. Du hättest an deinem letzten freien Tag nicht extra vorbeikommen müssen."

„Oh, Romina! Hab ich dir das eigentlich schon erzählt?", fragt sie, ohne auf meine Frage oder den Kommentar einzugehen. Ihre Augen glänzen.

„Kommt drauf an, was du meinst."

„Ich hab jemanden kennengelernt ..."

Klar. Sybille lernt ständig wen kennen. Ich greife nach einem Kleiderbügel, hänge das Hemd auf und starre es sehnsüchtig an. Ach, wenn ich doch auch behaupten könnte, jemanden kennengelernt zu haben. Aber ich bemühe mich, nicht neidisch zu sein. Mann, ist das schwer! In Gedanken sehe ich Max Koch vor mir. Der gefällt mir. Ehrlich.

Wie aufs Stichwort bimmelt die Türglocke. Da ist er, gekommen, um sein Hemd abzuholen. Ich lehne mich an das Regal hinter mir, als der Duft von Pinienwäldern in meine Nase steigt. Tief inhaliere ich ihn. Ich liebe sein Lächeln, das nicht mir gilt. Seine Bernsteinaugen, die unter den schwarzen Brauen hervorstechen. Seine geheimnisvolle Ausstrahlung. Wie gut, dass Sybille gekommen ist, sonst hätte ich ganz sicher doch an dem Hemd gerochen. Ich fürchte, ich hätte meine Nase nie wieder aus dem Stoff bekommen.

„Gu-Guten Abend", stammle ich.

„Hallo, guten Abend."

Er hat ein Grübchen am Kinn, das mich so verzückt, dass ich ihn auf der Stelle küssen will. Aber wie wohl jeder männliche Stammkunde dieser Schneiderei kommt auch er sicher nur wegen Sybille. „Hi!", ruft sie in seine Richtung, ohne vom Handy aufzusehen.

„Ist mit meinem Hemd alles in Ordnung?", fragt er etwas verunsichert und schaut mir in die Augen.

„Klar, es duftet … äh, es ist dufte! Ich meine, es ist fertig! Wie versprochen. War ein Klacks. Wieso fragen Sie?"

„Nur so. Ich habe es ziemlich eilig und wollte sichergehen, dass alles gut ist."

„Ist es", versichere ich ihm, während ich nervös meine spröden Haare mit den Fingern durchkämme.

„Gut, was bekommen Sie?" Er zückt sein Portemonnaie, während ich das Hemd vom Bügel nehme, es ordentlich zusammenlege und ihm hinschiebe. Hoffentlich bemerkt er nicht, dass meine Finger vor Aufregung zittern.

„Oh! Lassen Sie mal, das geht aufs Haus. Ein einzelner Knopf, das ist … nicht der Rede wert."

Zum ersten Mal habe ich das Gefühl, dass sein Lächeln doch mir gelten könnte.

Wenig später sind Sybille und ich wieder allein im Laden. Ich nehme meine Schlüssel und gehe zur Tür. Feierabend. Mit einem Seufzen schaue ich Max Koch durchs Schaufenster nach, bis er hinter den Häuserblocks verschwindet.

„Das Licht an deiner Nähmaschine ist noch an", bemerkt Sybille. „Und da liegen Stoffe auf dem Tisch, die solltest du besser zusammenfalten und ins Regal packen."

Max Kochs Geruch hängt noch immer in der Luft. Dieses Parfum ist einzigartig. Ich würde es unter Tausenden sofort erkennen. Ich bilde mir gern ein, dass er meinetwegen herkommt. Denn ganz sicher mag er Frauen mit schmalen Lippen, Schlupflidern und langweilig herabhängenden schwarzen Haaren. Er sieht nämlich nicht wie alle anderen Männer nur das Äußere, sondern erkennt die innere, wahre Schönheit eines Menschen.

„Erde an Romina!"

„Hm?"

Ich schaue mich nach Sybille um. Hat sie mich gerade ausgelacht, oder grinst sie noch immer wegen ihrer neuen Onlinebekanntschaft?

„Ich spreche jetzt mal kurz als Inhaberin dieser Schneiderei und als deine Chefin. Nicht als Freundin, okay?", sagt sie mit plötzlich ernstem Ton.

„Okay."

„Wenn du neuerdings jedem Kunden die Kosten erlässt, kann ich dich bald nicht mehr bezahlen, alles klar?"

„Ich ... *jedem* Kunden? Das war nur ein Knopf!"

Sybille schaut mich sehr ernst an, nur um dann einen Lachanfall zu bekommen. „Sprich ihn doch endlich mal an!"

„Was? Wen denn?"

„Glaubst du, ich bin blöd? Also ewig wird der bestimmt nicht frei sein."

„Worauf soll ich ihn denn ansprechen? Etwa auf den Knopf?"

Sybille prustet und schwingt sich vom Nähtisch.

„Dir kann man nicht helfen."

„Ach, der hat doch eh kein Interesse an mir. Erzähl mir lieber von deinem Neuen."

Darin ist sie Profi. Im Kennenlernen und Chatten und Speed-Daten und – leider auch im Enttäuschtwerden.

Sybille seufzt selig.

„Diesmal ist es der Richtige, da bin ich ganz sicher."

Auch das höre ich nicht zum ersten Mal.

Ich knipse das Licht an meiner Maschine aus, falte die Stoffe und schiebe sie ins Regal. Dann begleite ich Sybille aus der Tür.

„Er heißt Magnus und ist Däne."

„Däne also. Freut mich für dich. Alles Gute, Bille!"

„Danke. Wir schreiben echt viel. Er hat einen grandiosen Humor!"

„Ich muss jetzt zuschließen, sonst bekomme ich Stress mit meiner Chefin. Die kennt da keine Gnade, weißt du."

„Hey!" Sie packt mich an den Schultern. „Wenn ich mal ein Date mit ihm hab, dann kommst du mit. Du und der Koch! Was meinst du? Ein Viererdate!"

Diesmal pruste ich unvermittelt los.

„Du hattest noch kein Date mit ihm?", will ich wissen.

Der Schlüssel bringt das Schloss zum Klicken.

„Nein!" Sybille quiekt. „Ist das nicht aufregend?! Ich hab ihn erst vor Kurzem über die *Lovebirds-App* kennengelernt. Er lebt halt in Dänemark, da haben wir noch keinen Termin gefunden. Ich meine, er arbeitet, ich arbeite. Aber das macht es doch nur interessanter, findest du nicht?"

„Er könnte jemand anders sein, als er vorgibt zu sein", gebe ich zu bedenken. „Manchmal sind die Menschen, die man zu kennen glaubt, nicht die, für die man sie hält."

„Spinnst du jetzt?! Oder bist du eifersüchtig?"

„Kannst du das Gebiet, in dem du Lovebirds suchst, denn nicht eingrenzen?", frage ich schnell. „Wieso suchst du jemanden in Dänemark? Und wenn es klappt? Ziehst du dann weg? Darf ich deinen Laden übernehmen? Okay, hey, es soll schön sein in Skandinavien! Mach's gut und – wo muss ich unterschreiben?"

„Hahaha! Sehr witzig!"

„Dating-Apps und Hemdknöpfe." Ich kicke einen Kiesel. „Zwei seltsame Angelegenheiten."

„Hemdknöpfe?"

„Ach vergiss es."

„Hey?" Sybille lächelt und streicht mir über den Arm. „Ich ziehe doch gar nicht weg. Und wenn, dann bist du die Erste, die es erfährt. Dann ließe sich bestimmt auch über den Laden reden. Aber bis es so weit ist, entspann dich mal!" Ihr Handy piept. Sie macht keine Anstalten, sich auf den Nachhauseweg zu begeben. Stattdessen strahlt sie wieder übers ganze Gesicht, während sie auf ihr Display schielt.

„Ach, Romina", säuselt sie. „Ich bin gerade einfach so verliebt! Wann hast du dich zum letzten Mal mit jemandem getroffen? In der Schule? Auf der Abiparty? Während der Ausbildung?"

„Bist du morgen früh wieder da?", frage ich, um von diesem Thema abzulenken.

„Ja", antwortet sie. „Heute war mein letzter Urlaubstag. Leider."

„Wieso hast du die freie Zeit nicht genutzt, um nach Dänemark zu fahren? Du hättest diesen Magnus treffen können."

Keine Antwort. Nur dieser Blick, den ich so oft bei ihr bemerke, wenn es darum geht, eine Beziehung ernsthaft in Angriff zu nehmen. Ich verstehe. Sie hält Magnus hin. Ich weiß, dass Sybille die Männer immer auf Abstand hält, wenn sie glaubt, es könnte zu fest werden. Meine beste Freundin leidet unter Bindungsängsten. Ich erwidere ihr Lächeln von vorhin und streiche ebenfalls über ihren Arm.

„Okay", sage ich und deute auf meine Haustür, die sich direkt neben der Tür zur Schneiderei befindet. Als Sybille sich selbstständig gemacht und mir die Stelle angeboten hat, habe ich die Wohnung in der ersten Etage gemietet. „Ich geh jetzt hoch. Wir sehen uns dann morgen."

„Ja, wir sehen uns morgen", antwortet sie. „Lass dich umarmen, beste Freundin, und schlaf nachher gut. Ich freu mich aufs Arbeiten und auf dich!"

„Das tue ich auch! Gute Nacht, Bille!"

„Ich hab sie! Ich hab sie tatsächlich! Schau her!", schreit Sybille euphorisch, als sie am nächsten Morgen in den Laden stürmt. „Ich kann's nicht glauben! Ich hab sie!"

14

Ich schaue von meiner Nähmaschine auf. Fast hätte ich mich an den Stecknadeln verschluckt, die ich zum Fixieren von Nähten benutze und gern zwischen meinen Lippen aufbewahre.

„Was hast du?", frage ich, nachdem ich die Nadeln aus dem Mund genommen habe.

„Mann, die Karten natürlich!"

„Welche Karten?"

„*Die Karten!*"

Im Vorbeigehen wirft Sybille ihre Strickjacke auf den Garderobenständer. Der gerät ein wenig ins Wanken. Sogar für ihn scheint das am frühen Morgen schon zu viel Energie zu sein. Die Wangen meiner Freundin sind vor Aufregung hochrot, ihre Augen leuchten, und die Locken hüpfen theatralisch im Takt. Sybille stützt sich auf meinem Tisch ab und schaut, als müsste die ganze Welt wissen, von welchen Karten sie spricht.

„Welche Karten?", wiederhole ich.

„Gratulier mir zuerst!"

„Ich gratuliere dir von Herzen."

„Ich bin so ein Glückspilz!"

„Sybille!"

Langsam nervt es. Meine Freundin tanzt durch den Laden. „Erinnerst du dich daran, dass ich an diesem Gewinnspiel teilgenommen habe?"

„Nein."

„Ich habe auf *Friendbook* einen Post meiner Lieblingsband kommentiert." Sie keucht.

„Sprichst du von den *Purple Needles*?"

„Ja! Wenigstens erinnerst du dich daran, dass ich Fan der ersten Stunde bin."

Das weiß ich tatsächlich. Sybille liebt diese Rockband. Einige ihrer Songs gefallen auch mir. Ob meine Freundin allerdings zunächst Fan des Namens der Band und danach erst ihrer Lieder gewesen ist, kann ich nicht sagen.

„... und stell dir vor, unter allen Kommentaren wurden Konzertkarten verlost! Und es haben Tausende kommentiert, Romina! Tau-sen-de!"

Jetzt dämmert es mir. Ich reiße die Augen auf.

„Du hast die Konzertkarten gewonnen? Und fliegst nach L.A., um die Needles zu sehen?"

„Nicht L.A.!" Sie rüttelt an meinem Tisch. „Sie kommen her! Hast du das gehört? Für ein einziges Konzert kommen sie im Rahmen ihrer Europatour her! Kannst du dir das vorstellen, Süße? Ich gehe auf ein Needles-Konzert hier bei uns! Für lau!"

Jetzt springe ich auf, um Sybille in die Arme zu hüpfen.

„Oh, wow, das ist unfassbar! Ich freu mich für dich! Wann findet das Konzert statt? Und hast du eine Karte gewonnen oder mehrere?"

Sybille drückt mich so fest an sich, dass ich kaum Luft bekomme. Dann kreischt sie in mein Ohr: „In ein paar Tagen schon, am Freitag! Ich wusste ja, dass sie herkommen, aber kaum dass der Termin stand, gab es nirgends mehr Tickets. Wer hätte denn gedacht, dass ich bei der Verlosung auf *Friendbook* eine Chance hab? Man sollte einfach nur seinen Lieblingssong in die Kommentare schreiben und dann – hab ich gewonnen! Mit *Baby, I'm Yours*!"

16

Mein Ohr tut weh, und ich ersticke beinahe. Schnell löse ich mich aus ihren Armen.

„Ich hab leider nur eine Karte, sonst hätte ich dich mitgenommen. Bist du traurig?"

„Ach Quatsch", rufe ich. „Ich mag zwar einige Songs, aber ich muss nicht unbedingt auf ein Konzert von denen."

„Oh Mann, ich muss erst mal shoppen. Was ziehe ich bloß an? Das ist ein Open Air. Wie soll denn das Wetter am Wochenende werden? Ich muss für alles gewappnet sein."

Sie zückt ihr Handy und öffnet eine Wetter-App. Schmunzelnd beobachte ich, wie sie wegen ihres Outfits und des Wetters grübelt. Ich freu mich wirklich für Sybille, dass sie dieses Ticket gewonnen hat, und setze mich wieder an die Nähmaschine, um mich um einen Hosensaum zu kümmern.

„Sonne und bis zu dreiundzwanzig Grad", verkündet meine Freundin. „Das ist perfekt!"

„Ja, das klingt echt nach den besten Voraussetzungen. Ich übernehme gern deine Kunden für den Tag."

„Oh, nein, wie süß ist das denn!", unterbricht sie mich.

Ein Blick in ihre Richtung genügt, um zu wissen, dass sie nicht von meinem Angebot spricht. Sie tippt in ihr Handy.

„Es ist Magnus. Er freut sich total für mich und erzählt gerade, dass er mich mit einem Needles-Konzert überraschen wollte, aber auch keine Tickets mehr bekommen hat. Ist das nicht lieb von ihm?"

„Ja, wirklich lieb."

Okay, es kann mir auch egal sein, was Sybille wegen ihrer Kunden vorhat. Ich muss mich wirklich um die Hose kümmern. Die ist für eine Abifeier bestimmt und muss dringend gekürzt werden. Ich entferne die Stecknadeln und vertiefe mich in die Arbeit. Plötzlich erscheint Max' Gesicht vor meinem inneren Auge. Mit ihm würde ich gern mal auf ein Konzert gehen. Ganz egal von welcher Gruppe. Ich schiebe den Gedanken beiseite und konzentriere mich auf das Nähen. Auf welche Musik er wohl steht?

„Sag mal, war das ernst gemeint?", fragt Sybille nach einer Weile in die Stille.

„Was denn?"

„Dass du meine Arbeit übernehmen willst."

„Klar."

„Romina … Du bist unbezahlbar."

„Ich weiß."

Meine Freundin verschwindet im Hinterraum, der vom Kundenbereich aus nicht einsehbar ist. Ich sehe Sybille jedoch, denn es gibt keine Tür und das Gebäude ist offen geschnitten. Ich höre, dass sie ihren Rechner hochfährt, um den Papierkram zu machen. Dabei summt sie vor sich hin.

„Oh Shit", kommt es plötzlich aus dem Hinterraum. Das Summen ist verstummt.

„Alles okay bei dir?", will ich wissen.

„Am Wochenende ist die Stoffmesse in Hamburg … Das hab ich ja komplett vergessen! Da wollte ich eigentlich hin. Aber jetzt ist das mit dem Konzert."

18

Zwischendurch klingt es, als führte Sybille Selbstgespräche. Seit sie wieder jemanden kennengelernt hat, ist sie völlig verpeilt. Wie schafft sie es bloß, einen Laden am Laufen zu halten? Sie hat wirklich mehr Glück als Verstand. Ich halte in meiner Arbeit inne und denke nach.

„Ich könnte zur Messe fahren", schlage ich vor.

„Du würdest für mich nach Hamburg fahren?" Sybille schaut um die Ecke. Ihre Augen strahlen. „Das würde mir sehr helfen, Romina. Dein Geschmack, was Stoffe angeht, ist tausendmal besser als meiner. Du hast da immer so ein Gespür für den nächsten Trend. Was meine Kunden angeht, da muss ich wohl im Voraus ein paar Überstunden machen. Vor allem für Frau Beier. Ihr Brautkleid soll bis dahin geändert werden. Aber das krieg ich schon rechtzeitig hin."

Sybille klingt wegen der Stoffmesse erleichtert. Der Gedanke, nach Hamburg zu fahren, gefällt mir.

„Du bist ein Schatz!", ruft meine Freundin. „Hast was gut bei mir!"

Ich grinse. Ihr Wort in Gottes Ohr.

Kurze Zeit später ist die Hose fertig. Die Abifeier kann kommen. Ich streiche den Stoff glatt und hänge ihn über einen Bügel. Twill uni, marineblau. War sicher nicht billig.

Während ich mich einem neuen Teil widme, schaue ich hin und wieder zu Sybille rüber. Von wegen Papierkram: Sie stiert unaufhörlich auf ihr Handy.

„Wie alt ist dein Typ eigentlich?", frage ich.

„Ach, nur ein paar Jahre älter als wir, dreißig."

19

„Und, habt ihr wenigstens mal telefoniert oder plant ein Treffen?"

„Telefoniert, ja, aber erst einmal und nur ganz kurz. Ein Treffen noch nicht so wirklich."

„Schickt ihr euch Fotos?"

Sie kichert.

„Keine Details, okay? Na ja, wir sehen ja unsere Profilbilder. Obwohl er da ständig nur irgendwelches Treibgut oder den Strand drin hat. Er lebt so idyllisch", schwärmt sie.

„Da, wo andere Urlaub machen", antworte ich. „Wir sind in meiner Kindheit fast jeden Sommer in Dänemark gewesen. Wie heißt der Ort, an dem er wohnt? Und ein Foto von ihm musst du mir auch unbedingt zeigen", dränge ich.

„Gar nicht neugierig, was?"

Ich lege den zu ändernden Faltenrock zurecht und suche das passende Garn heraus.

„Ich will nur wissen, ob er wie deine bisherigen Typen aussieht. Die waren gestylter als ich, hatten gezupfte Augenbrauen oder gefärbte Bärte."

„Da muss ich dich enttäuschen", antwortet meine Freundin.

„Magnus ist so gar nicht mein Beuteschema."

Die Türglocke unterbricht uns. Kundschaft. Ich lächle und begrüße den jungen Mann.

„Hi, Sie wollen sicher Ihre Hose abholen."

Kapitel 2 ✂ Romina, 2024

Bis zur Mitte der Woche verläuft alles unspektakulär. Wenn keine Änderungen vorzunehmen sind, nähe ich Babymützchen, Halstücher für die Mamas oder Kochschürzen zum Verkauf. Ich mag peppige Farben und probiere gern mit den Stoffen herum. Ohne zu prahlen, kann ich Sybille zustimmen, dass ich hier den besseren Geschmack von uns beiden habe. Oder dass ich Trends vorhersehe.

Dafür hat meine Freundin das ganze Zeug mit der Buchhaltung drauf. Das sind für mich böhmische Dörfer.

Ich freue mich riesig auf Hamburg, auf die Messe und neue Inspirationen. Ich habe nur eine Sorge: Da Sybille die Messe verpennt hat, bin ich viel zu spät dran, und es gibt keine günstigen Unterkünfte mehr. Während ich also das Netz für Hamburg durchforste, tut Sybille dasselbe für Frankfurt, wo das Konzert stattfindet.

Ich lächle, wenn ich sehe, wie glücklich sie ist und wie sie dem Event entgegenfiebert. Ihr ist eingefallen, dass sie Verwandtschaft in Kriftel hat. Die möchte sie bei der Gelegenheit mal wieder besuchen. Zwei Fliegen mit einer Klappe schlagen.

„Wieso übernachtest du nicht einfach bei der Familie?", frage ich.

„Ich will denen keine Umstände machen", gesteht sie. „Im Hotel bin ich unabhängiger."

Das Wetter verspricht am Wochenende wirklich schön zu werden. Sogar im hohen Norden. Der Frühling ist jetzt nicht mehr aufzuhalten.

Dann passiert es. Am Mittwochnachmittag, gegen 15:20 Uhr.

Sybille und ich sitzen beide noch im Laden und haben zu tun, aber für die Kundschaft ist mittwochs nur bis vierzehn Uhr geöffnet.

„Nein, nein, nein, nein!", ruft Sybille.

Eine Verzweiflung in der Stimme, als hätte sie sich gerade ein Fass Tinte über ihre hellblaue Gucci-Bluse gekippt. Wie ein Blitz springt sie auf. Ihr rollbarer Schreibtischstuhl saust durch den Raum und knallt gegen den Heizkörper.

„Bitte nicht! Bitte, bitte nicht! Tu mir das nicht an!"

Sie heult und rauft sich die goldenen Sprungfeder-Locken.

„Was ist los?", frage ich, ernsthaft besorgt.

„Magnus ...", stammelt sie. „Er hat ... Er hat sich ..."

„Hat er Schluss gemacht?"

„Nein!"

„Bille, jetzt sag doch was!"

„Ich will zum Konzert", weint sie wie ein trotziges Kind. „Ich hab mich so drauf gefreut!"

Immer wieder hält sie sich das Handy ans Ohr und hört Sprachnachrichten ab.

„Ich hab gerade dieses Hotel gebucht und kann es nicht stornieren! Ich fahre nach Frankfurt!"

„Sybille!" Ich werde lauter. „Was ist denn mit Magnus?"

22

Sie wischt sich Tränen aus den Augen. So aufgelöst habe ich sie zuletzt gesehen, als Pierre mit dieser Eisverkäuferin nach Italien verschwunden ist.

„Er hat sich verletzt …", rückt sie mit zittriger Stimme heraus.

„Oje, ist es schlimm?"

„Bei der Arbeit … Er hat an einem Teil geschweißt und dann … Was tu ich denn bloß? Romina, was soll ich denn jetzt machen? Es ist doch alles geplant …"

Ich gehe zu ihr und lege ihr den Arm um die Schultern.

„Hey, jetzt beruhig dich erst mal. Wie schlimm ist seine Verletzung denn?"

„Ich weiß es nicht …", wimmert sie. „Er hat sich an den Augen verletzt …"

Ich erschrecke. Die Augen. Das klingt übel.

„Ist er im Krankenhaus?"

„Im Moment noch in der Augenklinik … Er hat eine … Eine … Irgend so ein Zungenbrecher."

Sybille lässt die Sprachnachricht laut abspielen. Zum ersten Mal höre ich Magnus' Stimme. Ich staune, wie gut er Deutsch spricht. Ich habe meine Freundin nie gefragt, ob sie auf Englisch kommunizieren. Er sagt etwas wie *Keratokonjunktivitis Photoelectrica*. Eine Verblitzung beim Schweißen. Zudem hat er kleine Fremdkörper in die Augen bekommen.

„Wieso hat er denn keine Schutzbrille getragen?", ruft Sybille.

„Mit den Augen ist nicht zu spaßen, weiß er das denn nicht? Hoffentlich wird alles wieder gut … Romina, ich bin ganz durcheinander. Wieso muss das ausgerechnet jetzt passieren? Wenn ich mich schon mal auf was freue."

„Bestimmt gibt es gute Gründe dafür, wieso er keine Schutzbrille getragen hat. Und so eine Verblitzung ist ganz sicher behandelbar", versuche ich sie zu beruhigen. „Aber was hat das alles mit deiner Hotelbuchung in Frankfurt zu tun? Wieso bist du so durcheinander?"

„Er will, dass ich zu ihm komme!", schimpft sie. „Er braucht die nächste Zeit Hilfe im Alltag. Ich soll ihn zur Nachkontrolle zum Augenarzt fahren, und er findet, es sei eine gute Gelegenheit, sich zu treffen. Hallo? Soll ich auch noch für ihn kochen? Hat er keine Mama oder Freunde?"

„Bille …" Im ersten Moment weiß ich nicht, wie ich es sagen soll. Ihre heftige Reaktion macht mich sprachlos.

„Was?"

„Das ist ein riesiger Vertrauensbeweis. Ich meine, er braucht dich jetzt. Er will dich an seiner Seite haben. Es geht ihm schlecht. Was ist falsch daran?"

„Wir sind nicht verheiratet."

„Natürlich nicht. Darum geht es doch gar nicht." Ich ahne, worum es geht. Sie hat Angst, zu ihm zu fahren. Angst davor, dass diese – meiner Meinung nach bewusst gewählte – Fernbeziehung plötzlich ganz nah an sie herankommt. Arme Sybille!

„Hey", starte ich einen neuen Versuch, ihr Trost und Mut zuzusprechen.

Aber sie wendet sich ab, läuft zur Heizung und lässt sich in ihren Schreibtischstuhl fallen.

24

„Ist dieses Konzert denn wirklich so wichtig für dich?", frage ich und hocke mich neben sie. „Wichtiger als Magnus? Seit Tagen schwärmst du von ihm. Und jetzt willst du nicht zu ihm fahren?" „Die Needles kommen nie wieder hierher!", zischt sie. „*Nie wieder.* Kapierst du das? Magnus läuft mir nicht weg! Außerdem kann ich mit Kranken nicht umgehen. Ich weiß einfach nicht, was ich mit ihm anfangen soll, wenn er nichts sehen kann."

Ich schlucke und stehe auf. Wow! Das ist nicht die Sybille, die ich kenne. Sie schaut mich an und wickelt dabei einzelne Locken um ihren Zeigefinger. Ihre Augen sind ganz rot und verquollen.

„Fahr du doch hin."

„Pfff!", mache ich und zeige ihr einen Vogel.

Plötzlich hellt sich ihr Gesicht auf.

„Nein, ernsthaft. Würdest du … Würdest du das für mich machen? Zu ihm fahren? Und … na ja, dich als mich ausgeben? Er sieht dich doch sowieso nicht. Unsere Stimmen sind megaähnlich, ich kann dir alles über ihn erzählen, was du wissen musst. Und bevor er sein Augenlicht zurückhat, bist du längst wieder weg. Oh, bitte, Romina, du würdest mir das Leben retten! Ich flehe dich an! Ich kann zum Konzert, und du bekommst sogar bezahlten Urlaub dafür. Ich zahle! Alles. Spritgeld, Essen, was immer du brauchst."

„Du hast sie wohl nicht mehr alle!"

„Bitte, lass mich nicht im Stich. Komm schon, was ist denn dabei? Er wird umsorgt, und alle sind glücklich."

„Ich fahre zur Messe nach Hamburg, schon vergessen?"

„Ach, wir können die Stoffe auch über den Händler beziehen. Der hat direkt nach der Messe dasselbe Zeug im Sortiment."

25

Mir fehlen die Worte. Sybille hat dagegen Hunderte parat. Sie redet auf mich ein wie ein Wasserfall. Ich weiß, dass ich ablehnen muss. Dass ich Nein sagen muss, weil diese Idee nicht nur völlig absurd ist, sondern auch unmoralisch, hinterhältig und gemein. Sybille ist egoistisch! Es geht ihr nur um das dämliche Konzert. Magnus tut mir leid. Er hat so etwas nicht verdient.

Und doch … Irgendwas ist in mir, das Ja sagen will. Der Reiz des Verbotenen ist mit einem Mal übermächtig. Die Stimme dieses Mannes, sein dänischer Akzent, die Art, wie er Sybille um Hilfe gebeten hat. Aus irgendeinem Grund bin ich schwach. Ich weiß, dass ich Nein sagen muss. Aber ich bin so schwach. Ich sehne mich danach, von jemandem so bemerkt zu werden wie Sybille. Einmal in ihre Haut zu schlüpfen und das Gefühl zu haben, gesehen zu werden. Von einem Mann. Nur dieses eine Mal will ich nicht unscheinbar sein.

Sybille ist offenbar nicht in der Lage, Opfer für eine Beziehung zu bringen. Oder sich überhaupt auf was Ernstes einzulassen. Trotzdem ist es falsch.

„Okay", entfährt es mir. „Ich mach's."

„Was? Wirklich?" Sybille springt auf. „Du bist ein Schatz!" Sie klebt bereits an meinem Hals. „Oh Mann, du bist echt die beste Freundin, die man haben kann, Romina! Das vergess ich dir nie."

„Sybille, warte! Ich meine, nein, ich kann das nicht machen. Das ist völlig grotesk!"

Sie greift zum Handy, legt den Zeigefinger an die Lippen, um mich zum Schweigen zu bringen. Mein Mund steht weit offen.

„Hey, Magnus. Es tut mir so leid, was dir passiert ist", spricht sie eine Sprachnachricht auf. „Ich komme natürlich sofort zu dir. Packe sofort meine Koffer."

„Nein!", flüstere ich. Ich mache eine den Hals durchschneidende Geste, aber Sybille zwinkert mir nur zu.

„Ich denke, dass ich gegen zweiundzwanzig Uhr in Nymindegab sein kann. Soll ich direkt zu deinem Haus kommen oder dich aus der Klinik abholen? Und mach dir keine Sorgen wegen des Konzerts. Es gibt sicher noch mal eine Gelegenheit, die Band zu sehen … Ich schenke das Ticket meiner besten Freundin Romina. Sie wird sich freuen!"

Abgesendet. Ich bin vor Entsetzen gelähmt.

„Spinnst du?!", motze ich. „Ich habe Nein gesagt! Wie kannst du ihn so anlügen?"

„Hast du nicht. Du hast nicht Nein gesagt. Du hast Okay gesagt. Okay, ich mach's. Hab ich klar und deutlich gehört."

„Her mit dem Ticket!", fordere ich. „Du willst es mir schenken. Das habe *ich* gehört!"

„Vergiss es. Nicht in hundert Jahren."

Sie zückt ihr Portemonnaie und legt mir zweihundert Euro in die Hand. „Sollte erst mal reichen, oder? Wenn du mehr brauchst, sag einfach Bescheid."

Mir steht schon wieder der Mund offen. Das ist doch nicht wahr! Ich träume das sicher nur.

„Es wird gut gehen", redet Sybille beruhigend auf mich ein. Ihrem überzeugten Gesichtsausdruck nach glaubt sie selber daran.

„Wenn es einen Menschen gibt, dem ich in dieser Sache zu

tausend Prozent vertraue, dann bist du das, Romina. Du hast ein Herz aus Gold, du bist empathisch, liebevoll und fürsorglich. Ich vertraue dir Magnus an. Es sind doch nur zwei oder drei Tage, dann ist er wieder auf dem Damm."

„Aber wir belügen und betrügen ihn. Das kann nicht gut enden. Was, wenn er etwas bemerkt? Wenn ich mich verrate oder er doch plötzlich wieder sehen kann, bevor ich verschwunden bin? Er wird dich hassen und Schluss machen. Und mich wird er auch verachten. Du könntest ihn durch diese Aktion für immer verlieren. Ist es dir das wert?"

„Das wird nicht passieren", versichert sie mir. „Wir müssen einfach positiv denken."

Damit schiebt sie mich zur Tür.

„Du musst jetzt deine Koffer packen. Hey, freu dich doch. Du kommst mal wieder nach Dänemark! Alte Kindheitserinnerungen und so. Und du tust noch was Gutes."

„Tu ich nicht."

„Los jetzt. Du hast eine fünfstündige Autofahrt vor dir. Ich koch dir 'ne Kanne Kaffee. Dann komm ich rauf, helfe beim Packen und geb dir ein paar Infos."

Ich verlasse gerade mit einem sehr schlechten Gewissen mein Badezimmer, als die Wohnungstür klappert. Sybille betritt summend den Hausflur. Wie kann sie unter diesen Umständen so gute Laune haben?

„Wieso spricht Magnus Deutsch?", höre ich mich fragen, anstatt wegen der geplanten Reise weiter zu protestieren.

„Oh, wow, du siehst toll aus!", ruft meine Freundin in einer Tonlage, dass ich ihr glaube.

„Danke. Also, wieso spricht er unsere Sprache?"

„Er hat Kunst studiert. In Flensburg", erklärt sie und stellt die Kaffeekanne auf meinen Küchentisch. „Hast du schon gepackt? Kann ich was helfen?"

„Kannst du. Und zwar Karteikarten basteln." Ich raufe meine frisch gewaschenen Haare. „Bille, ich weiß doch gar nichts über ihn. Wir werden auffliegen!"

„Na ja, du weißt schon mal, dass er in Flensburg Kunst studiert hat." Sie findet das alles wohl lustig. „Hey, so viel weiß ich auch noch nicht. Wir kennen uns doch gerade mal ein paar Wochen. Haben die meiste Zeit rumgealbert, geflirtet und so was."

„Wo wir bei meinem Fachgebiet wären", erwähne ich, und hieve meinen großen Koffer vom Schrank.

„Also." Sybille schmeißt sich auf mein Sofa, lehnt sich zurück und überlegt. „Er ist dreißig Jahre alt, lebt in diesem kleinen Ort Nymindegab und macht irgendwas mit Treibgut. Keine Ahnung, so richtig nachgefragt hab ich nicht."

Ich öffne meinen Schrank und werfe wahllos Klamotten in den Koffer. Von jedem ein bisschen. Ich bin viel zu nervös.

Der Gedanke, ein Date mit dem Flirt meiner besten Freundin zu haben, verwirrt mich. Dass es obendrein die Idee meiner besten Freundin war, verwirrt mich noch mehr. Was tu ich hier bloß?

„Weißt du von irgendwelchen Freunden, Familienverhältnissen, vorherigen Beziehungen? Hat er Kinder? Ist er geschieden? Wo wurde er geboren?"

„Hm." Sybille überschlägt die Beine. „Gute Fragen. Ich habe keine Ahnung."

„Ist das dein Ernst?" Ich stemme die Hände in die Hüften. „Worüber redet ihr eigentlich die ganze Zeit?"

„Ich glaube, über mich!" Sie kichert.

„Oh Mann, bitte sag, dass das nicht wahr ist."

„Wieso? Wir lernen uns halt kennen, und da fangen wir bei mir an."

„Weiß er etwas über dich, was ich nicht weiß, Bille?"

Meine Freundin macht große Augen und richtet sich auf.

„Äh … das kann ich mir nicht vorstellen. Hör zu, mach einfach ein bisschen Small Talk mit ihm. Über seine Augen, den Unfall, das Wetter, die Schneiderei. Dann kann gar nichts schiefgehen. Ihr müsst ja nichts Tiefgründiges bereden."

Ich seufze. Wie Sybille es sagt, klingt es so einfach. Hoffentlich ist es das auch.

Ich hatte keine Ahnung, dass Verrat sich so schrecklich anfühlt. Zwanghaft überlege ich, ob ich je zuvor etwas derart Verwerfliches getan habe. Nein. Habe ich nicht.

Ich erinnere mich, dass ich mal ein Guinnessglas aus dem Pub mitgehen habe lassen. Herrje, das war's dann auch schon mit meiner kriminellen Laufbahn. Das hier – das hier ist viel, viel schlimmer als ein geklautes Glas.

Ob es Sybille gleichermaßen quält? Wie kann sie ein Konzert über einen Menschen oder über den Beginn einer großen Liebe stellen? Ich begreife es nicht.

Ich begreife nicht mal mich selbst. Nun, jetzt habe ich fünf Stunden Zeit, mir darüber klar zu werden. Mich dafür zu schämen, mich in so eine Lage versetzt zu haben. Die ersten fünfzehn Kilometer heule ich, dass mir die Tränen in Bächen über die Wangen strömen. An einer Ampel starre ich stur geradeaus, um von den Fahrern neben mir nicht angeglotzt zu werden. Die müssen ja denken, ich fahre zu einer Beerdigung.

Vielleicht ist es das auch. Das Begräbnis meines Gewissens. So fühlt es sich zumindest an. Mein Magen ist schwer wie Blei, mein Herz schmerzt. Alles in mir ist gegen diese Reise. Aber es ist zu spät. Ich muss mir einen Plan zurechtlegen.

„Hallo, Magnus. Es tut mir leid, aber ich bin nicht Sybille. Sie hat sich so unfassbar auf dieses Konzert gefreut, dass sie es nicht übers Herz bringen konnte, mir die Karte zu überlassen. Ich bin Romina. Ihre beste Freundin. Bitte sei ihr nicht böse. Sie ist nicht gut in solchen Dingen. Sie hat Panik davor, eingeengt zu werden, also: Hier bin ich. Lass uns ein bisschen Small Talk übers Wetter halten, und ehe du sehen kannst, dass ich keine hübschen Locken habe, bin ich längst wieder weg."

Das könnte klappen. Das ist ein guter Plan. Ich werde einfach ehrlich zu ihm sein. Ich werde ihn nicht anlügen. Aber ich muss. Ich darf meiner Freundin nicht in den Rücken fallen. Ich schreie und trommle mit den Fäusten auf das Lenkrad ein. Versehentlich treffe ich dabei die Hupe und ernte einen bösen Blick des Mannes in dem Porsche, der neben mir an der Ampel steht.

Dann geht es endlich auf die A7. Freie, ampellose Fahrt bis zur Grenze. Ich hoffe, der Elbtunnel ist um diese Zeit nicht allzu verstopft. Baustellen en masse erwarten mich, und ich hoffe, dass ich mich nach meiner Ankunft gleich in ein Bett verkriechen und Magnus aus dem Weg gehen kann, sobald ich da bin. Romina, was hast du da bloß wieder angestellt?

Mein Handy klingelt. Es ist Sybille.

„Hey", ertönt ihre Stimme aus der Freisprechanlage. „Ist alles okay bei dir?"

Nein!

„Ja klar. Bin jetzt auf der Autobahn."

„Danke noch mal. Ich weiß, es ist irgendwie 'ne Scheißaktion. Aber ich ... keine Ahnung. Du verstehst mich doch, oder?"

Nein!

„Ein bisschen."

Sie schweigt. Ich wische mir letzte Tränen aus den Augen. Meine Lippen sind ganz wund vom Weinen und vom Draufrumkauen.

„Und wenn wir ihm einfach die Wahrheit sagen, Bille?", schlage ich vor.

„Ich glaube, dazu ist es jetzt zu spät ... Vielleicht hätten wir das wirklich von Anfang an tun sollen", gesteht sie sich ein. „Aber jetzt denkt er, ich sei auf dem Weg zu ihm, und du gehst zum Konzert. Wie blöd wäre es, alles umzudrehen?"

Blöd, aber ehrlich!

„Keine Ahnung."

„Tut mir leid, dass ich dich da reingezogen hab, Romina."

Sie scheint es wirklich zu bereuen. Wenigstens das.

„Ich weiß, dass ich jetzt in diesem Auto sitzen sollte und nicht du. Wären es nicht seine Augen ... Ich meine, er sieht dich doch nicht

32

mal. Ich muss einfach mal raus und den Kopf abschalten. Das Konzert ist da genau das Richtige. Ich weiß nicht, ob Magnus das verstehen würde. Dazu kennen wir uns noch zu wenig."

„Willst du mir nicht endlich sagen, was der wahre Grund für deine Angst ist?"

Sybille schweigt sehr lange. Ich rechne schon nicht mehr mit einer Antwort, als es aus ihr herausbricht.

„Er ist anders als alle Männer, die ich bisher kannte", flüstert sie. Ich habe direkt eine Gänsehaut. „Ich will es nicht verbocken, Romina. Jetzt zu ihm zu fahren ..., dazu fühle ich mich noch nicht bereit. Ich brauche mehr Zeit, um mich an den Gedanken zu gewöhnen, dass es vielleicht was für immer sein könnte. Dass er mich einfach zu sich ruft, das geht mir gerade zu schnell, verstehst du?"

Ich nicke und presse die Lippen aufeinander.

„Ach, Bille." Ich verdrücke schon wieder eine Träne. „Du hättest es ihm sagen können. Wenn er es ernst meint mit dir, hätte er es verstanden. Wenn nicht, ist er eh nicht der Richtige."

Sie schweigt. Ich steuere auf die erste Baustelle zu.

80 km/h. Gut so. Ich will gar nicht ankommen.

„Hör zu, ich muss mich jetzt aufs Fahren konzentrieren. Ich melde mich, sobald ich da bin. Und danke, dass du so offen zu mir warst. Ich glaube, ich verstehe dich jetzt besser."

„Alles klar. Pass auf dich auf. Gute Reise. Und ... danke!"

Das blaue Schild mit den gelben Europasternchen und dem Wort *Danmark* weckt Erinnerungen in mir. Ich bin zum ersten Mal wieder hier; seit vermutlich zehn Jahren.

Bei meiner letzten Ausreise aus diesem wunderschönen Land war ich sechzehn, saß mit Kopfhörern auf der Rückbank unseres VW Tiguan und habe sicherlich genervt aus dem Fenster geschaut. Ich weiß noch, dass ich mich an dem Morgen mit meiner Mutter und meiner Schwester gestritten hatte, weil ich das Bad putzen sollte und fand, dass Elisa das auch mal übernehmen könnte. Wir hatten immer diese Ferienhäuser, bei denen man selbst für die Endreinigung zuständig war.

Mama hatte jedem einen Raum zugeteilt. Klar; sie hatte schließlich auch Urlaub und wollte nicht alles allein putzen.

Elisa … Die beiden letzten gemeinsamen Familienurlaube in Dänemark sind für meine Schwester nicht so verlaufen, wie sie es sich gewünscht hätte. Aber das ist ein anderes Thema.

Diesen Gedanken hänge ich nach, während ich in der Autoschlange darauf warte, dass die Grenzbeamten mich durchwinken. Ich werde immer unruhiger.

Die Dämmerung bricht herein. Bei Ankunft in Nymindegab wird es bereits dunkel sein. Sybille hat mir eine Sprachnachricht geschickt, mit der Info, dass Magnus schon zu Hause ist. Ein Kumpel hat ihn aus der Augenklinik abgeholt.

Magnus. Bestimmt ist er aufgeregt, seine Sybille zu treffen. Mir wird schlecht. Am liebsten will ich auf der Stelle umdrehen. Aber ich fahre immer weiter. Vorbei an Aabenraa, Haderslev, Kolding.

Dann Richtung Westen, nach Esbjerg und weiter in den Norden, durch Varde.

Das muss ein Albtraum sein. Mit jedem Kilometer, dem ich Nymindegab näher komme, zerstöre ich ein Stück glücklicher Urlaubserinnerungen.

Eine Wanderung entlang des Filsø, bei der unser Bouvier-Mischling Franz meine Schwester Elisa ins Wasser gezogen hat, weil er einer Ente hinterher wollte – zerstört.

Das allererste Softeis mit Lakritzstreuseln, das Papa Elisa und mir im Super Brugsen gekauft hat – zerstört.

Der Augenblick, wenn man nach einer ewig langen Autofahrt bei Sonnenschein über die Dünen kommt und die aufgewühlte Nordsee Schaumkronen trägt – zerstört.

Der *Blaue Ritt* auf einem Islandpferd durch Kiefernwälder und über den Strand. Nein, den lasse ich mir nicht auch noch zerstören. Ich trete auf die Bremse – nur, um danach mit dem Gedanken an Sybille direkt wieder Gas zu geben.

Erneut kullern Tränen aus meinen Augen.

Oh, Sybille, wie kannst du mir das antun?

Und dann biege ich um die Kurve in Nymindegab, - diese schönste aller Kurven! Ich bin froh, dass es dunkel ist. Dass ich die kleinen Fischerkaten am Fjord nicht sehe. Dass die hereinbrechende Nacht die Pferde in den Dünen verschluckt. Dass mein Blick nicht in die Weite dieses Landes schweifen kann, nicht bis an den Horizont, nicht bis zum längst verschwundenen Glühen des Sonnenuntergangs.

Ich folge dem Navi über geschotterte Straßen, um Kurven, die in schmale Dünenwege führen. Kiesel knirschen unter meinen Reifen, springen seitwärts vom Weg, raus aus den Lichtkegeln meiner Scheinwerfer. Ein kleines Schild am Straßenrand verkündet:

Privat vej, ingen indtrængen

Mein Urlaubsdänisch reicht gerade dazu aus, um zu verstehen, dass dies ein Privatweg und Unbefugten der Zutritt verboten ist. Als ich weiterfahre, gelange ich schließlich zu einem Haus in den Dünen. Hier muss es sein. Bevor ich den Motor abstelle, den Schlüssel aus der Zündung ziehe, während mein Magen sich dreht, erhasche ich einen kurzen Blick auf das Anwesen. Ein eingeschossiges blaues Holzhaus mit weißen Sprossenfenstern. Das Satteldach ist mit Moosen und Gräsern bewachsen. Wie idyllisch es aussieht.

In ein paar Fenstern brennt warmes Licht.

Ich atme tief ein und aus. Eine knappe WhatsApp an meine Freundin, dass ich angekommen bin, dann schalte ich mein Handy aus. Jetzt ist er da; der Moment, den ich bis an mein Lebensende habe hinauszögern wollen. Ich muss mich ihm stellen. Letztendlich habe ich nichts zu verlieren, spreche ich mir Mut zu. Ich kenne diesen Magnus nicht. Ich bin weder in ihn verliebt, noch bedeutet er mir etwas. Sybille schon. Diese Gedanken helfen mir beim Aussteigen.

In naher Ferne rauscht das Meer. Ich rieche die salzige Brise, lasse den Wind durch meine Haare streichen. Mit einem Säuseln freut er sich über etwas Abwechslung zum Dünengras. Außer den rauen Stimmen der Natur ist hier nichts weiter zu hören. Erst als ich mich in Bewegung setze, meine Tasche aus dem Kofferraum nehme und zur Haustür gehe, durchbricht das Knirschen der Kieselsteine unter meinen Schritten die Nacht. Mit kalkweißen Fingerknöcheln klopfe ich an das Holz.

„Es ist offen", sagt eine Männerstimme von drinnen. Sie ist so warm wie das Licht in den Fenstern. Ich drücke die Klinke herunter und trete ein. Sofort dringt der typische Ferienhausgeruch in meine Nase. Rauch von Kiefernholz mischt sich darunter. Magnus hat einen Kaminofen, das ist mir sofort klar. Die Einrichtung gefällt mir auf Anhieb. Dicke Rundholzbalken stützen die helle Deckenvertäfelung, Wände und Fußböden sind ebenfalls aus Holz. Hier und da unterbrechen bunte Flickenteppiche das Braun am Boden, Bilderrahmen und Bücherregale die einheitliche Wandverkleidung.

Ich stehe in einem kleinen Flur, in dem sich Wandhaken als Garderobe anbieten, ein doppeltes Regalbrett für Schuhe. Zwei der vier Haken sind von einer Männerstrickjacke und einem dunklen Parka belegt. Auf dem unteren Regalbrett stehen dreckige Arbeitsschuhe neben zwei Paar Filzpantoffeln. Der Flur geht in eine gemütliche Küchenzeile über, unter einem Fenster steht ein Holztisch mit Bank und zwei Stühlen.

„Ich bin im Wohnzimmer", höre ich Magnus sagen. „Entschuldige, dass ich dich nicht an der Tür begrüßen kann, Sybille. Mein Freund William, der mich vorhin aus der Klinik abgeholt hat, war so nett, mir die Augensalbe zu verabreichen."

Seine Stimme klingt herzlich.

„Okay", antworte ich zaghaft. „Darf ich einfach reinkommen?"

„Oder du bleibst bis zur Ragnarök dort stehen. Ganz wie du magst."

Ich lache leise. Sybille hat recht. Sein Humor ist klasse. Und offenbar hat er an meiner Stimme nicht erkannt, dass ich nicht die bin, für die er mich hält. Auf knarzenden Holzdielen gehe ich durch die Küche, stelle meine Tasche auf der Bank ab und betrete das Wohnzimmer. Es ist *hyggelig*, wie der Däne sagt. Ich hatte es nicht anders erwartet.

In der Mitte des Raumes brennt das Kaminfeuer. Hat sicher auch dieser William entfacht. Auf der rechten Seite zieht sich eine bequem aussehende Couchlandschaft durch den Raum, die den Weg zu einem verglasten Wintergarten weist. Ich liebe dieses Haus!

Links stehen zwei Schwingsessel unter zwei Fenstern. Zwischen ihnen befindet sich ein kleiner Tisch mit Lektüre, Zeitschriften und einer Schale Kekse. Wandleuchten, Stehlampen, Bücherregale, ein Flatscreen.

Magnus liegt auf der Couch. Sein rechter Arm ruht auf der Sofalehne, seine Hand schirmt die geschlossenen Augen vom Licht ab. Er trägt einen hellen Strickpulli, Jeans, weiße Socken. Ein Bein hat er leicht angewinkelt, das andere ausgestreckt. Dunkelblonde Haare, die sich sanft wellen. Ohne Zweifel ein sehr schöner Mann und wahrlich nicht Sybilles Beuteschema.

„Hej", sage ich.

„Hej", antwortet er. „Schön, dass du da bist."

„Wenn du das sagst."

„Du musst von der langen Fahrt erschöpft sein."

Diese schreckliche Lüge erschöpft mich viel mehr.

38

Kapitel 3 ❀ Elisa, 2013

„Wo willst du hin?", flüstert meine Schwester.

Mist, jetzt ist sie doch aufgewacht. Dabei bin ich extra leise aus dem Bett gekrochen, in meine Shorts und die Knotenbluse geschlüpft und wie auf Samtpfoten zur Tür geschlichen. Diese Ferienhäuser sind leider total hellhörig.

„Geht dich nix an, schlaf weiter."

„Wenn du es mir nicht sagst, verrate ich dich bei Mama und Papa."

„Blöde Ziege!"

„Im Ernst", sagt Romy und setzt sich im Bett auf.

Ich seufze und gebe nach.

„Erinnerst du dich an die Jungs vom Strand?", flüstere ich.

„Die von gestern?", fragt sie. Romy ist nicht auf den Kopf gefallen. „Die Beachvolleyball gespielt haben?"

„Genau die. Asger, Snorre und Bill. Asger hat gefragt, ob ich zum Strand komme. Die machen da 'ne Grillparty."

„Okay, ich komm mit." Romy springt aus dem Bett.

„Vergiss es!", rufe ich. „Du bist erst fünfzehn. Die Party ist ab siebzehn!"

„Mir doch egal."

Langsam werde ich wütend.

„Du bleibst hier!"

Meine Schwester will sich wohl über mich lustig machen – die kann einem echt alles verderben! Aber die Klügere gibt nach. Und das bin eindeutig ich.

„Hey", sage ich so freundlich ich kann und setze mich auf ihre Bettkante. „Bitte, Romy, bleib hier, okay? Du wolltest wissen, wohin ich gehe, und ich hab's dir gesagt. Da sind nur Ältere, und bestimmt trinken die Bier und so. Ich würde auf dich aufpassen wollen, und das fänden die sicher albern. Ich weiß, du kannst richtig cool sein, aber die haben nur mich eingeladen. Wie sieht das aus, wenn ich mit meiner kleinen Schwester aufschlage?"

Romy sieht ein bisschen traurig aus. Sie streicht durch ihre vom Schlaf verzottelten langen Haare. Ich weiß, dass sie innerlich mit sich kämpft. Sie ist hin- und hergerissen zwischen Trotz und Verständnis. Ich stoße sie mit meiner Schulter an.

„Ich putze bei der Abreise auch das Bad für dich, okay?"

Jetzt hellen sich ihre Züge auf. „Pass aber auf dich auf, ja? Ich bleibe wach, bis du zurück bist."

„Davon kann ich dich ja schlecht abhalten."

Erleichtert atme ich auf.

„Warte!", flüstert sie, als ich gerade das Zimmer verlassen will.

„Was denn jetzt noch?"

„Kannst du Franz mitnehmen? Als Aufpasser?"

Romy ist einfach süß. Sie macht sich wirklich Sorgen um mich.

„Keine schlechte Idee. Ich hoffe, er bellt Mama und Papa nicht wach."

Mir schlottern noch immer die Glieder vor Aufregung, als ich schon fast aus der Ferienhaussiedlung raus bin. Nachts ist es ein bisschen gruselig hier, weil so gut wie niemand unterwegs ist. Rechts liegt der tiefschwarze Kiefernwald. Die Äste und Stämme knarren leise im Wind. Jetzt bin ich froh über Romys Einfall, Franz mitzunehmen, und erst recht darüber, dass ich ihn mit Leckerlis ganz leise nach draußen locken konnte.

Ab und zu hüpfen Kröten oder kleine Frösche über den Weg. Ich erschrecke jedes Mal und springe zur Seite. Franz hingegen beschnuppert sie und stupst sie mit der Nase an. Vielleicht hofft er, dass sich eines der Viecher so in eine süße Hundeprinzessin verwandelt.

Es ist nicht weit bis zum Strand. Nur ein paar Straßen weiter beginnen die Dünen, und ich höre das Meer schon rauschen.

Während Franz an jeder Blume anhalten, schnüffeln und pinkeln will, denke ich an gestern zurück.

Wir waren mit Mama und Papa am Strand. Romy bekam man kaum aus dem Wasser. Papa passte auf, dass sie nicht zu weit rausschwimmt und sorgte sich wegen der Unterströmungen. Mama und ich lagen in der Sonne und lasen.

Auf einmal wurde es laut neben uns. Erst war ich genervt, weil mein Buch so spannend war und wir schließlich nach Dänemark fahren, weil man hier eigentlich den ganzen Strand für sich allein hat.

Plötzlich landete ein Ball vor meiner Nase, und Sand spritzte auf mich und mein Buch. Ich wollte losmotzen, als dieser gut aussehende Typ zu mir joggte, sich nach dem Ball bückte und ein süßes Lächeln aufsetzte.

„Sorry", murmelte er.

Für einige Sekunden musterten wir einander. Er war ungefähr in meinem Alter, gut gebaut und durchtrainiert. Er ließ den Ball auf seiner Fingerspitze drehen, seine Muskeln zuckten unter der Haut. Er trug nur türkisfarbene Strand-Bermudas, die seinen braun gebrannten Oberkörper betonten.

„Wanna play with us?", fragte er und deutete auf zwei weitere Jungs, die in einiger Entfernung an einem Netz standen und warteten.

Neben mir tat Mama so, als würde sie nichts mitkriegen. Ich dagegen bekam direkt Bauchkribbeln.

„Äh, okay."

„Cool! I'm Asger."

„Elisa."

Ich stand auf, rubbelte mir den Sand vom Körper und hoffte, dass mein Bikini nirgendwo verrutscht war.

„Ich spiel ein bisschen Volleyball", sagte ich zu meiner Mutter und ging einfach hinter Asger her. Seine Kumpels schienen sich zu freuen, einen vierten Mitspieler zu bekommen, und somit Zweierteams bilden zu können.

Asger stellte mich seinen Freunden Snorre und Bill vor. Ich war so aufgeregt und froh, weil Volleyball im Sportunterricht mein Lieblingsbereich war. Asger und ich spielten gegen die anderen. Jedes Mal, wenn ich uns einen Punkt holte, warf er mir einen richtig süßen Seitenblick zu, sodass mir ganz schwindelig wurde.

„Franz, jetzt mach mal hin!", rufe ich und ziehe an der Leine. Irgendwas im Strandhafer revolutioniert gerade seine Geruchssinne. Aber darauf kann ich nicht warten. Die Erinnerungen an gestern flashen mich noch immer. Ich muss dauernd lächeln, wenn ich an Asger denke. Er und ich haben beim Volleyball gewonnen. Wir waren ab der ersten Minute ein eingespieltes Team. Vielleicht haben Snorre und Bill uns aber auch extra gewinnen lassen, weil sie gespürt haben, dass da was zwischen uns ist. So ein Knistern. Romy hat ständig am Netz rumgelungert, nachdem sie endlich aus dem Wasser gekommen war, und mich damit richtig genervt. Egal, heute ist heute, und Romy ist nicht hier.

Ich laufe über die Dünen und erreiche den Strand. Der silberne Schein des Vollmonds taucht alles in magisches Licht. Die Wellen rauschen, es weht eine leichte Brise. Etwa zweihundert Meter weiter grölen die Jungs. Sie haben ein Feuer gemacht und einen Grill aufgestellt, einer hat eine Gitarre dabei. Mein Bauch kribbelt wieder wie gestern. Asger entdeckt mich zuerst, als Franz wie blöd zu bellen beginnt.

„Nice that you came!", ruft er und joggt mir entgegen.

„Hej", sage ich schüchtern.

Der Wind wühlt meine Haare durcheinander. Ich hätte mir eine Strickjacke mitnehmen sollen. Nur in der Knotenbluse ist es vielleicht doch etwas zu frisch.

„Ein bisschen spreche ich Deutsch", sagt Asger und lächelt.

„Du hast ein schöne Hund."

„Danke! Er heißt Franz." Ich streiche ihm durch sein dichtes Hundefell.

„Hej, Franz. Velkommen til Danmark."

Franz fühlt sich ganz groß und wedelt mit dem Schwanz.

„Wir machen ein Barbecue." Asger zeigt zu den anderen beiden Jungs rüber. „Snorre hat seine Gitarre dabei, und Bill bereitet das Essen zu. Magst du Fleisch?"

Ich weiche seinen Blicken aus. Dass ich seit einem halben Jahr vegetarisch lebe, sage ich lieber nicht. Eigentlich liebe ich Fleisch. Aber in meiner Klasse gibt es bei den Mädels diesen Trend ...

„Wieso nicht?", sage ich und zucke mit der Schulter. Die Mädels werden es sowieso nie erfahren.

„Super, dann komm!"

Asger geht zu den anderen zurück, und ich folge ihm. Er hat die Strand-Bermudas gegen Jeans und Pulli eingetauscht. So clever hätte ich auch mal sein sollen. Ich stelle mich nah ans Feuer und wärme mich auf, aber der Wind ist für Anfang Juli richtig kalt.

„Hej, Elisa", sagt Snorre und zupft auf der Gitarre rum.

Auch Bill begrüßt mich. Franz ist den Jungs gegenüber noch skeptisch gestimmt, er bleibt stehen und beobachtet alles aus sicherer Entfernung.

Während auf dem Grill ein paar Bratwürstchen und Steaks brutzeln, reicht Asger mir seine Fleecejacke.

„Dänischer Sommer", bemerkt er. „Good thing it's not raining."

„Funny", entfährt es mir. „Danke für die Jacke."

Die ist mir so was von willkommen! Ich streife sie mir über und schließe den Reißverschluss bis zum Hals. Das hilft: Sofort ist mir nicht mehr so kalt.

Ich mustere die Jungs. Bill scheint der älteste zu sein, zumindest ist er größer und stabiler gebaut als die anderen. Er hat braune Haare und einen Bartansatz. Snorre sitzt im Schneidersitz im Sand und spielt verschiedene Akkorde vor sich hin. Seine blonden Haare fallen ihm bis auf die Schultern.

„Heißt er wirklich Snorre? Or is it a nickname?", frage ich leise.

Asger lacht auf. Bill wirft ihm eine Dose Carlsberg zu, die er direkt an mich weiterreicht, um die nächste zu fangen.

Wir öffnen sie gleichzeitig, und es knackt und zischt.

„Look at his hair." Asger deutet mit dem Bier auf seinen Kumpel.

„Er sieht wie Snorre von die Wickie-Wikinger aus."

Ich schaue Asger fasziniert an. Irgendwas will ich sagen, aber dieser fantastische Akzent in seinen Worten verdreht mir den Kopf.

„Skål!" Er prostet mir zu und trinkt die halbe Dose ex.

Franz fühlt sich mittlerweile sicher. Er hat sich an seinem Ende der Schleppleine hingelegt, behält mich aber im Blick. Snorre stimmt einige Songs an. *Come As You Are* von Nirvana hat er richtig gut drauf. Und auch *21 Guns* von Green Day. Wir essen Bratwurst mit dänischer Remoulade, trinken Dosenbier, und der ganze Strand gehört uns allein.

„Lebt ihr alle hier in der Nähe?", erkundige ich mich. „Or are you on holiday?"

„Bills Dad hat eine Ferienhausvermietung. We are in Bills Haus. In Nørre Nebel", erklärt Asger.

„Cool", antworte ich. „Wir haben ein Ferienhaus ganz in der Nähe." Ich zeige zu den Dünen hinter uns. Natürlich kann man das Haus nicht sehen, aber irgendwo in dieser Richtung müsste es sein.

Asger erzählt, dass er aus einem nördlichen Vorort von Esbjerg stammt und jeden Sommer hier mit seinen Freunden verbringt. Seine Mutter ist gebürtig aus Nørre Nebel.

„But we live in Esbjerg, weil mein Dad got a job there."

Nach dem Essen liegen wir im Sand, schauen in die Sterne, lauschen Snorres Musik, und ich weiß, dass ich mich noch nie so frei gefühlt habe.

Ich beneide die Jungs um dieses Land. Die Weite, die endlosen Strände, die Ferienhausgebiete, wo viele Dänen eigene Häuser besitzen und den Sommer am Meer verbringen.

Aus den Augenwinkeln betrachte ich Asger. Seine Nähe macht mir Bauchkribbeln. Er zeigt in den Himmel und erzählt irgendwas über die Sternbilder. Ich finde es richtig spannend, dass er so viel über die Sterne weiß. Aber ich schaue trotzdem lieber ihn an als die Millionen kleiner Lichtpunkte in unendlicher Ferne.

„Magst du schwimmen gehen?", fragt er plötzlich und sieht mich an. Erst glaube ich, es wäre ein Scherz. Aber das Mondlicht zeigt die Ernsthaftigkeit in seinem Gesicht.

„Jetzt?"

„Ja, warum nicht?"

„Es ist dunkel", wende ich ein.

Er schaut wieder in den Himmel hinauf.

„Der Mond ist da. Und die Sterne. Die Wikinger haben sich auch an die Sterne orientiert."

„Okay", höre ich mich sagen.

Asger springt auf und zieht mich hoch. Dann steigt er aus dem Pulli und der Jeans. Zum Vorschein kommen wieder die türkisfarbenen Bermudas. Ich schüttle lachend den Kopf.

„Komm!", fordert er mich auf.

Zu den Jungs sagt er etwas auf Dänisch, was ich nicht verstehe. Währenddessen ziehe ich die Fleecejacke, meine Bluse und die Shorts aus. Jetzt zu kneifen wäre blöd, obwohl mir richtig kalt ist.

Ich drücke Bill die Hundeleine in die Hand und kraule Franz' Ohr, bevor ich Asger zum Ufer folge. Das ist doch verrückt!

Ich trage schwarze Hotpants und einen schwarzen Sport-BH, weil der sehr bequem ist. Meine Unterwäsche geht locker als Bikini durch.

„Du bist mutig", flüstert Asger und nimmt meine Hand. Zusammen gehen wir tiefer in die Wellen hinein. Das Meer ist ruhig, und das Vollmondlicht glitzert auf der Oberfläche wie Tausende kleine Diamanten. An meinen Beinen fühlt es sich dagegen weniger romantisch an. Eher wie kleine Nadelstiche.

„Aber wir gehen nicht zu tief rein", meint Asger. „You're drunk."

„Ich bin nicht betrunken!", verteidige ich mich und schubse ihn ins Wasser. Mit einem Platschen geht er unter. Ich kreische vor Übermut, und Franz bellt laut über den Strand hinweg. Bestimmt hat Bill gerade Mühe, ihn festzuhalten.

47

Asger taucht nicht wieder auf. Ich mache mir schon Sorgen, als mir jemand die Beine wegzieht und ich untergehe. Sekunden später kommen wir prustend zurück an die Oberfläche. Wir bespritzen uns gegenseitig mit Wasser, planschen und schwimmen ein paar Meter. Ich bin noch nie nachts geschwommen, und es ist herrlich. Ich darf nur nicht darüber nachdenken, was da alles unter uns ist.

Als mir irgendwann die Zähne klappern, kehren wir ans Feuer zurück, setzen uns in den Sand und wickeln uns in eine Decke. Bill und Snorre scheinen uns gar nicht zu bemerken. Sie diskutieren auf Dänisch, stimmen ständig dasselbe Lied an, um dann wieder darüber zu debattieren. Franz liegt hechelnd neben dem Grill und hofft auf Wurstreste. Er ist wohl erleichtert, dass ich wieder da bin.

Unter der Decke halten Asger und ich Händchen. Das hilft mir beim Aufwärmen. Ab und zu schaut er mich an. Ich weiß, dass seine Augen blau sind. Auch wenn jetzt nur der Widerschein des silbernen Mondlichts in ihnen zu sehen ist.

„Du bist kalt", sagt er. „Besser, du gehst nach Hause und ziehst dir etwas Trockenes an."

„I don't wanna go", flüstere ich.

„I know."

Er lehnt sich an mich. Das Feuer prasselt. Snorre legt einen dicken Holzscheit nach. Wie spät es wohl ist?

Mit ganz viel Fantasie lässt sich die zarte Morgenröte am Horizont erahnen. Irgendwann bin ich aufgewärmt, krieche unter der Decke hervor und ziehe mich an. Asger beobachtet mich dabei.

Schließlich steht auch er auf, steigt in Jeans und Pulli und reicht mir die Fleecejacke.

„Komm", sagt er und nimmt erneut meine Hand. „I wanna show you something."

Ich folge ihm. Ganz egal, was er mir auch zeigen will – meine Hand in seiner, das fühlt sich so gut an. Ich will nicht, dass er mich je wieder loslässt.

Asger führt mich weg vom Feuer, weg von den Jungs, raus aus dem orangefarbenen Lichtkegel der lodernden Flammen. Der Sand knirscht unter unseren Schritten, gibt nach, bildet Abdrücke unserer nackten Füße. Ich bin berauscht und weiß nicht, ob vom Dosenbier oder von Asgers prickelnder Nähe.

„See that?", fragt er und zeigt auf einen mächtigen Schatten in der Dunkelheit. Weil ich diesen Strand so gut wie in- und auswendig kenne, ahne ich, wovon er spricht.

„Der Bunker?"

„Ja." Asger hält auf den Betonklotz zu, der so gar nicht in die idyllische Strandkulisse passt. Wenig später erreichen wir ihn.

„We don't go inside", bemerkt er.

Ich bin erleichtert, denn allein bei der Erinnerung an das Innere des Bunkers ekelt es mich. Ein einziges Mal sind Romy und ich vor langer Zeit durch die schmale Öffnung hineingekrochen. Sehr schnell haben wir bemerkt, dass der sandige Untergrund nicht vom Meerwasser so feucht war: Viele Badegäste benutzen den Bunker als Klo.

Asger bleibt vor mir stehen, sieht mich kurz an, bevor er seine Hände um mich legt und mich schwungvoll hochhebt. Im nächsten Moment sitze ich auf dem Betonklotz, der bereits zur Hälfte in den Dünen versunken ist, als wollten die Sandberge die Geschichte vertilgen. Asger nimmt Schwung und springt zu mir hoch.

Jetzt sitzen wir nebeneinander auf einem Relikt des Atlantikwalls aus dem Zweiten Weltkrieg, lassen unsere Füße baumeln und können uns nicht vorstellen, dass hier einmal ein Besatzungsregime geherrscht hat. Asger sitzt einfach da, schaut zum Horizont, drückt sanft meine Hand und lässt mich daran glauben, dass es größere Dinge gibt als Kriege und Hass.

Kapitel 4 ✂ Romina, 2024

„Vielleicht willst du dich erst mal frisch machen?", fragt Magnus und zeigt zur Wand hinter mir. „Da sind zwei Türen, links ist mein Zimmer, rechts deins. Das Bad ist im Flur neben der Haustür. Ich hoffe, es genügt deinen Ansprüchen."

„Oh, da bin ich sicher", sage ich schnell.

Ich weiß nicht, ob Sybille je in Dänemark war. Ich würde ihm so gern erzählen, wie sehr ich dieses Land liebe und wie oft wir in meiner Kindheit hier gewesen sind. Vielleicht gibt es da eine Möglichkeit …

„Meine Freundin Romina hat mir viel von Dänemark vorgeschwärmt. Jetzt kann ich mich endlich selbst von der Schönheit der Natur und den gemütlichen Häuschen überzeugen."

„Was ist mit Bornholm?"

„Wie bitte?"

„Du warst doch mal auf Bornholm, hast du erzählt."

Ich war noch nie auf Bornholm!

„Ach ja, das!", rufe ich. Mist! Das fängt ja gut an.

„Ähm, na ja, Bornholm ist … Ist ja genau genommen sehr weit vom Festland entfernt und noch dazu … Ostsee. Ich meine, die Nordsee ist ja gar nicht vergleichbar. Vom Klima und so."

Ich beiße mir auf die Zunge. Er muss ja denken, ich wäre durchgeknallt.

„Entschuldige", schließe ich mit einem Stammeln ab. „Ich glaube, ich bin echt erschöpft von der Fahrt."

„Wie gesagt, komm erst mal ganz in Ruhe an", beruhigt er mich.
Ich tapse in die Küche, um meinen Koffer von der Bank zu holen.
Bevor ich damit in der rechten Tür verschwinde, drehe ich mich
noch mal zu Magnus um.

„Ich hab gar nicht gefragt, wie es dir geht", sage ich mit schlechtem Gewissen. „Hast du Schmerzen? Ist die Verletzung sehr
schlimm?"

„Der Doc hat mir ein Schmerzmittel verschrieben, damit lässt es
sich aushalten. Ich muss die Augen in den nächsten Tagen schonen und am besten oft geschlossen halten."

Oft, klingt es in mir nach. Er muss sie oft geschlossen halten. Nicht
permanent. In meiner Kehle bildet sich ein Kloß. Er wird mich
sehen wollen. Nein. Er wird Sybille sehen wollen.

„Besser du hältst dich an das, was der Arzt gesagt hat." Meine
Stimme klingt heiser. „Vielleicht lässt du sie einfach komplett geschlossen. Ich will nicht, dass du bleibende Schäden davonträgst."

Ich verschwinde in meinem Zimmer und lehne mich von innen
an die Tür. Mit zitternden Fingern ziehe ich das Handy aus der
Tasche und tippe Sybille eine Nachricht.

*Er wird mich sehen wollen. Ich meine: Dich! Und ich wusste nicht, dass du
mal auf Bornholm gewesen bist. Danke dafür. Was gibt es noch, das ich besser
nicht erwähnen sollte, um uns nicht zu verraten?*

Mein Atem geht stoßweise. Während ich mich zu beruhigen versuche, überfliegt mein Blick die gemütliche Einrichtung des Zim-
mers. Ich frage mich, ob es immer als Gästezimmer genutzt wird.

Links neben dem Fenster steht ein Bett im Ikea-Stil. Weißer Eisenrahmen, eine bequem aussehende dicke Matratze, vier Kissen und eine Decke. Rechts von der Tür befindet sich ein Kleiderschrank, den ich öffne und meinen Koffer hineinstelle. Ich werde ihn nicht auspacken, denn ich werde nicht so lange bleiben, dass es sich lohnen würde. Mein Handy vibriert.

Wie ist er denn so? Wie sieht er aus, wie gefällt er dir? Sorry wegen Bornholm. Ich dachte, das gehört zu Schweden. Ist lange her ... Riecht er gut? Du schaffst das schon! Ich vertraue dir.

Ärgerlich schmeiße ich das Handy aufs Bett. Ob er gut riecht? Das ist doch wohl nicht ihr Ernst! Und klar, Bornholm ist Schweden! Ich glaube, Sybille will mich für dumm verkaufen.

Für einen Moment setze ich mich auf die Bettkante und denke angestrengt nach. Dabei fallen mir meine schwarzen Haarsträhnen über die Schultern. Ich habe ein ernsthaftes Problem. Mit einem Satz bin ich am Schrank, reiße meinen Koffer heraus und bete, dass ich meine Wollmütze dabeihabe! Ich erinnere mich vage daran, dass Sybille sie mir im Rausgehen mit einem Schal zugesteckt hat.

Während ich flehende Stoßgebete flüstere, fällt mir die Mütze tatsächlich in die Hände.

Gott sei Dank!, hallt es durch meinen Kopf. Ich drücke den gestrickten Lebensretter fest an meine Brust, schließe die Augen und inhaliere seinen Duft.

57% Wolle, 43% Acryl: das Gefühl von Sicherheit, während ich in die größte aller Lebenslügen verstrickt bin. Ich liebe dieses Garn und benutze es oft für meine Verkaufshandarbeiten. Die Struktur ist lose gesponnen mit Unregelmäßigkeiten in der Stärke und lässt sich super verarbeiten. Zudem ist es fünffarbig mit einer unglaublichen Farbtiefe. Ich stülpe mir die Mütze über, schiebe alle meine Haare darunter und hoffe, dass Magnus nicht bemerkt, dass sie schwarz sind. Keine blonden Engelslöckchen. Keine Sprungfedern, die auf und ab wippen.

Was mein Gesicht angeht … Ich hab leider keine Sybille-Latexmaske griffbereit und muss darauf hoffen, dass er so verschwommen sieht, dass es ihm einfach nicht auffällt.

Im nächsten Moment höre ich ein Poltern und das Zerbrechen von Glas oder Keramik. Ich stürze aus dem Zimmer und schaue zur Couch. Magnus liegt nicht mehr auf seinem Platz. Aus der Küche höre ich ihn auf Dänisch schimpfen.

„Ist alles okay?", rufe ich und laufe zu ihm.

Hilflos steht er da, die Augen geschlossen, bückt sich und tastet nach den Scherben zu seinen Füßen.

„Keine gute Idee!", warne ich, packe ihn bei den Schultern und schiebe ihn zu einem Stuhl. „Setz dich, ich kümmere mich darum."

„Ich wollte uns einen Tee kochen", gesteht er und fährt sich durch die Haare.

„Wie nett. Dann wolltest du dir wohl noch die Hände verbrühen. Hast du schon immer solche selbst verletzenden Tendenzen gehabt?"

Er lacht leise.

„Erst, seit ich dich kenne. Vielleicht will ich, dass du länger als zwei Tage bleibst."

„Oh glaub mir, das willst du nicht", entgegne ich und durchsuche die Schränke nach Kehrblech und Handfeger.

„Unter der Spüle", sagt er, wohl ahnend, was ich tue. „Bitte sag mir, dass es nicht die Moss-Tasse war."

„Die was?"

„Unten drunter ist sein Gesicht", erklärt er. „Maurice Moss. Kennst du die Serie *IT Crowd*?"

„Hört sich nerdig an, also eher nicht."

Ich hocke mich hin und kehre die Scherben zusammen.

„Es war nicht die Moss-Tasse, sondern eine rosafarbene mit Elchen und Einhörnern."

„Gott sei Dank!", ruft er. „Dieses hässliche Ding wollte ich schon immer in die Tonne werfen. William hat sie mir zum Dreißigsten geschenkt."

„Ich mag William jetzt schon", sage ich mit einem Grinsen und kippe die Scherben in den Mülleimer.

„Möchtest du denn einen Tee?", fragt er. „Oder willst du lieber schlafen gehen?"

„Ich denke, ein Tee wäre gut. Und schlafen gehen werde ich wohl nach dir, um so was wie das hier zu verhindern."

Ich beobachte, wie seine Gesichtszüge sich mehrmals ändern, während wir uns unterhalten. Er hat eine sehr feine Mimik, die es mir schwer macht, ihn nicht unentwegt anzuschauen. Magnus ist nicht nur ein sehr schöner, sondern auch ein interessanter Mann.

Ich frage mich, wieso er noch nicht unter der Haube ist. Und welche Augenfarbe er wohl hat.

Ich befülle den Wasserkocher und nehme zwei Tassen aus dem Schrank. Magnus bekommt die Moss-Tasse. Tatsächlich befindet sich auf ihrer Unterseite das Gesicht eines Mannes. Ich glaube, den Schauspieler kenne ich sogar. Richard Ayoade, ein britischer Comedian. Ich liebe britischen Humor. Vielleicht sollte ich mir diese Serie doch mal anschauen.

Magnus schweigt, während ich zwei Beutel Darjeeling in die Tassen hänge und warte, bis das Wasser kocht.

„Trinkst du ihn mit Milch oder Zucker?"

„Nur schwarz, danke."

Wenig später stelle ich die dampfenden Tassen auf den Tisch und setze mich auf die Holzbank. Magnus tastet nach seinem Tee. Millisekunden, in denen ich versuche, einen selbstverständlichen Reflex zu unterdrücken, werden zur Ewigkeit. Ich könnte ihm den Henkel zudrehen, um zu verhindern, dass er die Tasse versehentlich umstößt. Stattdessen greife ich nach seiner Hand. Ganz behutsam. Unmerklich zuckt er zusammen. Die kribbelnde Energie geht auf mich über.

„Hier ist sie", sage ich, um die plötzliche Spannung aus der Luft zu nehmen, und führe seine Finger zum Henkel.

„Vorsichtig, er ist sehr heiß."

„Gut, ich mag keinen kalten Tee", scherzt er.

„Was hat es mit dieser Moss-Tasse auf sich?", will ich wissen.

Ich will reden, ganz gleich, über was. Ich will nicht darüber nachdenken, wie intim mir die Berührung seiner Hand vorgekommen ist. Obwohl sie doch nichts weiter als eine simple Hilfestellung war. Sein Lächeln ist so ehrlich, dass ich es einfach erwidern muss, während er von seiner Serie erzählt. Er endet mit einem Satz, der völlig aus dem Zusammenhang gerissen ist.

„Es tut mir leid, dass du meinetwegen nicht zum Konzert fahren kannst, Sybille. Ich weiß, wie viel die *Purple Needles* dir bedeuten."

Mein Lächeln erstirbt, und mir wird schlecht.

„Ach ... bitte ... lass uns nicht mehr vom Konzert reden."

Wie gern würde ich jetzt meinen Tee hinunterstürzen und zu Bett gehen. Aber er ist noch immer viel zu heiß.

Also muss ich vorerst hier sitzen bleiben. In der Küche eines Fremden, der glaubt, ich wäre seine neue Liebe. Ich kann nichts dagegen tun, aber er hat eine Ausstrahlung, die mich überwältigt. So was ist mir noch nie passiert; dass ich mit einem völlig unbekannten Menschen in einem Raum bin und das chemische Reaktionen auslöst. Die Luft ist dermaßen angespannt, es knistert, und ich hoffe, dass Magnus nicht dasselbe empfindet. Also nicht für mich. Nur für Sybille. Ihre Worte während meiner Fahrt gehen mir durch den Kopf: Er ist anders als alle Männer, die sie bisher kannte. Da könnte sie recht haben.

Plötzlich löst er die Finger vom Henkel seiner Tasse, tastet über den Tisch und findet meine Hand. Er greift nach ihr, streichelt darüber, verfolgt die feinen Äderchen auf meinem Handrücken, befühlt meine Finger und die Nägel. Seine Berührung ist wie Feuer auf meiner Haut. Meine Atmung wird ganz flach und hektisch.

Ich will meine Hand wegziehen, weil das Fehlen lackierter Gelnägel, wie Sybille sie hat, mich verraten könnte.

Aber ich kann nicht. Ich bin wie gelähmt. Ganz benommen beobachte ich, wie er meine Hand bis zum Handgelenk erkundet. Wie er sie aufnimmt, an seine Lippen führt und jeden einzelnen Finger zärtlich küsst. Ich halte die Luft an. Es ist falsch, was ich tue. Was ich zulasse. Aber ich habe nicht die Kraft, mich dagegen zu wehren.

„Ich werde es wiedergutmachen, Sybille", flüstert er. „Dass du meinetwegen alles stehen und liegen gelassen hast und sofort hergekommen bist."

„Das musst du nicht", erwidere ich auf sein Flüstern und ziehe meine Hand zurück. „Ich bin gern in deiner Nähe."

Mir wird ganz warm unter der Wollmütze, denn dieser letzte Satz war nicht gelogen. Es muss aufhören – sofort! Bevor es überhaupt beginnt.

„Was steht für morgen auf dem Programm?", frage ich und gehe auf Abstand. Das alles hier strengt mich unglaublich an. Vor allem das Vorgaukeln von Unwahrheiten. Und mit ihm in einem Raum zu sein. Seine schwere, schwindelerregende Nähe. „Ich fürchte, so langsam macht sich die lange Autofahrt bemerkbar. Ich … sollte bald zu Bett gehen."

„Oh, entschuldige." Magnus wird unruhig. „Ich Trottel! Natürlich bist du müde. Ich fürchte, mein Schmerzmittel lässt auch langsam nach. Ähm … könntest du mir eine Tablette geben und mir mit der Augensalbe helfen? Es müsste alles auf dem Wohnzimmertisch liegen. Den Rest schaffe ich allein, denke ich."

„Klar. Dafür bin ich ja hier …"

Und natürlich muss er den Rest allein schaffen, denn ich werde ihm sicher nicht beim An- oder Ausziehen helfen.

„Morgen um zwölf habe ich einen Kontrolltermin in der Klinik", erklärt er. „Die Fahrt nach Esbjerg dauert etwa fünfzig Minuten. Wir sollten gegen elf losfahren."

„Okay. Dann Frühstück um zehn?"

Er nickt und schmunzelt.

„Frühstück um zehn."

So gefällt mir das. Klare und distanzierte Anweisungen. Zur Klinik und zurück und übermorgen nach Hause. Dieser Spuk sollte so schnell wie möglich wieder enden.

Ich stehe auf, gehe ins Wohnzimmer und brauche einen Moment, um zu verschnaufen. Hier ist die Luft deutlich dünner. Noch immer kribbelt meine Hand. Noch immer spüre ich die Wärme seiner Lippen auf meinen Fingern. Ich schüttle den Kopf. Nein! Diese Küsse gehören Sybille. Sie sollte jetzt hier sein und ihm die Salbe verabreichen. Ihn zur Augenklinik fahren und seine Scherben in den Müll kippen.

„Hast du alles gefunden?", ruft er.

Ich besinne mich und gehe zum Tisch.

„Ja. Bin sofort bei dir."

Ich greife nach den Medikamenten, atme tief durch und gebe mir geistig einen Tritt in den Hintern.

Jetzt stell dich nicht so an! Mitgehangen, mitgefangen. Das ist deine eigene Schuld, Romina. Und hör auf mit diesem Chemiequatsch! Er ist nur ein ganz normaler Mann.

Mir graut es vor dem Moment, in dem er für die Salbe die Augen öffnen muss. Entweder schmeißt er mich in wenigen Minuten vor die Tür, oder er kann so wenig sehen, dass ich vorerst mit einem blauen Auge davonkomme. Dämliches Wortspiel.

„Du hast mir immer noch nicht erzählt, was genau passiert ist", sage ich, als ich wieder in die Küche komme. Ich befülle ein Glas mit Wasser und reiche es ihm mit der Tablette. „Wieso hast du beim Schweißen keine Schutzbrille getragen?"

„Weil ich ein Idiot bin", gesteht er, wirft sich das Medikament ein und trinkt einen großen Schluck. „Ich wollte nur schnell was Kleines reparieren und hab die dämliche Brille nicht auf Anhieb gefunden. Ich dachte, so was hab ich doch schon hundertmal gemacht. Dann schaff ich es auch ohne ... Tja. Falsch gedacht."

„Tut mir leid."

„Meine Dummheit?"

„Die auch."

Er lacht. Dabei hüpft sein Kehlkopf auf und ab.

„Okay, bereit für die Salbe?", will er wissen.

Nein! Eher bereit zum Abhauen!

„Ich hab keine Ahnung. Soweit ich weiß, hab ich noch nie in meinem Leben als Krankenschwester gearbeitet."

„Mein Vater sagt immer, man wächst mit seinen Herausforderungen."

„Dein Vater scheint ein kluger Mann zu sein", erwidere ich und öffne den Verschluss der kleinen Tube.

„Das ist er."

Magnus nimmt eine gerade Sitzhaltung ein. Wie soll ich das bloß hinbekommen? Wieso kann er nicht abstoßend und unattraktiv sein? Oder einen schlechten Charakter haben? Das wäre so viel einfacher.

„Du musst die Salbe direkt ins Auge geben. Aber erschrick nicht, ich fürchte, meine Augen sehen ziemlich übel aus."

So leid es mir tut, aber das höre ich gern. Es gibt mir die Hoffnung, dass er mich nicht sehen wird.

„Ich bin bereit", lüge ich.

Während Magnus sein Augenlid nach unten zieht, quetsche ich einen Salbenstrang aus der Tube. Er versucht es zu verbergen, aber ich sehe, dass er Schmerzen hat. Tatsächlich sind seine Augen stark geschwollen und gerötet. Sobald die Salbe in einem Auge verabreicht ist, folgt dieselbe Prozedur am anderen.

Ich habe Angst, dass er jeden Moment etwas zu meinem Aussehen sagt. Dass er *mich* sieht und nicht Sybille. Dass er mich unscheinbar findet.

„Ist es sehr schlimm?", fragt er stattdessen und lässt mich zusammenzucken.

„Was meinst du?" Ich bin verwirrt.

„Meine Augen."

„Kannst du … etwas erkennen?"

Mir wird heiß und kalt, während ich auf Antwort warte.

„Nicht wirklich", sagt er, und ich reiße mich zusammen, vor Erleichterung nicht laut aufzuseufzen.

„Na ja", stammle ich. „Wie schlimm es ist, kann ich nicht beurteilen. Ich habe noch keinen Vergleich."

61

„Ich bin sehr lichtempfindlich", erklärt er. „Alles ist verschwommen und tut höllisch weh."

„Fertig", sage ich und sinke auf die Bank. Meine Hände zittern.

„Ich danke dir für deine Hilfe, Sybille."

„Gern geschehen. Welche Augenfarbe hast du eigentlich? Ich erinnere mich nicht mehr daran, ob wir je darüber gesprochen haben."

Jetzt sieht er etwas geknickt aus.

„Haben wir. Ganz zu Beginn unserer Bekanntschaft."

„Oje, jetzt hast du mich erwischt!"

„Sie sind grün", erklärt er. „Du hast es gischtgrün wie nach einem Sturm auf See genannt."

„Jetzt erinnere ich mich wieder", lüge ich. „Ich wusste gar nicht, dass Sy... *ich* so eine romantische Ader habe."

„Lass uns schlafen gehen", sagt Magnus und steht auf. „Du sollst meinetwegen nicht auch noch todmüde sein."

„Gute Idee", stimme ich zu. „Ruf mich einfach, wenn irgendwas ist oder du Hilfe brauchst. Wirklich. Ich bin für dich da."

„Das weiß ich."

Kapitel 5 ✂ Romina, 2024

Obwohl ich so müde bin, dass mir übel ist, kann ich nicht einschlafen. Ich bin ziemlich aufgewühlt und erschöpft von der Begegnung mit Magnus. Hier in meinem Bett kann ich erst mal durchatmen und alles analysieren. Oder auch nicht. Ich berühre doch ständig Menschen, wenn ich in der Schneiderei Maß nehme oder Kleider abstecke. Wieso ist es so anders, wenn ich Magnus berühre?

Sybille hat nach zwölf noch angerufen. Ich musste ihr mit gedämpfter Stimme alles erzählen. Haarklein habe ich ihr Auskunft über das gegeben, was heute passiert ist. Über alles – bis auf die Sache mit meiner Hand. Ich schließe die Augen und kneife in meinen Nasenrücken. Es wollte mir einfach nicht über die Lippen kommen, dass Magnus meine Finger geküsst hat. Mir fällt Sybilles Frage vom Abend wieder ein: ob er gut riecht.

O ja, das tut er.

Aber wen interessiert das schon? Mich sollte es jedenfalls nicht interessieren, und Sybille hat Pech gehabt, es nicht selbst herauszufinden.

Seine Augen sind gischtgrün wie nach einem Sturm auf See. Wie gern würde ich sie sehen. Aber das wäre fatal. Denn meine würde er ganz sicher nicht sehen wollen. Gequält von diesen Gedanken, wälze ich mich von einer Seite auf die andere. Das Bettzeug duftet nach Lavendel. Welcher Mann wäscht seine Wäsche mit Lavendelwaschmittel?

100% Lavendel-Jersey: Dieser Stoff wird mir nie im Leben mehr aus dem Kopf oder der Nase gehen. Der Duft von Magnus und meines Verrats an ihm.

Sobald ich zu Hause bin, werde ich Max Koch ansprechen und ihn um ein Date bitten. So kann es mit mir nicht weitergehen. Im Nachbarzimmer knarrt ein Bett. Ich weiß, dass die Wände dänischer Ferienhäuser dünn sind. Trotzdem verachte ich diese Wand dafür, dass sie mir nicht vorenthält, was im Nebenraum passiert. Sie verrät skrupellos, dass auch Magnus wach daliegt und vermutlich an Sybille denkt. Daran, wie sehr er sich wünscht, seine Augen würden funktionieren, damit er sie ansehen kann.

Ich drücke die Light-Taste meines Weckers. Es ist zwei Uhr vierzig. Ich sollte jetzt wirklich schlafen. Das einzig Gute an meinen Augenringen morgen wird sein, dass Magnus sie nicht sieht.

Um fünf Uhr dreißig bin ich wieder wach. Genervt vom Nichtschlafen-Können stehe ich auf, strecke mich und gähne.

Frühstück um zehn Uhr hat Magnus gesagt. Also krame ich meine hellblaue Leinenhose und das taubenblaue Top aus dem Koffer. Ich liebe die Hose mit dem hohen Bund und den weiten Beinen. Das Tanktop mit dem Rundkragen passt perfekt dazu.

Dann nehme ich meine Waschtasche und schleiche mich über den Flur ins Bad, um Magnus nicht aufzuwecken. Eine heiße Dusche ist wie ein guter Kaffee; sie weckt Lebensgeister. Die langen Haare trockne ich nur an, um sie zu flechten und unter meine bunte Strickmütze zu schieben.

Obwohl es Anfang Mai ist, soll es heute warm und windstill sein. Das sagt jedenfalls die Wetter-App. Nichtsdestotrotz ziehe ich mir die Strickjacke über, als ich das Haus Richtung Nymindegab verlasse, um Rundstykker, Bolle und Wienerbrød zu besorgen. Papa, Franz und ich haben das jeden Morgen in unseren Urlauben getan. Und am Honighäuschen sind wir auch immer vorbeigekommen. Wie ich das vermisse.

Seit wir vor zehn Jahren das letzte Mal als Familie hergekommen sind, fehlt Dänemark mir. Bis jetzt wusste ich nicht, wie sehr.

Bestimmt würde es sogar dem alten Franz mit seinen vierzehn Jahren gefallen, noch ein letztes Mal hierherzukommen.

Ganz windstill ist es nicht. Die Brise, die vom Meer herüberweht, trägt das Rauschen der Wellen mit sich. Es duftet nach nordeuropäischem Frühling. Möwen kreischen, hin und wieder höre ich Autos von der Hauptstraße. Der Himmel ist nahezu wolkenlos, und ich genieße den Sonnenschein.

Als ich die Ortschaft erreiche, schlendere ich an den Lädchen vorbei, die zu dieser Uhrzeit noch geschlossen sind. Hin und wieder bleibe ich an einem Schaufenster stehen. Ich mag nordische Deko und das hübsche Geschirr. Wikinger-Accessoires, Haushaltswaren mit Dannebrog-Bedruck und Süßwaren. Vom Streuseleis bis zum Kajkage.

Vor einem Fenster bleibe ich besonders lang stehen. Dieser Souvenirladen verkauft auffallend schöne Deko. Winzige bemalte Häuser, ja ganze Landstriche aus Holz gefertigt. Tiere, die aus Holzstücken und Draht zusammengefügt sind. Manche davon in Lebensgröße, etwa ein Pferd, dessen Machart und Originalität mich beeindrucken. Wer auch immer sie gebaut hat, muss eine tiefe Liebe fürs Detail haben.

Möbel und Lampenständer aus Holz, Windspiele aus Muscheln und Hühnergöttern. Ich kann mich kaum sattsehen und bin hingerissen. Allerdings nicht von den Preisen, also gehe ich weiter. Nur wenige Menschen sind schon auf der Straße unterwegs. Ich besorge die Brötchen fürs Frühstück und mache mich auf den Heimweg.

Als ich den einsamen Dünenweg einschlage, der zu Magnus' Haus führt, nehme ich sein Grundstück zum ersten Mal bei Tageslicht wahr. Gestern Abend war von der Umgebung nicht viel zu erkennen gewesen. Jetzt sehe ich das blaue Haus bereits von Weitem. Das urig bewachsene Dach, die weißen Sprossenfenster, den Wintergarten. Das Grundstück ist naturbelassen. Eine Wildwiese auf der Kiefern, Krüppeleichen und Fliegenpilze wachsen. Neben dem Wintergarten geht eine gepflasterte Terrasse vom Haus ab. Darauf stehen ein Grill, Gartenstühle und ein großer Tisch.

Was neu für mich ist, ist eine alte Scheue wie die eines Bauernhauses nach hinten raus. Sie liegt in einem kleinen Kiefernwäldchen, davor steht ein dunkler Geländewagen mit Ladefläche.

Ich laufe über die gekieste Einfahrt zur Haustür, gehe hinein und hänge meine Strickjacke an die Garderobe. Es ist neun Uhr. Ich habe noch Zeit genug, um ein Frühstück vorzubereiten und Kaffee zu kochen. Magnus scheint bereits wach zu sein; ich höre, dass er im Bad ist.

Ich lege die Brötchen auf den Tisch, stelle Teller und Tassen hinzu, Milch, Butter, Marmelade und eine Schüssel Heidelbeeren, die ich im Kühlschrank entdeckt habe.

Es ist ganz einfach, rede ich mir ein: Er kommt aus dem Bad, wir essen, steigen ins Auto, fahren zur Augenklinik und wieder zurück, und morgen um diese Zeit bin ich hoffentlich schon auf der A7. Ich will hier schließlich nicht einziehen, und irgendwann muss Magnus auch wieder allein klarkommen.

Der Kaffee ist fast fertig und erfüllt die Luft mit seinem Aroma. Die Maschine macht ihre gurgelnden Abschlussgeräusche, als Magnus aus dem Bad kommt.

„Guten Morgen", sagt er und sieht glücklich aus. Ohne zu wissen, wo genau ich stehe, tastet er sich an der Wand entlang.

Im Tageslicht sieht er noch besser aus. Aber das hätte Sybilles Feststellung sein sollen und nicht meine.

„Guten Morgen", antworte ich. „Wie geht es dir und deinen Augen?"

„Bei diesem Kaffeeduft? Es könnte nicht besser sein."

„Das freut mich. Ich war schon im Ort und habe Rundstykker, Bolle und Wienerbrød besorgt."

„Wirklich?" Er klingt überrascht. „Ich dachte, du würdest noch tief und fest schlafen, und ich müsste dich aus dem Bett schmeißen. Du sagst doch immer, du wärst ein richtiger Morgenmuffel. Seit wann bist du wach?"

Er greift in die Luft, findet die Stuhllehne und nimmt Platz. Seine dunkelblonden Haare sind zwar gekämmt, sehen aber trotzdem wild aus.

67

„Ein Morgenmuffel …", stammle ich. Richtig, das ist Sybille durch und durch. „Ich … Äh, ich hab nicht besonders gut geschlafen, und da dachte ich, ich mache mich einfach schon mal nützlich. Salbe?"

Er hat die Tube bereits in seinen Händen.

„Ja, Salbe. Danke", antwortet er und hält sie mir hin. „Die Augen werden besser, denke ich. Bin gespannt, was der Doc sagt."

„Das bin ich auch …", murmle ich und öffne den Verschluss.

Ich muss mich sehr zusammenreißen, denn ich habe in der kurzen Nacht beschlossen, keine Emotionen mehr zuzulassen. Er ist Sybilles Magnus, der Hilfe braucht. Nicht meiner. Punkt. Ich bin innerlich auf Distanz gedrillt.

Gott, lass ihn mich nicht sehen, flehe ich, als er das Unterlid herunterzieht. Tatsächlich ist das Auge nicht mehr so geschwollen wie gestern.

„Trägst du eine Mütze?", fragt Magnus in dem Moment, und fast wäre der lange Salbenstrang danebengegangen. Ich zittere und habe Angst, seinen Augapfel mit der Tube zu berühren oder sogar zu verletzen.

„Was? Ich? Eine Mütze? Äh, ja. Ich habe … Ich hab geduscht, und draußen war es frisch, und ich wollte nicht, dass du … Dass meine halbtrockenen Haare … Also, dass ich mich erkälte. Geht das so mit der Salbe? Ich hoffe, es ist alles richtig drin …"

Magnus lacht. Ich liebe es, wie sein Kehlkopf dabei auf und ab springt.

„Sybille, immer mit der Ruhe. Was ist denn plötzlich los mit dir?", fragt er und macht sich an das andere Auge. „Ich bin übrigens stolzer Besitzer eines Föhns. Er würde sich bestimmt freuen, wenn er mal in den Genuss käme, eine Haarpracht wie deine durchzuwirbeln."

„Sicher. Bestimmt würde er das."

Ich quetsche die Salbe in sein Auge und bemerke die Bartstoppeln in seinem Gesicht. Die waren gestern noch nicht da. Ich will diese Frage nicht stellen. Aber ich muss es tun, denn ich bin Sybille.

„Brauchst du Hilfe beim Rasieren?"

Magnus befühlt sein Kinn und die Wangen.

„Erst mal nicht", befindet er. „Es sei denn, du magst lieber glatte Haut."

So langsam komme ich ins Schwitzen. Innerlich pfeife ich Sybille gehörig zusammen. Und natürlich steht sie auf glatte Haut. Ich dagegen sterbe für Dreitagebärte.

„Viel lieber als glatte Haut", antworte ich und betrachte sein hellgraues Kurzarmhemd, das er zu der Jeans vom Vortag anhat, „mag ich es, wenn Hemden nicht auf links getragen werden."

„Oh", ruft er und betastet seinen Kragen und die kurze Knopfleiste. „Ich hätte schwören können, dass ich es richtig herum angezogen habe."

Ich schraube die Salbe zu und lege sie auf den Tisch. Mein Herz klopft plötzlich ganz laut. Dabei hatte ich heute noch nicht mal einen Kaffee. Ach, Mist, was solls? Es wird schon gutgehen, denn ich habe strikte Vorsätze. So kann er schließlich nicht in die Klinik fahren.

„Komm", flüstere ich. „Ich helfe dir."

Dafür bin ich hier, spreche ich mir Mut zu. *Genau dafür bin ich hier.*

Ich gehe ihm im Alltag nur ein wenig zur Hand. Er ist Sybilles neuer Freund – oder zumindest auf dem besten Weg, das zu werden.

Magnus erhebt sich, um leichter aus dem Hemd zu kommen. Jetzt steht er direkt vor mir, einen Kopf größer als ich und nur ein paar Handbreit von mir entfernt. Ich fasse nach seinem Hemdsaum, und die Vorstellung, er wäre ein Kunde, dessen Maß ich nehmen muss, macht es mir diesmal leichter, ihn zu berühren. Ich stelle mir vor, wie ich ihn frage, was geändert werden soll. Ich mache hier nur meinen Brotjob.

Ich halte die Luft an. Weil ich in solchen Sachen nicht gut bin und nicht wie Sybille zum Flirten geboren wurde.

Unter der gewebten Baumwolle spüre ich harte Muskeln. Ich schiebe das Hemd hoch. Etwa auf der Hälfte fällt ihm ein, dass er mir ja helfen könnte. Unsere Finger berühren sich.

„Vorsicht", sage ich, um das Knistern aus der Luft zu vertreiben.

„Deine Augen."

„Wie könnte ich die vergessen?"

Behutsam pellen wir sein Gesicht und seinen Kopf aus dem Kleidungsstück. Sobald er es ausgezogen hat, nehme ich es und ziehe es auf rechts. Der Stoff ist warm. Er duftet nach Deo und nach Magnus.

Nein, Romina, du wirst nicht daran riechen!

Magnus ist sehr muskulös. Brusthaare. Das würde Sybille nicht gefallen. Sein Bizeps und Trizeps spannen seine Haut, als er sich durch die Haare wuschelt. Ich möchte seinen perfekten

Oberkörper nicht länger anstarren. Ich muss irgendwas sagen. Ich bin nicht Sybille, und ich will auf gar keinen Fall, dass er auf die Idee kommt, mich zu umarmen oder anderes. So was tun Menschen nämlich, die sich nahestehen. Aber für mich ist er ein völlig Fremder.

„Du hättest ein Hemd mit kompletter Knopfleiste anziehen sollen", erwähne ich. „Diese drei Dinger hier … Mehr Deko als alles andere."

Er schaut selbstzufrieden. Als hätte er es genau so geplant.

„Hier", sage ich und reiche es ihm. „Jetzt ist es ausgehbereit."

Magnus wirft es achtlos auf den Stuhl und streckt die Hände nach mir aus. Etwa in Höhe meiner Taille. Ich will zurückweichen, aber da ist die Tischkante.

Tja, dumm gelaufen, Romina.

So was musste ja geschehen. Wie hatte ich annehmen können, so einer Situation zu entkommen? Ich vermute mal, ich habe es verdrängt. Auf seine Schmerzen und die kranken Augen gehofft. Aber natürlich sucht er Sybilles Nähe. Natürlich ist er glücklich, sie endlich bei sich zu haben.

„Hey", flüstert er dicht an meinem Ohr. „Jetzt vergiss mal kurz das Hemd."

„Das Hemd? Welches Hemd?", frage ich, als er mich an sich zieht. Mir wird schwindelig. „Mir geht es eher um den Kaffee und um deinen Termin in Esbjerg als um das Hemd."

„Wir haben genügend Zeit", haucht er, streichelt über meinen Rücken und malt warme Kreise auf mein Tanktop.

„Ist alles okay mit dir, Sybille?"

Mein Kopf ruht direkt an seinem Herzen. Ich lausche dem gleichmäßigen Pochen und inhaliere seinen Geruch. Mein Atem streift seine Brusthaare.

„Alles bestens. Wieso fragst du?"

„Du bist so ... distanziert und scheu. Ganz anders als online."

Natürlich bin ich das. Denn ich bin Romina und nicht Sybille! Und ein Wildfremder drückt mich gerade an seinen nackten Oberkörper.

„Ich weiß, wir haben uns bisher nicht persönlich getroffen", fährt er fort. „Vielleicht bin ich nicht so, wie du es dir vorgestellt hast. Was mich betrifft ... Du bist mehr, als ich mir je erträumt hätte. Dich über diese App zu finden, war der größte Glücksgriff in meinem Leben."

Ich schlucke und hab butterweiche Knie.

„Bitte, sei ehrlich zu mir. Ich will nicht, dass du heimfährst und dann nie wieder was von dir hören lässt. Vielleicht hattest du einfach andere Vorstellungen. Das kommt vor. Dann will ich es nur wissen. Das wäre fair. Also, gefalle ich dir?"

So was Schönes hat noch kein Mann je zu mir gesagt. Ich kämpfe mit einem Kloß im Hals. Versuche, meine Vorsätze festzuhalten, die sich alle aus dem Staub zu machen drohen.

Ich besinne mich und bemerke, dass ich meine Arme fest um seine Mitte geschlungen habe. Sofort löse ich mich von ihm.

„Du willst also, dass ich ehrlich zu dir bin?"

„Absolut."

„Okay", flüstere ich. „Es ist so, dass du ... Du gefällst mir, Magnus. Sehr sogar ..."

72

Mehr als uns dreien lieb wäre, will ich hinzufügen.

„Ich bin nur so zurückhaltend, weil … Weil ich … Ich dachte, du hast Schmerzen, und das mit deinen Augen ist ja auch eine unangenehme Angelegenheit. Ich wollte nicht, dass … Ich bin hier, um dir beizustehen. Dich zum Arzt zu fahren. Ich dachte nicht, dass es so was wie ein Date ist. Denn dazu würde ich wollen, dass du … mich siehst."

Wow. Jetzt war ich wirklich, wirklich ehrlich zu ihm. Das lindert mein schlechtes Gewissen ein wenig.

Jetzt, da ich es ausgesprochen habe, bin ich bereit für den Kaffee. Ich habe Hunger auf Heidelbeeren und Brötchen und …

Magnus umfasst mich, tastet sich mit der einen Hand rauf bis an die Mütze und zieht mich mit der anderen wieder an sich.

Oh nein, das glaub ich jetzt nicht!

Zu spät. Er küsst mich. Das heißt, er küsst Sybille. Was kann ich schon dagegen tun? Nicht viel. Ich schließe die Augen und lasse es geschehen. Sein Kuss ist sanft, zärtlich und voller Leidenschaft. Ich erwidere ihn und verliere mich vollkommen in ihm. Ich erinnere mich nicht daran, wann mich jemand zuletzt so geküsst hat. Ich falle in seine Arme und gebe mich seinen Lippen ganz hin.

Jetzt kann ich nicht mehr leugnen, dass da eine Chemie zwischen uns ist, die sich nicht ignorieren lässt.

Zu spät registriere ich, dass Magnus mir die Mütze vom Kopf schiebt, seine Finger durch meine Haare gleiten und meinen geflochtenen Zopf lösen. Ich werde nervös. Er darf nicht sehen, dass sie schwarz sind! Ich schaue ihn an, während er mich noch immer küsst. Seine Augen sind geschlossen. Wenigstens das …

„Okay", keuche ich, löse mich von ihm und bücke mich nach der Mütze zu meinen Füßen. Schnell setze ich sie auf und stopfe meine Haare wieder darunter. Er lächelt glücklich.

„Kaffee?" Ich stürme zur Kanne.

„Sehr gern." Magnus tastet nach seinem Hemd und zieht es sich über. Jetzt sitzt es perfekt. Er fingert am Kragen herum und stülpt ihn nach außen. Die erste Tasse verfehle ich beim Einschütten knapp und kippe die Hälfte daneben. Mir ist noch ganz schwindelig von seinem Kuss.

„Sybille?"

„Hm?"

„Ich sehe dich."

„*Wie bitte?*" Mit einem Scheppern stelle ich die Kanne ab.

„Du sagtest doch, dass du willst, dass ich dich bei einem Date sehe. Und … Man kann auch mit dem Herzen sehen."

Kapitel 6 ✿ Elisa, 2013

„Wo bist du so lange gewesen?", murmelt Romy, als ich in den frühen Morgenstunden durchgefroren, aber glückselig in mein Bett krieche.

„Schlaf weiter", antworte ich nur.

Wann immer ich die Augen schließe, sehe ich Asger vor mir. Seine blonden Haare, die wild von Wind und Wetter geformt in alle Himmelsrichtungen abstehen. Seine blauen Augen, die meinen ähneln. Seinen muskulösen Körper, der mich am Feuer unter der Decke gewärmt hat. Ich höre sein kehliges Lachen, seinen süßen Akzent, wenn er Deutsch spricht.

Die Stille, in der er auf dem Bunker meine Hand gehalten hat und wir gemeinsam in die Nacht geschaut haben. Am Horizont nur die kleinen Lichtpunkte der Tankschiffe. Die aufstiebenden Funken des Feuers und Snorres Gitarrenmusik.

Wir sind nur noch sechs Tage hier, dann ist der zweiwöchige Urlaub vorbei. Wieso habe ich Asger nicht schon am ersten Tag getroffen? Wieso haben die Jungs nicht da schon ihr Volleyballnetz am Strand aufgeschlagen und mir den Ball vor die Nase gepfeffert? Ich krieche tiefer unter die Bettdecke, die mich aufwärmt und schließlich in die schönsten Träume entführt.

„Wieso pennst du in 'ner Jacke?", sagt jemand in meinem Traum und zieht mir die Decke weg.

„Ey!" Ich bin so schlaftrunken. „Lass das!"

„Es ist gleich elf Uhr. Mama sagt, wenn du jetzt nicht aufstehst, gibt's kein Frühstück mehr. Wir wollen zum Strand. Guck doch, die Sonne scheint. Papa und ich waren schon 'ne große Runde mit Franz draußen und haben Honig aus dem kleinen Häuschen gekauft."

Ich drücke mir das Kissen auf die Ohren.

„Romy, halt die Klappe, okay? Wie kann man denn am frühen Morgen schon so viel reden?!"

„Na, auch schon wach?" Die Stimme meiner Mutter klingt durch das Kissen gedämpft. Ich hebe einen Zipfel und schaue sie mit einem Auge an.

„Wessen Jacke trägst du da?", fragt Romy erneut.

Am liebsten will ich ihr eine scheuern! Sie hat versprochen, mich nicht zu verpetzen!

„Ist das Elisas Jacke, Mama? Wieso hat die 'ne neue Jacke bekommen und ich nicht?"

„Sie hat keine neue Jacke bekommen", beruhigt Mama sie. „Aber wieso du im Bett eine Fleecejacke trägst, interessiert mich auch, Elisa. Stehst du jetzt auf? Wir würden gern los."

„Könnt ihr mich einfach alle in Ruhe lassen?", beschwere ich mich und verkrieche mich wieder unter dem Kopfkissen. „Fahrt doch schon vor, ich komme nach, sobald ich wach bin und gefrühstückt habe."

„Okay", sagt Mama. „Wir sind an der Stelle, wo wir immer liegen. Bring Franz mit."

„Ich will auch hierbleiben!", protestiert Romy. „Wieso darf die jetzt hierbleiben, und ich muss mit?"

Sie diskutieren, und ich rolle mit meinen müden Augen. Irgendwann verschwinden sie aus dem Zimmer. Keine fünfzehn Minuten später fährt das Auto weg, und Franz kommt an mein Bett, um zu gucken, ob noch jemand da ist oder ob sein Rudel ihn allein zurückgelassen hat. Schwanzwedelnd hechelt er mir ins Gesicht, als würde er sagen wollen: Schön, dass sie dich auch vergessen haben.

Ich streichle ihn am Kopf und quäle mich gähnend aus dem Bett. Franz schnuppert an der Fleecejacke. Und auch ich versenke meine Nase in dem kuscheligen Stoff und inhaliere den Duft. Sie riecht noch immer nach Asger. Mein nächster Griff geht ans Handy. Ich tippe eine Nachricht an ihn, nachdem er mir gestern seine Nummer gegeben hat.

Hej, bist du wach? Es war echt schön heute Nacht am Strand! I miss you. Wanna come on over? My family went to the beach.
Ich hab noch deine Jacke.

Ich stehe auf, krame frische Sachen aus dem Schrank und gehe ins Bad. Ich muss erst mal duschen. Bevor ich unter die Brause steige, antwortet Asger.

I miss you too. Ich komme gerne zu dir. Wir können zu die Aussichtsturm Vaern Sande gehen. I'll take you there. Es ist schön!

77

Nie davon gehört. Aber mit Asger würde ich überall hingehen, also sage ich zu. Dann schreibe ich schnell meiner Mutter, dass es später wird, weil ich mich mit einem der Volleyballjungs treffe. Sie ist nicht begeistert, aber es ist okay für sie, solange ich mich benehme. Was immer das heißen soll. Ich springe unter die Dusche, föhne meine dunkelblonde Mähne und stecke mir ein paar Strähnen aus dem langen Pony zurück. Dann schminke ich meine Augen und ziehe den karierten Rock an, den meine beste Freundin mir letztes Jahr aus Schottland mitgebracht hat. Dazu ein hellblaues Top – fertig!

Ich schnappe mir die Hundeleine, und während Franz noch seinen Freudentanz aufführt, klopft Asger schon an die Tür.

Ich bin ganz aufgeregt, als ich ihn erblicke.

„Hej!", sage ich und lasse ihn rein.

Er trägt eine olivfarbene Jeansshorts und ein helles Poloshirt. Und er lächelt so besonders. Ich bin total geflasht von ihm. Nachdem er mich begrüßt hat, geht er vor Franz in die Hocke, krault seine Ohren und quatscht ihn auf Dänisch voll. Franz schaut ihn so aufmerksam an, als würde er jedes Wort verstehen.

Ich halte Asger die Jacke hin.

„Danke noch mal. Hab vergessen, sie dir heute früh mitzugeben."

„No problem." Er erhebt sich aus der Hocke und zeigt zur Einfahrt, wo ein weißer Audi steht. „Ich fahre dich zu die Turm. Ist ein bisschen weit zu gehen."

„Oh, wow! Äh, wir müssen aber den Hund mitnehmen. Is that okay?"

„Sure!"

Ich schnappe mir Franz, und dann verlassen wir das Haus.

Romy hatte recht, die Sonne scheint, der Himmel ist blau, und kaum ein Lüftchen geht. Eigentlich zu schade, nicht an den Strand zu gehen. Aber ich kann ja später noch hin.

Asger hält mir die Autotür auf. Ich kenne keinen Jungen in meinem Umfeld, der einem Mädchen die Tür aufhalten würde. Ob alle dänischen Jungs solche Gentlemen sind?

Franz springt in den Fußraum und setzt sich auf meine Sandalen.

„Wo ist dieser Aussichtsturm?", frage ich Asger, der mittlerweile auf dem Fahrersitz Platz genommen hat und sich anschnallt.

„Auf diese kleine halbe Insel Tipperne in die Fjord", erklärt er und setzt zurück. Kieselsteine springen unter den Reifen zur Seite.

Wenig später sind wir auf der befestigten Straße.

„Ich glaube, da war ich noch nie", antworte ich. „Ich mag das Wikingerdorf in Bork Havn. Da fahren wir jedes Mal hin. Oder halt nach Ringkøbing."

Asger macht sich über mich lustig.

„Tourists are crazy!"

„Ja klar, du würdest in Berlin bestimmt auch nicht zum Brandenburger Tor wollen."

„Are you from Berlin?"

„No", sage ich. „Four hours from Berlin."

Die Autofahrt nach Tipperne dauert nicht lange. Die Landzunge ist absolut idyllisch. Hier gibt es ein riesiges Vogelschutzgebiet und nichts als Wasser, Landschaft und Bäume.

An der Aussichtsplattform endet die Straße. Asger parkt unter den Kiefern eines Miniwaldes, und wir steigen aus. Franz hebt direkt sein Bein und markiert den Ort als sein Revier. Pech für alle anderen Hunde. Da steht jetzt an der Blume: *Franz' Privatgrundstück. Schnüffeln und Pinkeln streng verboten!* Ich schaue mich um. Viel los ist hier nicht. Als wir ankommen, steigt gerade ein älteres Ehepaar in einen Wagen mit Kasseler Nummernschild. Ich grinse breit, weil die wegen Asgers Kennzeichen jetzt sicher denken, ich wäre Dänin.

„Shall we go?", fragt Asger, und ich nicke schnell.

Sobald wir aus dem kleinen Wäldchen treten, steht der Aussichtsturm vor uns. Er besteht aus grünen Latten und einer Eisentreppe im Innern. In etwa zwanzig Metern Höhe hat er ein Dach auf dem Kopf, das wie ein viel zu großer Hut aussieht. Dort kann man anscheinend zu allen Seiten nach Vögeln Ausschau halten. Von hier unten sieht man das Eisengeländer mit installierten Fernrohren.

„Autsch!", rufe ich und schlage mir an die Wade. Eine fette Mücke hat mich ins Bein gestochen. Franz versteht nicht, wieso ich solchen Lärm mache. Er schaut mich mit gespitzten Ohren an und wundert sich wohl über mein Verhalten.

„Oh", sagt Asger. Er bemerkt drei weitere Stechfliegen an meiner Wade und am Unterarm. Sofort verjagt er sie.

„Wegen dem Wasser", sagt er und zeigt ins Marschland. „Sie lieben Wasser."

„Ich auch, aber deswegen steche ich nicht!"

Er berührt mich am Kinn und schaut mir in die Augen. Mir wird heiß und kalt zugleich.

„You're funny."

Sein Lächeln ist unfassbar schön.

„Schnell, wir gehen hoch", sagt er. „Oben kommen sie nicht."

Franz mag die eiserne Wendeltreppe nicht. Sie hat so blöde Ritzen, und er bleibt ständig mit den Krallen drin hängen. Armer Kerl. Ich leide mit ihm, denn mein Mückenstich juckt furchtbar. „Komm her, Großer", flüstere ich und will ihn hochheben. „Uff! Wann bist du so schwer geworden?" Asger bemerkt das Problem. Sofort packt er Franz unter den Beinen und trägt ihn bis rauf auf die Plattform. Er macht es mir sehr leicht, mich ihn in zu verlieben.

Als er Franz oben absetzt, flüstert er ihm wieder was auf Dänisch zu. Für eine Sekunde stelle ich mir vor, ich wäre der Hund.

Mein Herz macht einen Sprung, und ich glaube, ich werde rot.

Hier oben ist außer uns niemand. Asger führt mich von einem Fernrohr zum anderen, wir schauen abwechselnd hindurch, während er mir erzählt, dass wir uns hier in einem der größten Naturschutzgebiete Nordeuropas befinden. Wow! Er kennt sich nicht nur mit Sternen, sondern auch mit Vögeln aus.

Halb auf Deutsch, halb auf Englisch erfahre ich von Stelzvögeln, die auf Ablagerungen aus Sand und Klei brüten. Wir beobachten Säbelschnäbler, Uferschnepfen, Alpenstrandläufer und anderes Federvieh.

„Im Frühling es gibt riesigen Schwärme von Gänse", erklärt er. „Sie stoppen hier, wenn sie verreisen."

Ich amüsiere mich, weil sein Deutsch echt niedlich ist. So wie er

es sagt, stelle ich mir die Gänse mit Koffern vor.

„Are you laughing at me?", will er wissen.

Ich schüttle den Kopf.

„Nein! Ich lache dich nicht aus."

„Was dann?"

„Ich …"

Er ist wirklich hartnäckig und wartet geduldig auf meine Antwort.

Mein Puls überschlägt sich beinahe.

„Die Gänse verreisen", flüstere ich schließlich. „Deswegen hab

ich gelacht. Du redest so süß auf Deutsch."

Er mustert mich. Seine Pupillen glänzen in der Sonne. Ich be-

komme ganz weiche Knie. Dann zeigt er plötzlich in die Ferne.

„Schwäne", sagt er. „Did you know, that the swan ist die dänische

Nationaltier?"

„Nein, das wusste ich nicht."

Er will mir die Schwäne durchs Fernrohr zeigen, und unsere Fin-

ger berühren sich an der Vorrichtung. Erneut sieht Asger mich an.

Diesmal nicht, um mich zu mustern. Sein Blick ist sanft und zärt-

lich. Ich will ihm ausweichen, denn ich fürchte, wenn ich das nicht

tue, wird er mich küssen. Aber eigentlich will ich nichts lieber als

das. Er nimmt meine Hand und streichelt mit seinem Daumen

über meine Knöchel. Ich liebe es, wenn er mich berührt.

Seine Wärme strömt durch all meine Glieder. Dann kommt er nä-

her, schiebt mich leicht gegen die Brüstung und küsst mich.

Ich schließe die Augen, spüre den Wind in meinen Haaren, das

Ziehen des ungeduldigen Franz am Ende der Hundeleine. Ich

höre das Kreischen und Schnattern der Vögel, während unsere Lippen sich warm und süß aufeinander anfühlen. Ich will hier nicht weg. Nur er und ich allein in der endlosen Marsch.

Irgendwann müssen wir los, weil ich mich heute noch bei meiner Familie am Strand blicken lassen sollte. Ganz benommen von Asgers Nähe, seinen Lippen und den überwältigenden Gefühlen in mir, taumle ich auf Franz zu, nehme die Leine und flüstere ihm etwas ins Ohr. Er steht auf, wedelt mit dem Schwanz und ist bereit für das nächste Abenteuer.

„Soll ich ihn wieder tragen?", fragt Asger und kommt herüber.

„Oh ja, das wäre super", erwidere ich.

Sofort bückt er sich, packt den ahnungslosen Franz und trägt ihn die Eisentreppe hinunter.

„Danke", sage ich, als Asger ihn unten im Gras absetzt. Franz hebt direkt ein Bein und gießt die Blumen.

„Es war sehr schön", murmle ich. „Und interessant, die Tiere zu beobachten."

„Ja, das finde ich auch."

„Willst du noch mitkommen zum Strand?", schlage ich vor.

Asger schlägt den Weg zum Auto ein. Als wir in das Wäldchen treten, attackieren mich erneut die Stechmücken, als hätten sie sich hier versammelt, um auf mich zu warten.

„Autsch!", rufe ich.

Asger beeilt sich, die Wagentür zu öffnen, und ich springe rein. Franz macht einen Satz und nimmt wieder genau auf meinen Sandalen Platz. Dieses Riesenkamel.

Asger startet den Motor und schaut mich mitleidig an.

„They don't like me", bemerkt er mit einem Schulterzucken. „Dein Blut ist sweet."

„Na toll."

„Ich kann leider nicht mitkommen zu dem Strand", fährt er fort. „I will meet the boys."

„Schade."

Aber vielleicht ist es besser so. Wer weiß, was Romy erzählt hat und was mir gleich blüht. Aber darüber will ich jetzt nicht nachdenken.

Ich schaue aus dem Fenster, genieße die herrliche Landschaft, kraule Franz' Ohr und denke an den Kuss. Vor allem an den Kuss.

Ich hoffe, die Fahrt dauert ewig. Am Horizont tummeln sich die Ferienhäuser von Bjerregard.

„Du bist still", bemerkt Asger. „Are you okay?"

„Ja", sage ich und strahle ihn an. „Very okay."

„Vielleicht we can meet am Abend", schlägt er vor. „Same place like last night."

Noch mal wegschleichen? Ich überlege, ob das eine Option ist. Sicher wird Romy sich kein zweites Mal abwimmeln lassen. Sie wird mitkommen wollen. Ich könnte meine Mutter direkt um Erlaubnis bitten. Wenn ich vorschlage, dass Papa mich vom Strand abholt, sind sie bestimmt einverstanden. Und dann hat Romy keine Chance, mich zu nerven.

„I'll try", verspreche ich. „Ich schreibe dir, ob es klappt."

Er nickt und biegt anstatt nach links Richtung Lønne rechts ab, Richtung Nymindegab.

„Ähm, ich muss aber zum Houstrup Strand", sage ich.

„Ja." Sein Lächeln malt kleine Grübchen in seine Wangen. „Ich parke und we walk", erklärt er.

„And the boys?"

„Ein bisschen habe ich Zeit", antwortet er.

Ich bin begeistert. Ich liebe diesen Weg durch die wunderschöne Dünenlandschaft entlang des Nyminde Strøm. Man wandert durch Heide, Sand, Gräser und Moose. Zu einer Seite erstreckt sich ein Ausläufer des Fjords, zur anderen Seite erheben sich die Dünen, hinter denen man das Rauschen der Wellen hört. Die Luft riecht nach Salz und den Kiefern, die jenseits des Nyminde Strøm wachsen. Das Beste sind aber die Islandponys, die hier auf riesigem Gebiet weiden und jeden glauben lassen, sie wären Wildpferde und Teil der rauen Natur.

Um meiner Freude über Asgers Idee Ausdruck zu verleihen, lege ich meine Hand auf seinen Oberschenkel. Ich glaube, ich strahle wie ein Honigkuchenpferd.

Er stellt den Wagen auf einem Parkplatz am Nymindegab Strand ab, und wir steigen aus. Im gleichen Moment piept mein Handy.

Wo bleibst du?

Es ist meine Mutter. Ich hoffe, sie ist nicht sauer.

Bin unterwegs. Asger, Franz und ich spazieren durch die Dünen zum Strand.

Darauf kommt keine Antwort mehr, was ich einfach mal so stehen lasse. Keine Ahnung, ob ihre Reaktion gut oder schlecht ist.

Während Franz glücklich jeden Grashalm beschnuppert und mit hoch erhobenem Schwanz hin und her rennt, nimmt Asger meine Hand. Eines weiß ich jetzt schon ganz sicher: In seiner Nähe fühlt sich alles richtig an. Es ist, als würde ich ihn schon immer kennen. Als hätte ich meine verlorene Hälfte gefunden. Ich weiß, das klingt bescheuert, aber so ist es. Ob er genauso empfindet? Immerhin war er es, der meine Hand genommen hat. Der die Initiative zu diesem Kuss ergriffen hat.

Während wir durch die Heide laufen, kommen uns hin und wieder andere Wanderer entgegen. Hier ist man der Natur so nah. Alles ist ursprünglich, wild und rau. In einiger Entfernung grasen Islandpferde. Sie passen perfekt in diese Kulisse mit ihrer knubbeligen Gestalt und der langen Wuschelmähne.

„Asger?"

„Ja?"

„Ich will nicht, dass alles kaputtgeht, wenn ich wieder nach Hause muss."

„Alles?"

„Ja."

„Was ist alles?"

Er bleibt stehen und zieht mich an sich. Mit unseren blauen Augen verschlingen wir uns gegenseitig. Seine Finger spielen mit meiner Hand. Mein ganzer Körper steht unter Strom. Weit und breit sind keine anderen Wanderer mehr zu sehen.

„Ich glaub, ich hab mich in dich verliebt", traue ich mich auszu-sprechen. Er antwortet nicht. Sosehr ich auch darauf warte, dass er etwas sagt; er schweigt und schaut mich durchdringend an. Er greift nach meiner anderen Hand und zieht mich in seine Arme, während der Wind seinen Geruch in meine Nase weht. Ich schließe die Augen. Asger küsst meine Stirn, meine Wangen und meine Lippen. Dieser Kuss ist schon viel vertrauter als der erste auf dem Aussichtsturm. Er dauert ewig. Ich liebe es schon jetzt, ihn zu küssen. Obwohl diese Geste mehr sagt als jedes Wort, auf das ich gehofft hatte, flüstert er: „Ich will auch nicht, dass es ka-puttgeht, wenn du nach Hause fährst."

„Und wie soll das gehen?"

Er sammelt meine blonden Haarsträhnen aus dem Wind und legt sie mir hinter die Ohren.

„Das Schicksal entscheidet, wie das gehen soll."

„Wie, das Schicksal?"

„Ich habe ein Idee. Aber erst we have to go. Your family is wai-ting."

Ein weiterer Kuss, und dann setzen wir unseren Weg fort.

Sehr zur Freude von Franz, dem das alles viel zu langsam geht.

Mir ist ein bisschen mulmig zumute. Was meint Asger? Ich finde, jeder hat sein Schicksal selbst in der Hand. Und deshalb zermar-tere ich mir das Hirn, wie wir eine Fernbeziehung führen könnten.

„Gehst du noch zur Schule?", will ich wissen.

Vielleicht kann er ja in Deutschland studieren oder so. Ich hab jedenfalls noch ein Jahr bis zum Abi, bis ich die Ausbildung zur Erzieherin anfange, für die ich mich beworben habe.

„Nein, ich werde arbeiten with my Dad. Aber alles ist open."

Wow! Jetzt bin ich noch verwirrter.

Franz zieht wie verrückt an der Leine, sobald er den Rest seines Rudels sieht. Papa steht an der orangefarbenen Strandmuschel, Romy rennt hinter einem Ball her, und Mama liegt in der Sonne und liest. Als sie mich – oder besser gesagt, den kläffenden Hund – bemerken, schauen sie zu mir herüber. Papa winkt, Mama setzt sich auf, und Romy ignoriert mich.

„Da bist du ja endlich!", ruft Papa. „Ohne Badesachen?"

„Hi", antworte ich.

Franz begrüßt alle schwanzwedelnd, während ich mich immer wieder zu den Dünen umschaue, in der Hoffnung, Asger ein letztes Mal in der Ferne zu entdecken. Er ist auf halbem Weg zum Auto zurück, damit er pünktlich zu Bill und Snorre kommt.

Seit er weg ist, fühle ich mich elendig.

„Na, wo isser?", fragt Romy und grinst blöd.

„Asger also?", will Mama wissen.

Ich bin erst mal froh, dass es seinetwegen keinen Stress gibt und Mama nichts weiter zu meiner Textnachricht sagt.

„Ja, er heißt Asger", antworte ich und setze mich zu ihr, während Papa und Romy weiter Ball spielen.

„Und, wo wart ihr zwei?", fragt Mama.

Ich erzähle ihr von der Halbinsel und dem Aussichtsturm. Von dem Vogelschutzgebiet und dass dort massenhaft Ornithologen hinpilgern, um die Tiere zu beobachten.

„Tipperne", sagt Mama. „Da waren Papa und ich schon oft, aber ihr wolltet ja nie mit."

Ich schaue in die Wellen und zucke mit den Schultern. Mit Asger war es eh tausendmal schöner, als es mit ihnen je hätte sein können. Was meinte er bloß mit dem Schicksal?

„Kann ich mich heute Abend wieder mit ihm treffen?", frage ich meine Mutter. „Papa kann mich ja später vom Strand abholen."

„Mal sehen", antwortet sie. „Erst mal wollen wir grillen."

Kapitel 7 ✂ Romina, 2024

Magnus und ich frühstücken, ohne viel miteinander zu reden. Mir zittern noch immer die Hände und all meine Glieder. Ich sehe seinen muskulösen Oberkörper vor mir, habe seinen Geruch in der Nase, spüre seine warmen Berührungen auf meinem Rücken, höre seinen Herzschlag. Meine Lippen glühen. Als hätte er mit seinem Kuss irgendwas an ihnen verändert.

Ich weiß, er denkt, ich bin Sybille. Aber rechtfertigt das, mich von ihm küssen zu lassen? Was, wenn er mehr will?

Ich hätte mich genauer mit ihr absprechen müssen! Uns hätte klar sein müssen, dass so etwas passieren könnte. Wenn sie erfährt, dass wir uns geküsst haben, bringt sie mich vermutlich um. Eigentlich darf ich es ihr nicht sagen. Aber früher oder später wird sie es erfahren, denn nach meiner Abreise werden sie ja weiterhin Kontakt haben. Diese Situation stresst mich.

Die Heidelbeeren verschwinden eine nach der anderen in meinem Mund. Sie schmecken nach Kummer und schlechtem Gewissen. Das bin ich doch gar nicht. Das hier. Ich widere mich selbst an. Was ist nur aus mir geworden?

„Möchtest du ein paar Heidelbeeren?", frage ich und schiebe ihm die Schüssel hin, bevor ich sie alle allein aufesse. Schokolade wäre mir gerade lieber. Ein Kilo Schokolade. Das beste Geheimrezept gegen Frust.

„Wir haben Heidelbeeren?"

„*Du* hattest Heidelbeeren. Jetzt sind nur noch ein paar mickrige übrig. Die schönen und fetten hab ich gegessen."

„Wie freundlich von dir."

„So bin ich."

Um kurz vor elf machen wir uns abfahrbereit. Ich bin erleichtert, dass es losgeht und wir den halben Tag lang unterwegs sein werden. Keine Zeit zu küssen oder darüber nachzudenken. Ich helfe Magnus, seine Papiere zusammenzukramen, und reiche ihm die Sonnenbrille von der Anrichte. Er ist noch immer sehr lichtempfindlich. Während ich in mein Zimmer verschwinde, mein Handy und die Autoschlüssel hole, telefoniert er mit irgendwem auf Dänisch. Ein- oder zweimal höre ich meinen Namen. Das heißt, Sybilles Namen.

Als ich zurück in die Küche komme, legt er auf.

„Das war William", erklärt er. „Er ist froh, dass du hier bist und mir hilfst. Er kommt später mal vorbei, um dich kennenzulernen."

„Was?"

Ich bekomme Muffensausen. Das darf doch nicht wahr sein! Hat dieser Albtraum irgendwann einmal ein Ende? William darf mich nicht sehen! Er würde sofort bemerken, dass ich nicht Sybille bin. Und ich will mir gar nicht ausmalen, was dann passieren würde.

„Oh, das muss er nicht", versuche ich den Besuch zu verhindern. „Nicht meinetwegen ... Ich meine, ... muss das sein? Muss er herkommen? Ich wäre ... viel lieber mit dir allein."

„Ist das so?", fragt Magnus und kommt auf mich zu.

Sein Lächeln ist unwiderstehlich. Irgendwann zucken noch echte Blitze zwischen uns auf, wenn die Atmosphäre weiter so knistert.

„Fürs Alleinsein haben wir noch Zeit wie Sand am Meer", flüstert er. „William bleibt nicht lange. Ich hab so von dir geschwärmt, dass er sehen will, wer es schafft, mich derart aus der Bahn zu werfen. Du brauchst keine Angst zu haben, er ist echt nett."

„Ich werfe dich aus der Bahn?"

„Mit voller Wucht."

Herrje, das ist doch gar nicht meine Absicht. Mir ist zum Heulen zumute. Ich wünschte, ich könnte schon heute abreisen. Ich brauche einen Plan.

Während ich Magnus unterhake und wir das Haus verlassen, versuche ich, meine Gedanken zu ordnen. Die Mütze ist keine Option. Ich könnte mir einen Handtuchturban um den Kopf wickeln und so tun, als hätte ich mir gerade die Haare gewaschen. Das könnte funktionieren. William kann nun mal sehen und würde andernfalls sofort merken, dass meine Haare nicht blond sind. Wieso habe ich sie mir nicht bleichen lassen, bevor ich mich auf diesen Höllentrip begeben habe?

„Ein Ford?", fragt Magnus, nachdem ich ihn auf den Beifahrersitz gesetzt habe und er sich anschnallt. „Du fährst einen Ford? Wo ist dein Mini?"

Im ersten Moment begreife ich nicht, wovon er spricht. Und dann muss eine neue Lüge her. Schon wieder. Langsam werde ich Profi darin, und das ist etwas, worauf ich absolut nicht stolz bin.

„Mal abgesehen von dem Mini", reagiere ich auf seine Frage. „Woher weißt du, was für ein Auto das ist? Du kannst doch gar nichts sehen."

Er hat sichtlich seinen Spaß. Hab ich irgendwas verpasst? Ich lege ebenfalls meinen Sicherheitsgurt an und warte auf die Antwort, die er mir nicht gibt.

„Hallo?", hake ich nach.

„Oh, hallo. Du auch hier?"

„Das ist nicht witzig, Magnus!"

„Doch, ist es."

„Ist das irgend so ein postevolutionärer Männerinstinkt? Errätst du etwa anhand des Innenraumgeruchs die Automarke?"

„Nicht am Geruch. Aber dass es kein Mini ist, ist unschwer zu erraten." Er dreht den Kopf in meine Richtung und grinst. Die Sonnenbrille steht ihm unfassbar gut. „Ich hab die Plakette auf der Motorhaube ertastet."

„Gut, du bist also doch nur ein normaler Mensch."

„Wo ist dein Mini?", will er noch einmal wissen.

„Na ja … Meine Freundin Romina hat mir kurzerhand ihr Auto geliehen. Wir haben getauscht, weil das hier ein Diesel ist?"

Das klingt wie eine Frage.

„Sehr großzügig von deiner Freundin Romina."

„Finde ich auch. Ich sollte darüber nachdenken, ihr mehr Wertschätzung entgegenzubringen."

„Das hast du getan, indem du ihr deine geliebte Konzertkarte überlassen hast", sagt Magnus und legt seine Hand auf mein Knie.

Ich starte den Motor und ringe um Beherrschung. Vorerst beruhigt es mich, dass wir beide angeschnallt sind und er trotz der geringen Distanz nicht einfach in meinen Armen landen kann.

„Ich war heute in Nymindegab", denke ich mir eine Ablenkung aus.

„Ich weiß. Danke noch mal für die Brötchen."

Wir verlassen die Kiesauffahrt, und mein Wagen befährt den schmalen Dünenweg.

„Was ich eigentlich sagen wollte, war, dort gibt es einen wunderschönen Dekoladen."

„Bist du sicher, dass du mit mir über Deko reden willst?"

„Wieso nicht? Gerade sprachen wir über Autos und jetzt eben über Deko."

Er lacht. Ich fange an, eine Sucht nach diesem wunderbaren Geräusch zu entwickeln.

„Es handelte sich um keine gewöhnliche Deko", erkläre ich. „Es waren so abgefahrene Sachen aus Holz und Muscheln. Möbel und Lampenständer und sogar Tiere. Ein lebensgroßes Pferd aus Hunderten von Holzstücken!"

93

„2692, um genau zu sein."

„Was?"

Er lässt mein Knie los und stützt sich ans Fenster. Die Wärme seiner Hand verfliegt und mein Knie erkaltet.

„2692 Holzstücke. Das Pferd", sagt er.

„Woher weißt du das denn?"

Ich biege nach Nymindegab ein und bin sicher, dass wir diesen Laden an der Hauptstraße passieren.

„Weil ich es gebaut habe."

Mir fällt die Kinnlade runter. Ich versuche mich auf die Straße zu konzentrieren.

„Du machst Witze, oder?"

„Wieso sollte ich das tun?"

„Magnus! *Du* hast dieses Pferd gebaut?"

Ich bin echt überrascht. Mehr als das!

„Das Pferd und all die andere *Deko*, wie du es nennst. Übrigens ist es eine Ausstellung und kein Geschäft."

Mir fehlen die Worte. Ich folge wie von Geisterhand gesteuert der Straße. Ich erinnere mich, dass Sybille sagte, er habe Kunst studiert. Plötzlich macht alles Sinn. Wow! Er hat großes Talent. Ich meine, diese Stücke waren einfach umwerfend.

„Eine Ausstellung?", hake ich nach. „Aber da waren Preisschilder an den Sachen."

„Die Exponate sind erwerbbar. Hin und wieder kommen Kunstliebhaber oder Touristen vorbei, die meine Sachen kaufen. Es gibt andere Läden, für die ich kleinere Artikel herstelle. In Blåvand, Hvide Sande, Søndervig, Thyborøn oder Ringkøbing zum

Beispiel. Die sind für Normalsterbliche auch erschwinglich, falls du denkst, ich produziere nur unbezahlbares Zeug."

„Du erwähntest, dass du irgendwas mit Treibgut machst", erinnere ich mich an Sybilles Worte. „Aber dass du so was machst, davon hatte ich keine Ahnung! Hast du an einem dieser Teile gearbeitet, als das mit dem Schweißunfall passiert ist?"

„Dummerweise nicht", erklärt er. „Es ist zu peinlich, das zu erzählen."

Jetzt bin ich es, die grinst.

„Tja, das hättest du nicht sagen dürfen. Was war es?"

„Wie gesagt, es ist peinlich."

„Ach komm schon", rufe ich. „Ich verspreche, ich werde nicht lachen. Nur ein bisschen."

Er holt tief Luft.

„William spielt mit einer Freundesgruppe *Dungeons & Dragons* und andere Pen-&-Paper-Rollenspiele. Sie benutzen dafür die Gartenlaube seiner Eltern, und das Blechdach ist undicht."

Mein Grinsen wird bereits breiter.

„Musstest du beim Schweißen ein Kostüm tragen?"

„Zum Glück nicht. Nur meine Schutzbrille, aber die hatte an dem Tag wohl was anderes vor. Ich kann sie nicht mal verklagen."

Ich liebe seine Schlagfertigkeit.

„Erzähl mir mehr von deinem Job. Wie sieht dein Alltag so aus?", frage ich und folge dem Navigationsgerät. Wir liegen gut in der Zeit, also drossle ich das Tempo.

„Unterschiedlich", erklärt er. „An manchen Tagen bin ich ausschließlich am Strand unterwegs und sammle Treibgut und alles

Interessante, was das Meer so anschwemmt. Vor allem nach Stürmen oder rauem Seegang. Da ist der Strand regelrecht mit potenziellen Kunstwerken überflutet. Ich habe einen großen Wagen, mit dem ich alles einsammle. William geht mir oft zur Hand, wenn er selbst beruflich nicht viel zu tun hat."

Das klingt sehr spannend. Ich hänge förmlich an seinen Lippen. Wann hat man schon mal die Möglichkeit, sich mit einem Künstler über seine Arbeit zu unterhalten?

„An anderen Tagen laufe ich durch die Blåbjerg Plantage und suche nach totem Holz oder Stämmen. Und dann bin ich wochenlang in der Werkstatt und arbeite."

„Du meinst die Scheune hinter deinem Haus?"

„Genau."

„Darf ich mich dort mal umschauen? Oder ist das geheim?"

„Es ist geheim."

Ich will eine Flappe ziehen und traurig sein, denn meine Neugier ist übergroß. Dann bemerke ich sein blödes Grinsen und schlage ihm auf den Oberschenkel.

„Autsch! Wieso verprügelst du einen wehrlosen Kranken?"

„Ich glaube, so wehrlos ist er gar nicht."

„Du hast ja keine Vorstellung."

„Wenn möglich, bitte wenden", ertönt es plötzlich aus dem Navi.

„Was, du kannst nicht mal einer simplen Route folgen?", fragt Magnus und schüttelt lachend den Kopf.

„Neben dir ist das anscheinend nicht möglich."

„Mache ich dich nervös?"

„Du hast ja keine Vorstellung!"

„Gut", sagt er in selbstzufriedener Tonlage. „Genau das ist meine Absicht."

„Also darf ich deine Werkstatt jetzt sehen oder nicht?"

Ich bin genervt, weil ich die Ausfahrt verpasst habe. Das ist mir wirklich unangenehm. Ich biege von der Straße in einen Feldweg und wende.

„Ich zeige sie dir gern", antwortet er. „Aber du darfst dich überall in meinem Haus und der Werkstatt auch selbst frei bewegen. Ohne zu fragen."

„Danke."

Eigentlich sollte ich mich freuen. Ich darf seine Kunst bewundern. Aber um ehrlich zu sein, fühle ich mich hundeelend. Ich meine, ich bin nicht die, für die er mich hält. Er erlaubt natürlich Sybille, sich überall umzusehen. Nicht mir.

„Und du?", fragt er in meine Gewissensbisse hinein. „Wie ist es so, eine Schneiderei zu besitzen? Wie sieht dein Alltag aus?"

Wie froh bin ich in diesem Moment, selbst Schneiderin zu sein und keine Hebamme oder jemand anders, der nicht vom Fach ist. Ich kann endlich wieder ehrlich sein.

„Ich liebe meinen Job", schwärme ich. „Die Arbeit mit Stoffen und Menschen macht mir richtig Spaß. Die meiste Zeit sitze ich an der Maschine, nähe, ändere, stecke ab, nehme Maß, berate die Kunden. Klar, es gibt auch den Papierkram … Aber der gehört leider dazu. Dieses Wochenende findet eine Stoffmesse in Hamburg statt. Eigentlich sollte ich jetzt dort sein. Romina. Ich meine, *Romina* sollte dort sein. Ich bin ja bekanntlich verhindert."

„Dann ist Romina also in Hamburg?", will er wissen.

Ich habe keine Ahnung, was ich antworten soll. Ich bin ja eigentlich auf dem Konzert. Ich halte besser einfach die Klappe, bevor ich mich um Kopf und Kragen rede. Aber wenn ich gar nichts sage, ist das auch irgendwie auffällig.

„Ja, die Stoffmesse in Hamburg", plappere ich. „Beim nächsten Mal nehmen wir dich mit hin."

Das war kein Ja, aber auch kein Nein. Ich kann das nicht mehr. Ich will nicht mehr lügen.

Um elf Uhr fünfzig erreichen wir die Augenklinik in Esbjerg. Wie gern wäre ich noch stundenlang mit ihm weitergefahren. Aber jetzt, da der Motor aus ist und wir uns abschnallen, fühle ich mich plötzlich ausgelaugt. Der Schlafmangel macht sich bemerkbar. Mich als Sybille auszugeben, erschöpft mich. Beinahe permanent zu lügen, raubt mir die letzte Kraft.

Und dann ist da noch Magnus' Nähe … Seine Nähe ist intensiv und überwältigt mich nach wie vor. Er ist einfach so präsent, so aufmerksam und wach.

Ich sollte mich mehr anstrengen, ihn auf Abstand zu halten. Nicht nur körperlich, sondern auch emotional. Ich ertappe mich bei dem Gedanken, dass er, wenn Sybille ihn nicht vor mir kennengelernt hätte, genau der Typ Mann ist, in den ich mich Hals über Kopf verlieben würde. Mehr als das; ich würde um ihn kämpfen, wenn es eine Option wäre. Das ist nicht gut. Gar nicht gut.

„Bist du so weit?", fragt er in die Stille.

Erst da bemerke ich, dass wir längst hätten aussteigen können, ich aber bloß dasitze und Löcher in die Luft starre.

„Oh, äh, klar …"

„Gut, ich brauche nämlich Hilfe, um nicht vor eine Laterne zu rennen."

„Darüber könnte ich herzlich lachen", gestehe ich. „Gönnst du mir denn überhaupt keinen Spaß?"

Er sieht aus, als würde er ernsthaft darüber nachdenken.

„Ich tu's unter einer Bedingung."

„Und die wäre?"

„Du bleibst länger, um mich zu pflegen."

„Okay, gib mir eine Sekunde, dann helfe ich dir beim Aussteigen."

Ich höre ihn noch lachen, als ich schon auf dem Gehweg stehe und die Fahrertür zugeworfen habe.

Wieso bin ich bloß hergekommen? Wie habe ich annehmen können, es würde leicht sein? Weshalb habe ich nicht in Erwägung gezogen, dass er mir gefallen könnte? Ich öffne die Beifahrertür und reiche ihm die Hand.

„Achtung, Bordsteinkante", warne ich.

„Dann verzichtest du auf die Lachnummer?"

„Auf die Lachnummer und die Dauerpflege."

Meine Antwort hallt in mir nach. Hört sich irgendwie an, als wäre ich froh, wieder abzuhauen. Als wäre Sybille froh, wieder abzuhauen. Herrje, das kann ich so nicht stehen lassen.

„Magnus?", sage ich und führe ihn zum Klinikeingang. „Nur um das klarzustellen. Ich würde dich so lange pflegen, wie es nötig ist. Aber viel lieber möchte ich, dass es dir gut geht und du keine Hilfe benötigst."

„Das weiß ich sehr zu schätzen. Danke."

Wenig später übergebe ich ihn einer Arzthelferin, die ihn mitnimmt und mir sagt, dass ich ihn in einer Stunde wieder abholen kann. Eine Stunde. Ich atme aus. Eine Stunde Freiheit. Eine Stunde, in der ich einfach Romina sein darf.

Kapitel 8 ✂ Romina, 2024

Ich setze mich ins Auto und starte den Motor. Ganz in der Nähe gibt es diese berühmten Skulpturen. *Der Mensch am Meer.*
In beinahe jedem Familienurlaub waren wir hier in Esbjerg, um uns diese vier weißen Riesenmänner anzuschauen. Sie sitzen einfach da am Strand, in der Nähe des Fischerei- und Seefahrtmuseums, und schauen aufs Meer hinaus.
Schon damals haben sie mich immer an diese Filmsatire mit George Clooney erinnert; *Männer, die auf Ziegen starren.*
Das hier sind Männer, die auf Wellen starren. Neun Meter hoher weißer Beton. Wenn man sich neben eine dieser Skulpturen stellt, reicht man ihnen etwa bis zur Wade.
Ich parke den Wagen und spaziere zwischen den Männern hindurch und am Strand entlang. Einige Touristen hatten die gleiche Idee wie ich. Sie schießen Selfies oder Familienfotos mit den dänischen Vierlingen. Zweimal werde ich gebeten, ein Bild zu machen. Dann setze ich mich abseits ans Wasser und lasse meinen Erinnerungen freien Lauf. Esbjerg.
Ich bin tatsächlich hier. Und Elisa weiß nichts davon. Ich habe keine Ahnung, wie sie reagieren würde, wenn ich es ihr sagen

würde. Wir haben uns länger nicht gesprochen, weil wir beide beruflich gut zu tun haben. Für einen Moment überlege ich, ob ich Asger googeln soll. Aber leider erinnere ich mich nicht an seinen Nachnamen.

Wer weiß, wie er heute aussieht, was er macht oder ob er nicht längst verheiratet ist.

Meine arme Elisa. Es hätte anders für sie kommen müssen. Ihr Herz hätte nicht gebrochen werden dürfen. Ich glaube, ich habe sie seit damals nie wieder so glücklich gesehen. Nicht mal mit Tim, mit dem sie drei Jahre lang verlobt gewesen ist, bevor sie aus heiterem Himmel Schluss gemacht hat.

Während ich über das, was damals passiert ist, nachdenke, mich über den blauen Himmel, den Sonnenschein und das leise Rauschen der Wellen freue, schellt mein Handy.

Ich bin überrascht, wie spät Sybille es für nötig hält, mich anzurufen.

„Hi, wie geht es dir?", ruft sie in mein Ohr. Im Hintergrund rauscht es. „Ich bin auf dem Weg nach Frankfurt. Es ist zwar erst Donnerstag, aber meine Verwandten in Kriftel haben darauf bestanden, dass ich eher komme und sie mir die Stadt zeigen."

Ich nehme eine Handvoll Sand und lasse ihn wieder zurückkrieseln.

„Hallöchen", sage ich. „Ist die Autobahn sehr voll?"

Von Sybilles Antwort mache ich abhängig, was und wie viel ich ihr erzähle. Ich möchte nämlich nicht, dass sie einen Schock bekommt und einen Unfall baut.

„Ach, hier ist nicht viel los. Die meisten arbeiten um diese Zeit noch, und ich bin da, ehe der Berufsverkehr alles verstopft."

Prima.

„Magnus hat mich geküsst", sage ich freiheraus und male im Sand.

„Also genau genommen hat er *dich* geküsst."

Ich will weiterreden, aber Sybille schreit irgendwas in mein Ohr, sodass ich das Handy weiter weg halte, um keinen Hörsturz zu erleiden. Ich verstehe erst wieder etwas, als es am anderen Ende der Leitung still wird.

„Wieso hat er das getan?", motzt Sybille kurz darauf wieder los. „Was fällt dir ein, ihn einfach zu küssen? Wer hat dir das erlaubt?"

Da muss ich jetzt durch. Sie muss es schließlich erfahren. Zum Glück bin ich weit von ihr entfernt und kann mich zumindest vorerst in Sicherheit wiegen.

„Hör zu, Bille. Er denkt, ich bin du. Natürlich will er dich küssen. Was hätte ich denn tun sollen? Ihm die Wahrheit gestehen? Du hast mich hierhergeschickt, also musst du jetzt mit den Konsequenzen leben. Wir hätten uns vorher den Kopf darüber zerbrechen sollen, was alles passieren könnte. Jetzt ist es dafür leider zu spät."

Sie weiß, dass ich recht habe. Ich entspanne mich beim Anblick des Meeres und dem Gedanken an die Distanz zu meiner tobenden Freundin.

„Jaja, ich kapier es ja", ruft sie schließlich. „Pass aber auf, dass das nicht zur Gewohnheit wird, okay? Ich meine, du bist geschickt, Romina. Ich weiß, dass du gut darin bist, dich aus Situationen zu winden, die dir nicht zusagen."

Sein Kuss hat mir aber zugesagt, schlägt es wie ein Blitz in meinem Kopf ein. Nein! Ich will das nicht denken.

„Ich passe auf", verspreche ich. „Es tut mir leid, Bille. Ich hab selbst nicht damit gerechnet. Er hat mich sozusagen überrumpelt."

„Oh mein Gott, er hat mich geküsst!", ruft sie jetzt, und ich fasse mir an die Stirn.

„Wie war es denn? Ist er ein guter Küsser?"

„Er ist ein unglaublich guter Küsser", gestehe ich. Dabei male ich im Sand und verliere mich in meinen Erinnerungen an Magnus. „Und sonst?", will meine Freundin wissen. „Was tut ihr sonst so? Wo ist er gerade?"

„Wir sind in Esbjerg. Magnus hat den Kontrolltermin in der Augenklinik."

„Ach ja, wie geht es seinen Augen?", fragt Sybille, als hätte sie dieses Detail komplett vergessen. Dieses winzige Detail, wegen dem ich überhaupt hier bin.

„Das werden wir nach dem Termin wissen, schätze ich."

Ich schaue auf die Uhr. In zwanzig Minuten muss ich ihn bereits abholen. „Bille, ich schreibe alles haarklein auf, okay? Ich fertige dir ein minutiöses Protokoll von allem hier an, damit du genau weißt, was passiert ist, falls er dich auf irgendwas anspricht. Das würde hier am Telefon jetzt den Rahmen sprengen, und ich muss gleich wieder zur Klinik."

„Eine super Idee!", ruft sie.

Ich denke an die Mütze, an das mit der Hand. Während Sybille mir Instruktionen gibt, wie ich weiter vorgehen und was ich unbedingt vermeiden soll, denke ich daran zurück, wie Magnus meine Hand geküsst hat. Wie ich ihm beim Umziehen mit dem

Hemd geholfen habe. An seinen perfekten Oberkörper. Ich schmunzle über seine schlagfertigen Scherze auf der Fahrt hierher und erinnere mich an das, was er mir über seine Kunst erzählt hat. Das alles werde ich aufschreiben.

Nicht nur für Sybille. Auch ich möchte diese Dinge nie wieder vergessen. Diese Zeit wird für den Rest meines Lebens eine ganz besondere sein. Da bin ich mir sicher.

„Bist du noch dran, Romina?", fragt Sybille.

„Ja, ich bin hier."

„Okay, ich mach dann jetzt Schluss. Ich bin in dreißig Minuten in Kriftel und muss noch tanken. So ein Mist. Ich hab echt gedacht, ich schaff es noch bis zu den Verwandten."

„Fahr vorsichtig", sage ich. „Wir bleiben in Kontakt."

„Alles klar, bis bald!", höre ich Sybille.

Noch immer in Gedanken an Magnus stehe ich auf, rubble Sand und kleine Kiesel aus meinen Kleidern und schaue ein letztes Mal sehnsüchtig aufs Meer, bevor ich mich auf den Weg zum Auto mache. Wie schnell so eine Stunde doch vergeht. Vor allem, wenn man nur so wenig Zeit hat, man selbst zu sein. Ich bin hin- und hergerissen zwischen dem Romina-bleiben-Wollen und Magnus-wiedersehen-Wollen. Kann ich denn nicht beides haben?

Wenig später betrete ich die Augenklinik. Sie ist hochmodern, und ich habe Mühe, die dänischen Schilder zu entziffern, die zu den verschiedenen Untersuchungszimmern weisen. Ich gehe zum Empfang, hinter dem eine junge Frau in Weiß sitzt. Sie spricht perfekt Englisch und bittet mich, noch einen Moment Platz zu nehmen.

Während ich auf Magnus warte, stelle ich mir vor, Asger wäre Augenarzt und würde mir hier über den Weg laufen. Würde ich ihn erkennen? Ich male mir aus, wie er auf mich zukäme. Freudestrahlend und überglücklich, mich zu sehen. Er würde mir erzählen, dass er nie aufgehört hat, meine Schwester zu lieben und dass er froh sei, dass ich hier bin und er nun wieder Kontakt zu ihr aufnehmen kann.

Mein Gott, wieso habe ich solche schrägen Gedanken? Esbjerg scheint ein einziger Trigger für mich zu sein, weil ich weiß, dass er damals hier gelebt hat. Ich wünsche mir nichts mehr, als dass meine Schwester endlich ihr Glück findet.

Wenn diese Reise schon für mich kein gutes Ende haben kann, wieso dann nicht für Elisa? Vielleicht hat das Schicksal mich ja ihretwegen hierhergeschickt. Wer kann schon ahnen, wozu mein absurder Aufenthalt hier dient?

Ich schicke Stoßgebete für Elisa in den Himmel.

„Sorry?", spricht die Empfangsdame mich an. „Please come with me."

Ich stehe auf und folge ihr. Sie führt mich zu Magnus, der aus einem der Zimmer gekommen ist und auf mich wartet. Bei seinem Anblick kribbelt es in meiner Magengrube. Ich muss es ignorieren.

Er trägt die Sonnenbrille, was auf einem langen fensterlosen Flur im künstlichen Licht irgendwie sonderbar aussieht.

105

„Hey, wie war's?", frage ich und gehe auf ihn zu. „Für einen Moment hab ich dich für ein extraterrestrisches Wesen gehalten, wie du so dastehst mit deiner schmucken Brille."

„Pass auf, dass ich dich nicht blitzdingse", sagt er als Anspielung auf die *Men in Black*.

Wie sehr ich mir das wünsche. Dass mir jemand nach all dem hier eine nette Story erzählt, mich in ein helles Licht schauen lässt und – schwupps, hab ich Magnus vergessen.

„Gehen wir irgendwo was essen?", fragt er, nachdem wir die Klinik verlassen haben. „Ich weiß ja nicht, wie es dir geht, aber mir hängt der Magen in den Kniekehlen."

Besonders hungrig bin ich nicht. Dennoch bin ich einverstanden, denn irgendwann müssen wir heute noch irgendetwas essen.

„Hast du eine Idee, wo?", frage ich. „Du kennst dich hier besser aus als ich."

„Tatsächlich gibt es eine sehr gute Pizzeria", antwortet er. „Magst du Pizza?"

„Ich kenne niemanden, der keine Pizza mag."

„Schön. Ich lade dich ein", sagt er. „Eine Mindestanerkennung für das, was du hier meinetwegen alles tust."

„Blödsinn." Ich protestiere. Ich werde ihm sicher nicht noch zusätzlich zu diesen ganzen Lügen auf der Tasche liegen. „Ich möchte gern selbst zahlen, wenn du einverstanden bist."

„Bin ich nicht", sagt er. „Und jetzt will ich nichts mehr davon hören."

Zähneknirschend geleite ich ihn zum Auto, während er mir den Namen der Pizzeria nennt und ich den Standort google.

„Scheint nicht sehr weit von hier zu sein", bemerke ich und starte den Motor.

„Wie hast du dir die Zeit vertrieben in der letzten Stunde?", fragt er. „Hast du dir die Stadt angesehen?"

„Ich kenne Esbjerg", sage ich und beiße mir gleich darauf auf die Zunge. „*Nicht*", füge ich schnell hinzu.

Wie gern würde ich all meine Erinnerungen mit ihm teilen.

„Ich … äh … Meine Freundin Romina war schon oft hier, und sie sagte, diese weißen Männer am Strand seien sehr schön. Also hab ich mir die Skulpturen angeschaut."

Magnus nickt anerkennend. „Deine Freundin Romina hat wirklich Geschmack. Irgendwann musst du uns mal miteinander bekannt machen."

Um ein Haar wäre ich über eine rote Ampel gefahren. Ich weiß nicht, wie lange das hier noch gut geht.

Die Pizzeria gefällt mir auf Anhieb. Die Einrichtung ist im gemütlichen italienischen Stil gehalten. Ein altes Kutschrad wurde als Fenster verbaut, die Wände sind dunkel geklinkert, und aus den Boxen tönt Eros Ramazottis *Parla con me*.

„Ciao!", werden wir direkt von einem Kellner begrüßt, der hinter dem Tresen Gläser poliert. Dann sagt er was auf Dänisch, und Magnus antwortet. Wahrscheinlich so was wie „Einen Tisch für zwei bitte". Der Kellner führt uns in eine romantische Nische, entzündet eine Kerze und streicht die Tischdecke glatt. Bevor er

wieder hinter dem Tresen verschwindet, reicht er uns die Menükarten und nimmt die Getränkebestellung auf.

„Und, gefällt es dir hier?", fragt Magnus, sobald wir allein sind.
„Ist es voll?"

„Es ist ein sehr schönes Restaurant", gebe ich zu. „Dort hinten
sitzt noch ein Pärchen und weiter vorne zwei ältere Herren. Sonst
niemand. Warst du schon mal hier?"

„Ja, vor Jahren war ich oft hier. Aber seit einiger Zeit nicht mehr.
Ich hoffe, die Qualität der Gerichte ist noch immer dieselbe."

„Kannst du was empfehlen?", frage ich und schaue in die Karte.
Die Gerichte sind auf Dänisch und Englisch gelistet.

„Wenn du Meeresfrüchte magst, die Frutti Di Mare. Die Zutaten
sind frisch aus der Nordsee."

Ich überlege noch. Tatsächlich bin ich nicht sicher, ob Sybille
Meeresfrüchte mag. Letztlich riskiere ich es aber, denn ich liebe
Krabben, Muscheln und Seelachs.

Magnus bestellt die Prosciutto Funghi, und während wir warten,
frage ich ihn, was der Arzt gesagt hat.

„Wie verläuft deine Genesung? Ist er zufrieden?"

Magnus hat einen Bierdeckel entdeckt und spielt mit ihm. Das
Gute an seiner temporären Erblindung ist, dass ich ihn ganz un-
verhohlen anschauen kann. Ich muss seinen Blicken nicht ausweichen, mir keine Gedanken machen, wenn ich ihn anglotze oder
gefühlt stundenlang seine Hände beobachte, die mit einem Papp-
deckel spielen. Er hat so unglaublich schöne Hände. Ich stelle mir
vor, wie er damit seine Kunst schafft.

„Der Arzt ist sehr zufrieden", erklärt er. „Die Salbe und die Tropfen werde ich mindestens noch eine Woche lang nehmen müssen. Und solange es keine Komplikationen gibt, brauche ich vorerst keinen weiteren Kontrolltermin."

„Das ist doch super", sage ich und bemühe mich, fröhlich zu klingen. In Wahrheit schlottern mir die Knie, weil ich noch eine weitere Frage auf den Lippen habe. „Und ... darfst du die Augen wieder öffnen?"

Bitte, sag Nein! Bitte, sag Nein!

Magnus lächelt sanft und tastet nach meiner Hand. Ich lasse sie ihn finden und hoffe, dass er nicht bemerkt, wie eiskalt meine Finger sind. Als er sie nimmt und liebevoll meine Knöchel massiert, schließe ich die Augen. Seine Berührungen werden mir fehlen. In seiner Nähe fühlt sich alles so gut an.

„Er empfiehlt, sie noch bis morgen zu schonen und erst dann zu öffnen", antwortet er. „Aber ich bin nicht sicher, ob ich es noch so lange aushalte, dich nicht anzuschauen. Du hast keine Ahnung, wie sehr ich dich sehen will, Sybille."

Erschrocken reiße ich die Augen auf und ziehe meine Hand zurück.

„Hab ich was Falsches gesagt?", fragt er.

„Äh, ... nein, ... aber unsere Pizzen kommen."

Welch ein perfektes Timing! Wenn der Kellner wüsste, dass er mir gerade das Leben gerettet hat.

„Ich finde, du solltest auf den Arzt hören", empfehle ich, als die Teller und zwei Gläser Cola vor uns stehen und der Kellner verschwunden ist. „Du solltest die Sache ernst nehmen. Umso schöner ist es dann, wenn du vollständig gesund bist."

„Du steckst mit dem Arzt unter einer Decke, hab ich recht?"

„Er bezahlt mich sogar dafür. Wie bist du dahintergekommen?"

„Früher oder später komme ich immer dahinter", sagt er, und ich bekomme eine Gänsehaut.

Kapitel 9 ✂ Romina, 2024

Die Pizza liegt mir schwer im Magen, als wir auf der Heimfahrt sind. Was Magnus da im Restaurant gesagt hat, lässt mir keine Ruhe. Er kann es nicht erwarten, mich zu sehen. *Sybille* zu sehen. Wird er sich an die Anweisung des Arztes halten und bis morgen warten? Was, wenn er mich doch anschaut? Vielleicht tut er es längst, und ich bemerke es nicht, weil er die Sonnenbrille trägt. Meine Kehle schnürt sich zu. Was, wenn er längst weiß, dass ich nicht Sybille bin, und nur darauf wartet, dass ich ihm die Wahrheit sage? Vielleicht testet er mich, indem er mir kleine Fallen stellt, in der Hoffnung, dass ich hineintappe und mich verplappere?

Herrje, mir wird heiß und kalt. Instinktiv taste ich nach der bunten Strickmütze, die inzwischen zu meinem Markenzeichen geworden ist, und überprüfe, ob sie richtig sitzt. Akribisch stopfe ich feine Haarsträhnen, die ihr entkommen sind, wieder darunter.

Im Grunde mag ich meine Haare. Sie glänzen zwar nicht so schön wie die von Sybille, aber mir gefällt ihre pechschwarze Farbe.

Und ich habe zwar Schlupflider, aber meine Augen sind strahlend blau und werden durch meine Haarfarbe betont.

Trotzdem: Wenn ich eines sicher weiß, dann, dass ich morgen vor Sonnenaufgang abreisen werde. Ich riskiere auf gar keinen Fall, dass er mich sieht. Dass er seine Augen öffnet und Romina sieht. Auch wenn ich es mir mehr als alles andere wünsche. Dass er *mich* sieht. Aber das würde alles zerstören.

Ich frage mich, wieso Magnus so ungewöhnlich still ist. Auf der Hinfahrt konnte er gar nicht genug erzählen und jetzt bringt er kein einziges Wort mehr heraus. Das verunsichert mich.

„Bist du okay?", frage ich vorsichtig.

„Hm-hm", macht er und dreht den Kopf in meine Richtung. „Tut mir leid, ich bin bloß sehr müde. Die Schmerzen sind zurück."

„Dann nimmst du zu Hause am besten gleich eine Tablette."

„Das tu ich", sagt er. „Und wenn du nichts dagegen hast, hau ich mich für ein Stündchen ins Bett."

„Wieso sollte ich etwas dagegen haben?"

Im Gegenteil, will ich hinzufügen. Jede Minute, in der ich nicht in seiner Nähe sein muss, ist mir recht. Jede Minute, in der ich keine Angst haben muss, dass er mich anschaut oder ich mich noch mehr in ihn verliebe. Ich halte die Luft an. *Verlieben?*

Habe ich das wirklich gerade gedacht? Ihn attraktiv oder humorvoll zu finden, das ist völlig okay. Aber mich in ihn zu verlieben, davon war nie die Rede. Das war nie der Plan. Ich muss doch irgendetwas dagegen tun können. Es muss doch ein Geheimrezept geben, das einen Menschen immun macht gegen das Verlieben. Ich meine, so was hört man doch ständig. Oder etwa nicht?

„Keine Ahnung. Vielleicht bist du nicht gern allein", sagt Magnus in die Stille. Sein Tonfall ist sehr zärtlich. Ich werde schwach.

Er hat recht. Ich bin nicht gern allein. Ich will nicht, dass er schlafen geht, dass er sich mir entzieht. Mit jeder Faser meines Körpers sehne ich mich nach seiner Nähe. Aber das ist falsch; es darf nicht sein. Herrje, wie kann ich so voller widersprüchlicher Gefühle sein? Ich habe keine Ahnung, wie lange ich das noch aushalte.

Gegen Viertel vor vier erreichen wir sein uriges Häuschen. Ich bin erleichtert, die Enge des Autos verlassen zu können, helfe Magnus zur Haustür und versorge ihn drinnen mit einer Schmerztablette.

„Danke", sagt er. „Ich zieh mich dann zurück."

„Okay", erwidere ich und lege den Autoschlüssel auf dem Küchentisch ab. „Soll ich dich wecken?"

„Das wäre wundervoll. Sagen wir, um halb sechs?"

„Halb sechs", bestätige ich und will mich davonmachen, als er mich am Arm fasst. Seine Berührung ebbt durch meinen Körper.

„Ähm, ist noch was?", frage ich irritiert.

Sein Lächeln geht mir unter die Haut. Es lässt alles in mir kribbeln. Wieso geht er nicht schlafen? Wieso macht er es mir noch schwerer?

„Ich frage mich nur", flüstert er und zieht mich an sich, „wo die freche, forsche Sybille gerade steckt, die mir online so sehr auf die Pelle gerückt ist. Du bist so zurückhaltend."

Er streichelt meinen Arm und schiebt sich dicht an meinen Körper. Ich halte schon wieder die Luft an. Was soll ich bloß tun oder darauf antworten?

112

„Na ja", flüstere ich zurück. „Du hast Schmerzen. Wie gesagt, ich möchte, dass du schnell gesund wirst und dann …"

Mehr kann ich nicht sagen, denn er entledigt sich der Sonnenbrille und küsst mich ohne Vorwarnung. Ich habe so weiche Knie, dass ich nicht wage, mich von der Stelle zu bewegen. Sein Kuss ist leidenschaftlicher als unser erster. Er überwältigt mich, und ich sinke in Magnus' Arme. Ich verliere jegliches Zeitgefühl. Alles, was ich wahrnehme, sind Magnus' Atem und seine Wärme auf meiner Haut, sein Geruch, seine Zärtlichkeiten, die ich in mir aufsauge und mir dabei wünsche, er würde wirklich mich küssen und nicht Sybille.

Die Vorstellung, dass dies vielleicht der letzte Kuss zwischen uns sein könnte, dass ich morgen um diese Zeit längst zu Hause bin und mich für die vergangenen Tage und meinen Verrat verachten werde, lässt mich den Moment genießen.

In diesem Augenblick erlaube ich mir, in Magnus verliebt zu sein, und stelle mir vor, er würde meine Liebe erwidern.

Dann ist der Moment verstrichen. Ich löse mich von ihm und schiebe ihn sanft zurück.

„Du solltest dich jetzt besser erholen", flüstere ich.

„Du allein bist meine Erholung", antwortet er und küsst mein Ohr.

„Das freut mich wirklich, aber …"

„… ich liebe es, wie du dich um mich sorgst", sagt er und ergibt sich lachend. „Also halb sechs."

Er tritt zurück und fährt sich durch die Haare. Ich atme erleichtert auf. Ich wusste ja schon, dass Sybille eine Draufgängerin ist.

Magnus muss verwirrt sein, dass sie ihn so eiskalt abblitzen lässt. Aber für mich hat das hier ganz klare Grenzen. Ich bin niemand, der Situationen oder Menschen schamlos ausnutzt. Ein Teil meines Gewissens scheint noch zu funktionieren und kennt den Unterschied zwischen richtig und falsch.

„Magnus?", halte ich ihn zurück, als er bereits an seiner Zimmertür steht.

„Ja?"

„Darf ich mich ein wenig in deiner Werkstatt umsehen? Ich interessiere mich wirklich sehr für deine Arbeiten."

„Fühl dich einfach wie zu Hause", wiederholt er.

Nachdem er verschwunden ist, atme ich tief durch. Das hier geht mir echt an die Substanz. Auf noch immer wackligen Beinen gehe ich durchs Wohnzimmer in den Wintergarten. In diesem Raum bin ich noch nicht gewesen. Sofort nimmt sein Charme mich gefangen.

Drei der vier Wände bestehen aus Glas, einem Fensterelement und zwei Terrassentüren. Die Tür zu meiner Rechten geht auf die Terrasse hinaus, die sich vom Dünenweg aus einsehen lässt. Die Tür zu meiner Linken scheint über einen kieferngesäumten Pfad zur Werkstatt zu führen.

Unter dem Fensterelement steht ein Holztisch, der als Schreibtisch dient. Eine kleine Lampe mit einem Stoffschirm, Schreibutensilien, ein Stempel, ein zugeklappter Laptop. Der Blick nach vorn geht in den Naturgarten hinaus. In weiter Entfernung sehe ich ein Nachbarhaus. Ein rot geklinkerter Bungalow mit einem ebenfalls von Moosen und Gräsern bewachsenen Dach. Ich drehe mich nach links, um zu der Tür zu gelangen, die zur Werkstatt führt. Ein runder Tisch mit vier Korbstühlen steht mir halb im Weg. Darauf befinden sich zwei hübsche Windlichter aus Glas in Hirschdeko. Eine ungeöffnete Flasche Rotwein, zwei Weingläser und eine Tafel Zartbitterschokolade.

Kerzenlicht und Rotwein – ich ermahne mich, meinen Koffer noch vor halb sechs abfahrbereit zu machen.

Ich schiebe mich an den Stühlen vorbei und öffne die Tür. Draußen ist es kühler geworden, vor allem im Schatten der Kiefern, die sich in der aufkommenden Brise knarrend bewegen. Ich ziehe mir die Strickjacke über, die ich zuvor von der Garderobe genommen habe. Jetzt folge ich dem gewundenen Waldpfad wenige Dutzend Meter und atme den Duft von Kiefernnadeln und Harzen ein. So gelange ich zur Scheune, in der sich Magnus' Werkstatt befindet.

Der rechte Flügel eines Tors erweist sich als Eingangstür und quietscht beim Öffnen. Meine Neugier wächst ins Unermessliche. Drei kleine Fenster an der hinteren Scheunenwand lassen kaum Tageslicht einfallen, sodass Magnus Leuchtstoffröhren angebracht hat. Sicherlich öffnet er zusätzlich das Flügeltor, wenn er hier werkelt.

Eine Geruchsmischung aus Holz, Leim, Motorsägenöl, Farbe und Terpentin schlägt mir entgegen. Hier scheint es alles zu geben, was ein Künstlerherz begehrt: Staffeleien, Sägen verschiedener Größen und Arten, Schleifpapiere, Ölfarben, Pinsel, Schrauben, Nägel, Hämmer, Spachtel, Gips, Drähte, Meißel, Schraubzwingen,

Bohrer und weiß Gott welch andere Werkzeuge noch. Zwei große Werktische und -bänke, Baumstämme, halb fertige Skulpturen aus Stein oder Holz, und jede Menge Treibgut: Plastik, alte kaputte Fischernetze, voll von vertrocknetem Seetang und Rochen-Eikapseln, Gummihandschuhe, Vogelfedern, Muscheln, leere Panzer von Krebsen, Dosen, Kunststoff und anderer menschengemachter Müll.

Ich staune nicht schlecht, woraus Magnus Kreatives schafft.

Manche Dinge schaue ich nur im Vorbeigehen an, andere berühre ich oder nehme sie in die Hand, um sie detaillierter zu betrachten. Ein Ölgemälde von der tosenden Brandung zieht mich so sehr in seinen Bann, dass ich mehrere Minuten davorstehe und es betrachte. Ich kann die aufspritzende Gischt beinahe auf meiner Haut spüren. Feucht und salzig.

Je länger ich mich hier umschaue, desto tiefer verstehe ich diesen Mann und sein offenbar tiefgründiges Innenleben. Er fasziniert mich immer mehr.

Aber was bringt das schon? Wieder und wieder konfrontiere ich mich mit der Tatsache, dass er Sybilles Date ist. Nicht meines. Ich bin hier nichts weiter als die Platzhalterin.

Betroffen von diesen Gedanken schaue ich mich weiter in der Scheune um. An einer Wand lehnt ein riesiges Hirschgeweih. Darüber sind verschiedene Regale angebracht, auf denen Sprühlacke, Verdünner und zahlreiche Flaschen stehen. Einige davon sind von einer Staubschicht bedeckt. Mein Blick wandert darüber, bis er an einer Flasche hängen bleibt. Sie ist aus Weißglas, ohne Etikett und wurde vermutlich mal als Wasserflasche genutzt. Was meine

Aufmerksamkeit auf sie zieht, ist der gerollte Zettel in dem bauchigen Gefäß.

Eine Flaschenpost? Wohl eher selten, aber nicht unmöglich. Sofort packt mich die Neugier, ob etwas auf dem gerollten Papier geschrieben steht. Vermutlich wird es in einer Sprache sein, die ich nicht verstehe. Aber herausfinden will ich es doch. Ich muss mich auf die Zehenspitzen stellen, um an die Flasche im obersten Regal heranzureichen. Behutsam, um die anderen Glasgefäße nicht umzustoßen, angele ich nach ihr.

Als ich sie endlich in Händen halte, klopft mein Herz vor Aufregung. Ich versuche den Drehverschluss zu lösen, der über die Zeit wohl angerostet ist und sich nur mühsam bewegen lässt. Dann gibt er schließlich nach, und ich kann den Zettel herausfingern.

Wie aufregend! Vielleicht halte ich hier ein spannendes, längst vergessenes Schicksal in Händen!

Die Schrift auf dem Zettel ist ein wenig vergilbt, aber ich kann sie lesen. Ja, ich kann die Sprache sogar verstehen, denn die Worte schnüren mir augenblicklich die Kehle zu. Wie betäubt sinke ich zu Boden, bis ich gänzlich auf kaltem Beton hocke.

Ich erkenne die Schrift. Ich weiß, wer diesen Brief verfasst hat!

„Oh mein Gott!", entfährt es mir mit zittriger Stimme. „Das kann nicht wahr sein!"

Aber es ist wahr, und nichts, was ich denken oder sagen könnte, würde es mir ermöglichen, es zu leugnen oder als Hirngespinst abzutun.

„Nein ... nein", flüstere ich und ziehe mir die Strickmütze vom Kopf, die plötzlich auf meiner Haut kratzt und mich einengt.

Meine Haare ergießen sich wie heißes Pech über meinen Oberkörper.

„Das gibt es doch nicht! Wie kann das sein?" Meine dünne Stimme verhallt in der hohen Scheune.

Was … was ist nur passiert? Wieso hat Magnus diesen Brief ignoriert? Hat er ihn denn nicht gelesen? Wenn er die Flaschenpost mit anderem Treibgut am Strand gefunden hat, wieso hat er den Brief dann einfach beiseitegelegt? Ich verstehe das nicht. Oder war nicht er selbst der Finder? Aber wieso steht sie dann hier in seiner Scheune?

Ich raufe mir die Haare, während eine Million Fragen durch meinen Kopf rasen. Der Fund dieser Flasche und des Briefes überwältigt mich so sehr, dass sich Tränen in meinen Augen bilden, die mir schließlich die Sicht rauben. Sie stürzen in Bächen über meine Wangen und malen dunkle Punkte auf mein Tanktop.

So klein kann diese Welt doch gar nicht sein. Solch einen Zufall kann es eigentlich nicht geben.

Ich bin verwirrt, durcheinander und verstehe es noch immer nicht. Wie sehr will ich Magnus nach dieser Flasche befragen. Aber kann ich das? Die Fragen, deren Antworten mich wirklich interessieren, werde ich nicht stellen können, denn Sybille weiß nichts von der Flaschenpost.

Ich bin also dazu verdammt, mich dumm zu stellen.

Aus Schmerz über diese Erkenntnis schluchze ich laut auf. Ich muss meine Verzweiflung und Hilflosigkeit hinausschreien.

Lange Zeit sitze ich einfach nur da, starre auf das Papier, grüble, suche nach einer Lösung, wie ich Magnus doch dazu befragen könnte, ohne mich dabei zu verraten. Ich wische mir immer neu aufkommende Tränen aus dem Gesicht. Es gibt bestimmt eine Lösung. Es muss doch eine Lösung geben …

Als ich langsam wieder klar denken kann, zücke ich mein Handy aus der Hosentasche und fotografiere den Brief ab. Ich benötige einen Beweis. Und wenn es nur darum geht, dass ich in den Besitz der Adresse komme. Stehlen werde ich diese Flasche oder ihren Inhalt sicher nicht.

Noch einmal so lange wie zuvor auf das Papier starre ich auf das Foto in meinem Handy, dann wieder auf den Brief in meiner Hand. Schließlich rolle ich ihn zusammen, schiebe ihn zurück durch den schlanken Flaschenhals und schraube den Verschluss zu.

Ich ziehe mich hoch, gehe auf zittrigen Beinen zum Regal und stelle die Flasche zurück an ihren ursprünglichen Platz.

Mir ist, als riefe das Papier darin um Hilfe. Als verstände es mein Handeln nicht, als klagte es mich an, es zurück in die Vergessenheit zu schicken.

„Alles wird gut", flüstere ich ihm zu. „Ich weiß nur noch nicht, wie."

Nachdem ich die letzten Tränen fortgewischt habe, bücke ich mich nach meiner Strickmütze, die noch immer am Boden liegt. Mein Körper ist schwer wie Blei.

„Magnus, er du her?", ertönt plötzlich eine Männerstimme von draußen. Ich erstarre. Im nächsten Moment betritt jemand die Scheune. Er sieht mich, bleibt abrupt stehen, und wir schauen einander an.

„Hej", sagt er und mustert mich von oben bis unten.

„Hej", erwidere ich, die Finger in die Mütze gekrallt. Mir bleibt das Herz stehen.

Der Mann vor mir ist von stämmiger Statur, hat braune Haare und blaue Augen. Etwa in Magnus' Alter, schätze ich. Und dann trifft mich der Schlag. *Bitte, lass das nicht William sein!*

Ich erinnere mich wieder daran, dass er vorbeikommen und Sybille kennenlernen wollte. Dass ich mir einen Handtuchturban um den Kopf wickeln wollte, um meine schwarzen Haare zu verstecken. Mein Magen dreht sich. Der Typ kommt zwei Schritte näher.

„Hvem er du?"

„Ich ... äh ...", stammle ich. „Sorry, I don't speak Danish."

„Okay", sagt er und sucht die Scheune mit den Augen ab.

Vermutlich glaubt er, Magnus hier anzutreffen.

„Wer bist du?"

Er kann Deutsch? Überrascht und panisch zugleich starre ich ihn an. Wieso spricht hier jeder Deutsch? Ich fürchte, ich habe ein Problem.

„Hi, ich, äh, ... Ich bin Sybille?", stammle ich. „Magnus' Freundin aus Deutschland."

Erneut mustert er mich. Dann legt er die Stirn in Falten.

„Du bist nicht Sybille."

„*Was?*" Mir rutscht das Herz in die Hose.

„Sybille ist blond, und sie hat Locken. Ich weiß, wie sie aussieht. Du bist jedenfalls nicht Sybille. Wer bist du, und was tust du hier?"

Er klingt ungehalten. Zu Recht. Ich taumle ein paar Schritte zurück. Jetzt ist alles vorbei. Er wird mich verraten und – das war's. Aus für Sybille und ihre Liebe. Ich habe ja gewusst, dass das kein gutes Ende nehmen wird. Ich verdiene es aufzufliegen.

Schnell überschlage ich die Möglichkeiten, die mir bleiben. Es sind genau zwei: aufgeben oder kämpfen. Und nach allem, was ich hier bereits durchgestanden habe, werde ich das Feld sicher nicht kampflos verlassen.

„Sag mir zuerst, wer du bist", fordere ich, um ganz sicherzugehen, wem ich hier gleich mein Herz ausschütten werde.

„Ich bin William", bestätigt er meine Vermutung. „Magnus' bester Freund. Und jemand, der nicht dabei zusieht, wie er von einer Frau verascht wird", erhebt er seine Stimme.

„Warte, bitte", flehe ich, als er Anstalten macht, die Scheune zu verlassen. „Ich erzähle dir alles, aber du musst mir versprechen, es ihm nicht zu enthüllen – erst mal. Bitte! Es gibt eine Erklärung für das alles hier."

„Eine *Erklärung*?" Bitterböse sieht er mich an. „Na, darauf bin ich gespannt!"

Mit verschränkten Armen baut er sich vor mir auf. Meine Knie schlottern. Ich weiß schon jetzt, dass meine Erklärung jämmerlich ist. Eine Farce. Trotzdem werde ich die Wahrheit sagen.

„Gibt es vielleicht einen anderen Ort, an dem wir reden können?", frage ich. „Es dauert etwas länger, fürchte ich. Magnus schläft, er hatte nach dem Arzttermin Schmerzen und wollte sich ausruhen."

„Wir können uns dort hinten hinsetzen", sagt er und zeigt auf zwei Klappstühle in einer Art Kaffeeecke, die mir bisher nicht aufgefallen war.

„Einverstanden."

„Also, ich höre", sagt William und setzt sich mir gegenüber auf den Klappstuhl. Nervös drehe ich meine Mütze in den Händen. Sie jetzt noch aufzuziehen wäre lächerlich. Ich habe keine Ahnung, was ich sagen soll, ob er mir glauben oder Magnus am Ende alles verraten wird. „Sybille ist … meine beste Freundin", beginne ich und beschließe, alles auf eine Karte zu setzen.

Ich erzähle ihm von der gewonnenen Konzertkarte, von Sybilles großem Traum mit dem Konzert, auch von der Stoffmesse, ja, sogar von ihren Bindungsängsten, obwohl sie mir das sicher strikt verbieten würde. Ich erkläre, dass ich gegen diese Idee mit dem Vertauschen unserer Identitäten gewesen bin, aber leider nicht den Mut hatte, mich zu verweigern. Dass ich Sybille helfen wollte, weil sie noch nicht bereit war, herzukommen, und ich nicht möchte, dass ihre Beziehung kaputtgeht, wenn Magnus davon erfährt. William schüttelt unentwegt den Kopf. Sein Blick ist nach wie vor finster.

„Wie dumm kann man sein, wenn man glaubt, man könnte eine Beziehung auf einer Lüge aufbauen", schimpft er. „Wie könnt ihr ihn so an der Nase herumführen?! Schämt ihr euch nicht? Wenn du glaubst, du kommst damit durch, dann hast du dich geschnitten!"

Er springt mit solchem Schwung auf, dass der Klappstuhl umfällt. Ich weiß, dass er recht hat. Er hat in allem recht. Niemals könnte ich mit so einer Lüge in einer Beziehung leben. Aber das hier ist nun mal Sybilles Beziehung, und mittlerweile ist mir auch egal, ob sie hält oder nicht. Ich will nur noch hier raus und nichts mehr mit dieser ganzen Misere zu tun haben. Am liebsten würde ich auf der Stelle in mein Auto steigen und nach Hause fahren.

„Ich gebe dir bis morgen Mittag Zeit, Magnus die Wahrheit zu sagen, ansonsten tue ich es", schnauzt William mich an und läuft los. Verzweifelt sehe ich ihm hinterher. Morgen Mittag. Ein sehr kurzes Ultimatum. Aber es passt. Ich wollte bis dahin sowieso längst weg sein.

„William", rufe ich ihm nach, als er schon fast zum Scheunentor raus ist. Hier und jetzt ist meine letzte Chance. Ganz sicher weiß er etwas und kann mir helfen.

„Ich bin fertig mit dir", faucht er.

„Nur noch eine Sache! Bitte!"

Ein unheilvolles Grollen entspringt seiner Kehle. Doch er bleibt stehen und dreht sich zu mir um. Ich atme tief ein und nehme all meinen Mut zusammen.

„Weißt du zufällig etwas über die Flaschenpost?"

„Welche Flaschenpost?" Er ist irritiert.

„Die dort auf dem Regal", sage ich und deute zur Wand hinüber.

Er lacht ein fieses Lachen. „Nicht nur, dass du meinen Freund veraschst – du schnüffelst auch noch in seinen Sachen rum! Die Flaschenpost geht dich einen Scheißdreck an."

In meinen Augen bilden sich neue Tränen. Meine Stimme ist dünn wie ein Blatt Papier im Wind.

„Sie stammt von meiner Schwester", bringe ich heraus, bevor mir ein Schluchzen entfährt.

Kapitel 10 ✣ Elisa, 2013

Zurück im Ferienhaus, habe ich Papa geholfen, den Grill vorzubereiten. Dabei hat er nach Asger gefragt und gesagt, dass Mama und er ihn gern kennenlernen würden, bevor ich mich noch mal mit ihm treffen darf. Irgendwie peinlich, vor allem wegen Romy. Ich hatte Sorge, dass sie rumnervt. Aber schließlich habe ich eingelenkt, weil ich verstehen kann, dass meine Eltern wissen wollen, mit wem ich in einem fremden Land unterwegs bin. Asger kam dann, um mich abzuholen. Ich war so nervös! Mama und Papa haben sich ein bisschen mit ihm unterhalten, und er hat wohl einen guten Eindruck bei ihnen hinterlassen. Jedenfalls waren sie am Ende damit einverstanden, dass ich mit ihm zum Strand fahre.

Während der Fahrt kann ich gar nicht aufhören zu grinsen, so glücklich bin ich. Das wird ein schöner Abend! Nur Asger und ich allein am Strand. Einfach Hand in Hand am Ufer entlang in den Sonnenuntergang spazieren. Ich liebe die Sommer in Skandinavien, weil es so lange hell bleibt und die Stimmung am Meer einfach unbeschreiblich ist! Das kann nur noch von Asgers Nähe getoppt werden. Schon jetzt wünsche ich mir, dass dieser Urlaub nie enden wird.

Wenig später steigen wir am Houstrup Strand aus und laufen Richtung Dünen. Heute ist wirklich ein selten schöner, lauer und windstiller Tag. Das Einzige, was mich richtig nervt, sind die Mückenstiche an meinen Unterarmen und den Waden.

Aber an Asgers Seite halte ich sogar den quälenden Juckreiz aus.

„Sag mal, was hast du denn nun mit dem Schicksal gemeint?", frage ich, weil mich das schon den ganzen Tag beschäftigt, und greife nach seiner Hand. Er umschließt meine Finger mit seinen. Ich wünschte, wir könnten diesen Moment für immer festhalten.

„I'll tell you later", sagt er mit einem geheimnisvollen Leuchten in den Augen. „I don't wanna think about the future. Nur jetzt und hier mit dir."

Wir erreichen den höchsten Punkt der Düne, bleiben stehen und genießen den Wahnsinnspanoramablick über den beinahe menschenleeren Strand. Hier und da laufen wuschelige Vierbeiner am Ufer entlang und bellen die Brandung an. Franz hätte da auch seinen Spaß. Ich lehne meinen Kopf an Asgers Schulter. Am Horizont steht die untergehende Sonne ein paar Fingerbreit über dem Wasser. Die Wellen tragen das glitzernde Licht bis zu uns an die Küste.

„Look", flüstere ich. „Like diamonds."

Asger dreht sich zu mir und schaut mir in die Augen.

„Du bist schöner", antwortet er und küsst mich.

Wir spazieren über den Strand, ziehen unsere Schuhe und Socken aus und waten durch die Wellen. Asger erzählt mir, dass er mal Pilot oder – wie sein Vater – Chirurg werden will. Wenn das nicht klappt, steigt er mit Bill in die Ferienhausvermietung dessen Vaters ein.

„Was willst du werden?", fragt er, während die seichten Wellen unsere Fußabdrücke aus dem Sand lecken. Das Wasser ist so wohltuend für meine Mückenstiche.

„Vielleicht Flugbegleiterin", antworte ich. „Oder Anästhesistin. Dann arbeiten wir für immer zusammen."

Er findet das lustig, aber ich meine es ernst. Ich würde alles tun, um bei ihm zu sein.

„Ich hab mich für eine Ausbildung zur Erzieherin beworben", gestehe ich ihm dann die Wahrheit. „Aber wie sagtest du kürzlich? Alles ist open."

„Erzieherin", wiederholt er. „Das ist a good job. Ich liebe Kinder. You will be a great educator!"

Ich seufze, während meine Zehen sich in den Schlick bohren. Jetzt gerade kann ich mir keine Zukunft vorstellen, in der Asger nicht vorkommt.

Sooft es geht, verbringe ich die Tage, die von unserem Urlaub übrig bleiben, mit ihm. Einmal nehmen wir ihn mit ins Wikingerdorf. Er zeigt Romy, wie man Bogen schießt, und ich ertappe mich dabei, wie ich eifersüchtig werde. Ein anderes Mal fahren wir in die Kalkgruben nach Mønsted, und Asger begleitet uns. Wir zwei machen unsere eigene Tour durch die Höhlen, stehlen uns von den beleuchteten Wegen davon und verschwinden in dunklen Nischen, um uns zu küssen. Wir essen Eis und verstecken uns vor Romy.

So vergeht die Zeit wie im Flug. Mama entgeht nicht, wie traurig ich bin, je näher der Abreisetag rückt. Sie kommt oft zu mir, nimmt mich in den Arm und warnt mich, nicht zu viel in diesen Urlaubsflirt hineinzuinterpretieren.

Ich weiß, sie meint es nur gut mit mir. Aber ihre dämlichen Die-erste-Liebe-vergisst-man-nie-Sprüche kotzen mich jetzt schon an. Sie hat keine Ahnung, wie ernst mir das mit Asger ist.

„Ist es ihm denn genauso ernst wie dir?", fragt sie dann.

Das macht mich noch trauriger und fast sogar wütend. Denn ich kann darauf nicht antworten. Jedes Mal, wenn ich ihn frage, wie es mit uns weitergehen soll, ändert er das Thema oder schaut mich nur geheimnisvoll an.

Was, wenn wir uns wirklich nie wiedersehen? Wenn er eine andere kennenlernt und mich nächste Woche schon vergessen hat?

Die letzten drei Nächte vor unserer Heimfahrt weine ich mich in den Schlaf. Ganz leise, damit Romy es nicht mitbekommt. Aber doch laut genug, um das Brechen meines Herzens zu übertönen.

„Alle fertig?", fragt Papa an unserem letzten Tag und hievt den Strandrucksack mit unseren Verpflegungen in den Kofferraum. Franz läuft unruhig hin und her. Meistens lassen wir ihn im Ferienhaus, während wir am Meer sind, denn er mag den Sand und das Salzwasser nicht zwischen seinen Pfoten. Er liegt dann nur in seiner Box rum, in der es ihm eh zu heiß ist, oder er bellt andere Hunde an, die unserer Strandmuschel zu nahe kommen.

Aber heute soll er noch mal mit. Zum Abschied.

Mir ist vor Traurigkeit speiübel. Mein Herz ist schwer wie Blei, wenn ich daran denke, dass wir morgen um diese Zeit schon längst auf der Autobahn sind und Dänemark hinter uns liegt. Ich will nicht fort von Asger.

„Hm?", macht Papa und kitzelt mich am Kinn, als wir uns in der Haustür begegnen. „Alles gut?"

„Ach, lass mich in Ruhe."

„Elisa hat Liebeskummer", sagt meine neunmalkluge Schwester und betont das letzte Wort so übertrieben, dass ich sie am liebsten ohrfeigen würde.

„Ich bleibe hier", sage ich und verschränke die Arme vor der Brust.

„Toll, wenn Elisa hierbleiben darf, will ich auch hierbleiben!", motzt Romy.

„Ihr kommt beide mit und basta!", bestimmt Mama.

Mit Wuttränen in den Augen gehe ich zum Auto. Wieso versteht mich keiner? Wieso denken alle, dass Asger nichts weiter ist als eine Urlaubsbekanntschaft?

Plötzlich steht Papa neben mir und will mich wohl trösten.

„Hey", sagt er und stößt mich an. „Ihr könnt euch doch Briefe schreiben."

„Ja klar, wie in den Achtzigern oder was?"

„Gut, dann eben E-Mails oder SMS."

„Ich kann auch auswandern. Dann könnt *ihr* mir ja Briefe schreiben."

„Elisa", sagt Papa und legt seinen Arm um meine Schultern. „Wenn Asger wirklich der Richtige für dich ist, dann werdet ihr einen Weg finden. Es ist nur Dänemark, nicht Alaska. Und jetzt komm. Wir wollen einen schönen letzten Tag am Meer verbringen."

Ich putze mir Tränen ins Shirt.

„Kann ich nicht hierbleiben? Bitte! Ich möchte mich lieber noch mal mit ihm treffen. Wir wollten nach Ringkøbing oder irgendwas anderes unternehmen."

Papa schaut mich lange an. Schließlich sagt er: „Meinetwegen."

Ich falle ihm strahlend um den Hals.

Wenig später sind sie weg. Ich trage meinen Lieblingsrock und ein Häkeltop und habe meine dunkelblonden Haare zu zwei dicken Zöpfen geflochten. Asger hat geschrieben, dass wir uns in zehn Minuten an der Hauptstraße treffen, also laufe ich los.

Ich denke darüber nach, was ich machen werde, wenn ich zurück in Deutschland bin. Dann haben wir noch drei Wochen Sommerferien. Drei endlose, langweilige Scheißwochen ohne Asger.

Und wenn ich noch hierbleibe? Vielleicht kann ich bei ihm wohnen. Und dann mit dem Zug nach Hause fahren, bevor die Schule wieder anfängt. Das würden meine Eltern nie im Leben erlauben.

Mist, dass ich erst im Dezember achtzehn werde …

Dann sehe ich ihn. Halb auf der Hauptstraße, halb in der Einfahrt zum Ferienhausgebiet steht ein weißer Audi. Mein Herz macht einen Freudensprung. Ich laufe los und lande direkt in Asgers Armen, der ausgestiegen ist und mich auffängt.

„Hej", sagt er.

Seine blauen Augen strahlen mit dem Himmel um die Wette.

„Halt mich für immer fest", flüstere ich in sein Ohr. „Ich will nicht nach Hause."

„Dann lass uns fahren. We make this day our life."

„Was heißt *Ich liebe dich* auf Dänisch?", frage ich, als er mir die Autotür öffnet. Asger antwortet nicht. Ich steige ein, als er vor der Tür in die Hocke geht. Der Wind spielt mit seinen blonden Haarsträhnen. Er nimmt meine Hand und streicht mit der anderen über meine Wange.

„Jeg elsker dig", flüstert er.

Ich ziehe ihn halb ins Auto und küsse ihn.

Ringkøbing ist eine sehr schöne kleine Stadt am Fjord. Ich bin gerne hier. Die Einkaufsstraße ist immer, wenn ich hier bin, von Touristen überfüllt. Bei so gutem Wetter wie heute stehen die Leute vor der beliebten Eisdiele im Zentrum Schlange. Ein Straßenmusiker hat sein Klavier vor einem der Schaufenster aufgestellt und spielt bekannte und weniger bekannte Stücke. Asger und ich lauschen ihm eine Weile, werfen ein paar Kronen in seinen Hut und gehen weiter.

„Also wirst du Arzt oder Pilot", sage ich und greife unser Gespräch von neulich wieder auf. Ich will mir vorstellen, wie er sein wird. Mir einen erwachsenen Asger ausmalen. Diese Gedanken sind schmerzhaft. Dass unsere Leben getrennt voneinander weitergehen sollen, dass unsere Liebe hier und jetzt im Sterben liegt. Schon wieder sind da Tränen in meinen Augen.

„Am I part of your future?", frage ich und schaue zu ihm auf. Er lächelt gequält und wischt mit dem Daumen ein Rinnsal von meiner Wange.

„Das weiß nur das Schicksal."

„Hör auf damit!", rufe ich und gehe zwei Schritte zurück. „Ich will das nicht mehr hören! Das Scheißschicksal weiß gar nichts! Only you and I can know!"

„Vertrau mir, Elisa", sagt er und greift wieder nach meiner Hand. Ich kann das alles nicht! Es ist so dumm und hoffnungslos.

„I need some hope", flüstere ich. „Ohne Hoffnung überlebe ich das nicht."

„Me too", antwortet er und zieht mich mit sich. „Komm. Wir fahren zurück. I have an idea."

Auf dem Weg zurück weine ich leise. Ich schaue aus dem Fenster, nehme alles so intensiv wahr, dass mein ganzer Körper wehtut. Dänemark wird nicht mehr dasselbe sein nach diesem Sommer. Nach Asger. Seine Hand liegt auf meinem Knie. Asgers Wärme strömt durch meine Glieder. Ich liebe seine Berührungen. Sie sind wie Balsam, der mich heilt. Ich will seine Wärme, seine Nähe, seinen Geruch in einem Glas einfangen, das ich mit nach Hause nehmen kann. Das ich aufschrauben kann, wenn es mir schlecht geht, wenn ich ihn zu sehr vermisse. Ich will daran riechen, ihn spüren und mich an jedes Detail unserer gemeinsamen Tage erinnern.

Als wir aussteigen, sind wir irgendwo am Meer. Zwischen Blåvand und Henne. Wir laufen durch die Dünen. Asger zieht mich einfach hinter sich her. Ich weiß nicht, was er plant oder vorhat. Ich will nur eine Sache wissen, bevor ich ihm weiter folge.

„Warte", sage ich. „Ich muss dich was fragen, Asger."

„Later please."

„Nein, jetzt!" Ich bleibe abrupt stehen. Er hält an und schaut sich nach mir um.

„Okay. What?"

„Als du vorhin sagtest, dass du mich liebst", stammle ich. „War das ernst gemeint, oder hast du nur auf meine Frage geantwortet? Weil ich wissen wollte, was es auf Dänisch heißt?"

Er zupft am Dünengras rum. Immer wieder schaut er aufs Meer hinaus. Dann endlich zu mir.

„Both", antwortet er.

„Was?"

„Listen, Elisa."

Er kommt näher. Ich habe schreckliches Herzklopfen und Angst, dass er mir jetzt gleich sagt, dass er es überhaupt nicht so ernst meint wie ich. Vielleicht hatte meine Mutter recht. Es ist nur ein Urlaubsflirt für ihn. Er will mich gar nicht in seiner Zukunft sehen und ist froh, wenn ich morgen weg bin. Ich schüttle den Kopf.

„Schon okay", sage ich. „Ich will die Antwort gar nicht hören."

Ich drehe mich um und will nur noch weg. Ich bin so blöd! Wie konnte ich nur auf ihn reinfallen?

„Before I met you", setzt er an, als ich schon mehrere Meter weit weg bin. Ich halte inne.

„Ich möchte das versuchen auf Deutsch", fährt er fort. „Bitte nicht lachen."

„Pfff!", mache ich und schaue ihn an. „Als würde ich dich je auslachen!"

„Before ich dich getroffen habe", spricht er weiter, „es gab noch nie ein Mädchen in mein Leben wie dich. Ich habe noch nie zu jemand Jeg elsker dig gesagt. Und, Elisa ..." Er bricht ab und kommt zu mir. Er sieht mich an, direkt durch mich durch in mein Herz. „Ich werde es niemals mehr sagen außer zu dir. Für mich du bist alles. You know I love the stars and the universe. You are my sun, alles dreht sich um dich."

Er legt die Arme um meine Taille. Ich bin eine echte Heulsuse. Meine Tränen tropfen auf sein Shirt.

„Jetzt hast du es doch halb auf Englisch gesagt", flüstere ich mit einem scheuen Lächeln.

„Weil ich nicht sagen kann, was ich sagen will in deiner Sprache."

Er legt seine Stirn an meine.

„Elisa, jeg elsker dig. Forever! Ich will nicht, dass du gehst. I don't wanna lose you. Aber ich habe keine Idee, wie wir es machen sollen. Nur diese Idee, es das Schicksal zu überlassen."

„Ich bleibe einfach hier bei dir", flüstere ich. „Ich bleibe für immer in Dänemark."

„Aber das ist nicht so leicht", antwortet er. „I will wait for you", verspricht er. Meine Hände beben. Meine Lippen zittern, als er mich küsst. Plötzlich ist mir kalt in diesem rauen Wind, der vom Meer herüberweht. Ich klammere mich an Asger, so eng, dass ich ihm sicher die Luft abschnüre. Meine Tränen vermischen sich mit unserem Kuss. Als würden sie unsere Liebe besiegeln.

„Jetzt komm", sagt er und zieht mich wieder sanft mit sich.

Ich ergebe mich.

„Wo schlürst du mich bloß hin?"

„I don't know that word", sagt er und schaut verwirrt.

„Egal. So spricht man bei uns."

Ich würde mich von ihm überall hinbringen lassen. Jetzt, da er mir endlich gesagt hat, was er fühlt. Mit diesem Wissen um seine Liebe bin ich im siebten Himmel. Plötzlich bin ich sicher, dass alles gut wird. Dass das hier kein Lebewohl ist, sondern nur ein Bis bald!

„Ich liebe dich, Asger!", brülle ich gegen den Wind.

Er packt mich, und wir küssen uns noch einmal.

„Look", sagt er und zeigt auf einen kleinen Bunker, der zwischen den Dünen und dem Strand liegt. Er ist fast nicht zu erkennen, weil er bis auf ein kleines Loch im Beton komplett überwachsen und im Sand versunken ist.

Asger klettert durch die Öffnung und reicht mir eine Hand, um mir hinunterzuhelfen. Drinnen ist es feucht und dunkel. Tatsächlich riecht es nicht so stark nach Urin wie in dem anderen Bunker, auf dem wir neulich gesessen haben. Plötzlich entzündet Asger eine Kerze. Er hat hier etwas vorbereitet, so viel ist sicher.

„Wow!", entfährt es mir.

Im warmen Lichtkegel schaue ich mich um. Der Bunker ist so voll mit Sand, dass man gerade darin stehen kann, ohne sich den Kopf an der Decke zu stoßen. Vor einer der Wände liegt ein breites Holzbrett. Darauf steht eine durchsichtige Flasche mit Verschluss.

Sie ist leer. Daneben liegen ein Block Papier und ein Kugelschreiber.

„Was ist das?", frage ich.

Asger schaut geheimnisvoll. In diesem alten Bunker, der schon die traurigsten Geschichten gehört und miterlebt hat, der aus einer Zeit stammt, als es nicht mal unsere Eltern gegeben hat, stehe ich der Liebe meines Lebens gegenüber und weiß, dass ich mich hier und jetzt von ihm verabschieden muss.

„Willst du dich setzen?", fragt er und zaubert eine Decke aus dem Nichts hervor. Er breitet sie aus, und wir nehmen Platz.

„Ist dir kalt?"

„Nein", sage ich. „In deiner Nähe nicht."

„Elisa, ich möchte eine message schreiben", erklärt er und zeigt auf die Flasche auf dem Brett.

„Eine Flaschenpost?", frage ich.

Das ist so romantisch!

„Ja."

„Und was schreiben wir?", will ich wissen.

„Das ist geheim", erwidert er.

Jetzt verstehe ich gar nichts mehr.

„Ich schreibe für dich und du für mich", erklärt er. „About our love. Und unsere Adressen. Wenn die Flasche gefunden wird, man schickt einen Brief zu dir und mir, und es ist ein Zeichen, dass das Schicksal will, dass wir uns wiedersehen."

„Soll das heißen, du hast nicht vor, mir deine Adresse zu geben? Tolle Idee! Sag doch gleich, dass du mich nicht wiedersehen willst", rufe ich und stehe auf.

„Elisa, bitte! This is important for me."

„Und was mir wichtig ist, zählt nicht?"

„Ich glaube fest, dass die richtige Zeit für uns wird kommen", sagt er. „Und dann kann uns nichts mehr trennen. Never!" Wie auf Kommando fange ich wieder an zu weinen. Ich hasse dieses Gefühlschaos, und ich hasse seine Idee mit der Flaschenpost.

„Und wenn nicht, Asger?", rufe ich und falle wieder neben ihn auf die Knie. „Wenn diese Flasche nie gefunden wird? Oder erst in fünfzig Jahren? Dann sind wir halb tot! Glaubst du ernsthaft, so lange will ich warten? Ich will dich heiraten und Kinder mit dir haben. Wieso machst du alles so kompliziert? Ich glaube nicht an das Schicksal. Ich glaube an Gott und bin sicher, dass er nicht will, dass wir uns das Leben so schwer machen!"

Er packt meine Hände. Seine Augen leuchten im Schein der Kerze. Für eine Sekunde frage ich mich, ob er durchgeknallt ist.

„Wenn du an Gott glaubst, dann you can trust in him, dass wir uns wiedersehen. Wenn er das will. Glaubst du daran?", fragt er.

„Keine Ahnung", gestehe ich und wische mir durch die Augen. „Wieso sollte er uns erst zusammenbringen und es dann von so einer blöden Flasche abhängig machen, ob es sein soll oder nicht?"

Ich bin hin- und hergerissen. Einerseits ist es eine aufregende Idee, darauf zu warten, dass die Post gefunden wird und uns jemand kontaktiert. Andererseits … vielleicht vergesse ich Asger über die Jahre und lerne jemand anders kennen. Das macht doch keinen Sinn. Soll ich jemanden heiraten, und wenn ich Kinder habe, wird die Flasche gefunden, und dann trenne ich mich wegen diesem

Asger, den ich als Siebzehnjährige für nicht mal zwei Wochen gekannt habe?

„Ich lebe hier und jetzt", flüstere ich. „Ich liebe dich hier und jetzt. Nobody knows the future."

„Exactly!", ruft er. „Aber wenn die Flasche gefunden wird, dann soll es sein!"

„Meinetwegen", ergebe ich mich.

Wenn es ihn glücklich macht. Ich für meinen Teil schließe gerade mit ihm ab. Es war eben doch nur ein Urlaubsflirt. Das wird mir spätestens klar, als er verlangt, dass wir auch unsere Telefonnummern löschen.

Kapitel 11 ✂ Romina, 2024

William verharrt noch immer im Scheunentor und starrt mich an. Nachdem ich ihm alles über die Flaschenpost erzählt habe, verstumme ich. Meine Gefühle fahren Achterbahn. Wie auch immer er nun reagieren wird; mich kann nicht mehr viel schocken.

„Dann … dann bist du … *Romy*?", fragt er und kommt näher. Zum dritten Mal unterzieht er mich seinem prüfenden Blick. „Die kleine Romy?"

„Mein Name ist Romina", sage ich und wische meine Tränen in die Strickmütze. „Kennen wir uns?"

„Ich werd verrückt!", ruft er und schlägt sich auf den Oberschenkel. „Das glaub ich jetzt nicht! Die nervige Romy! Kein Wunder, dass aus dir so eine blöde Kuh geworden ist, du warst schon als Kind unausstehlich."

Also, das schockt mich jetzt doch. Mir fehlen die Worte. Mein Schmerz wandelt sich in Wut und meine Scham in Genugtuung.

„Weißt du was? Deine Beschimpfungen hab ich echt nicht nötig!", rufe ich. „Schönes Leben noch! Ich finde die Wahrheit schon irgendwie selbst heraus."

Ich schiebe mich an ihm vorbei und laufe aus der Scheune.

„Ach ja?", ruft er und eilt mir nach. „Die Masche zieht bei mir leider nicht!"

„Du hast kein Recht, mich zu beschimpfen."

„Ich bin nun mal stinksauer über das, was ihr mit Magnus abzieht! Und mein Ultimatum gilt nach wie vor: Du sagst ihm bis morgen Mittag die Wahrheit, oder ich tue es. Aber die Sache mit Asger und deiner Schwester, die können wir wie zwei normale Menschen lösen, denke ich."

„Wie nett von dir."

Mit aller Macht reiße ich mich am Riemen. Er hat wieder einmal recht. Ich will diese Sache lösen! Mehr als alles andere muss ich wissen, was geschehen ist. Für Elisa. Für meine Schwester.

„Woher kennst du meinen Kosenamen? Niemand außer Elisa nennt mich Romy."

„Deine Schwester war einige Male mit uns zusammen", erklärt er.

„Mit … *euch*?", frage ich und versuche, das Puzzle in meinem Kopf zusammenzufügen, als es mir plötzlich wie Schuppen von den Augen fällt. Aber das ist zu absurd, um wahr zu sein!

„Das kann nicht sein", murmle ich. „Das ist … So klein ist die Welt nicht. Das ist nicht möglich."

„Wie du siehst, ist es das doch", sagt William, der jetzt viel netter mit mir redet. Fast kumpelhaft. „Sie haben mich damals Bill genannt. Aber das tut heute keiner mehr."

„Dann ist Magnus … *Tjure*?", zähle ich eins und eins zusammen.

Der bullige Kerl an meiner Seite lacht schallend.

„Snorre! Er hatte dieses Gesicht und diese hässlichen langen Haare wie aus dem Zeichentrickfilm. Wir haben ihm diese Mähne eines Nachts einfach abgeschnitten. Du glaubst nicht, wie er getobt hat."

„Und ich bin die blöde Kuh, ja?"

Das alles muss ein Traum sein. Ein verwirrter Traum, der meinem schlechten Gewissen entsprungen ist. Ich werde für mein böses Spiel bestraft. Dafür, dass ich Magnus belüge und betrüge. Verdient hätte ich es jedenfalls.

Gibt es sonst eine logische Erklärung für all das hier? Magnus soll Snorre sein? Nie im Leben. Ich hätte ihn doch wiedererkannt. Immerhin hab ich damals oft am Strand rumgelungert, wenn sie mit Elisa Volleyball gespielt haben. Auf der anderen Seite … Ich hab mich damals noch nicht besonders für Jungs interessiert. Kann es denn wirklich sein, dass Sybille über eine Dating-App jemanden aus meiner Vergangenheit gefunden hat?

„Okay, okay", sage ich. „Mal angenommen, dieser ganze Quatsch ist wahr, und die Welt ist ein Dorf. Wie kommt Magnus an die Flaschenpost, und wenn er Asgers Freund war, wieso hat er ihm nie davon erzählt? Wieso hat er meine Schwester nicht kontaktiert?"

„Wie viel Zeit hast du?", will William wissen.

Ich werfe einen Blick auf mein Handydisplay.

„Weniger als eine Stunde", erkläre ich. „Dann muss ich Magnus wecken."

Wir gehen ein Stückchen spazieren. Verlassen die kleine Kiefernschonung und begeben uns auf den Weg durch die Dünen. In der Ferne rauscht die Brandung.

Ich bin seit über einem Tag hier und war noch nicht am Meer, geht es mir durch den Kopf. Das möchte ich vor meiner Abfahrt auf jeden Fall noch tun.

„Nach Elisas Abreise", beginnt William, „war Asger furchtbar liebeskrank und am Boden zerstört. Wochenlang, monatelang. Er hat sich nur noch am Strand aufgehalten, in der Hoffnung, dass diese Flasche angespült wird. Wie sehr er bereut hat, alles dem Schicksal zu überlassen und nicht auf Elisa gehört zu haben. Er hat Zettel in der Umgebung aufgehängt und die Menschen gebeten, nach der Flaschenpost Ausschau zu halten. Er ist beinahe verrückt geworden, und wir alle mit ihm. Irgendwann musste er zurück nach Esbjerg zu seiner Familie und seinem Leben dort. Während der ganzen Zeit hat Magnus Kontakt zu ihm gehalten, ihm beigestanden. Zu sehen, wie Asger leidet, hat uns fertiggemacht. Er hat sich in seinem Zimmer verkrochen, wurde richtig depressiv. Magnus wollte nach Elisa recherchieren und sie finden. Aber wir hatten kaum Anhaltspunkte. Nicht mal über die Ferienhausvermittlung meines Vaters hätten wir suchen können, denn eure Familie hatte über einen anderen Anbieter gebucht."

Ich lausche seinen Worten und bin tief berührt. Meiner Schwester ist es ganz ähnlich ergangen.

„Asger wollte auch nicht, dass wir mit reingezogen werden und noch weiter nach ihr suchen", fährt er fort. „Er sagte, wenn Gott es will, finden wir die Flaschenpost. Wenn nicht, dann soll diese Beziehung nicht sein."

Ein trauriger Gedanke. Wie kann man eine Liebe so mit Füßen treten? So was würde Gott doch sicher nicht wollen.

„Er hat einfach immer weiter vor sich hin gelitten. Magnus hat so viel Zeit mit ihm verbracht, ihn abgelenkt, ihn aufgebaut, ihm aus seinem Kummer geholfen. Irgendwann wurde es besser mit Asger. Er hat sein Zimmer wieder verlassen und am aktiven Leben teilgenommen, hatte wieder Freude. Wir waren alle erleichtert, nach fast einem Jahr."

Ein ganzes Jahr! Mir läuft ein Schauer über den Rücken. Wie sehr muss Asger meine Schwester geliebt haben.

Ich nicke stumm und bin froh, dass er den Weg aus der Depression gefunden hat. Dank Magnus. Was für ein wunderbarer Freund, was für ein erstaunlicher Mann. Dies über ihn zu hören, erwärmt mir das Herz und lässt es mir gleichzeitig noch schwerer werden.

„Wie ging es weiter?", will ich wissen.

Wir erreichen das Ende des Privatwegs, als William erst stehen bleibt und dann zum Haus kehrtmacht.

„Es ging grausam weiter", beantwortet er meine Frage. „Asger war gerade auf dem Weg der Besserung, da fand Magnus die Flaschenpost auf Höhe von Hvide Sande. Sie muss dort schon länger am Strand gelegen haben, denn sie war bis zur Hälfte im Sand versunken. Eine günstige Strömung, Schicksal? Keine Ahnung. Wie auch immer, Magnus hat es Asger nicht erzählt. Er wollte erst sichergehen, dass Elisa noch Interesse an ihm hat, damit Asger am Ende nicht wieder umsonst leidet. Also hat er ihr geschrieben."

William bleibt stehen und schaut mich an. Ich habe wieder Tränen in den Augen.

„Bis heute hat Elisa nicht geantwortet", sagt er. „Bis heute weiß Asger nicht, dass die Flasche gefunden wurde."

Ich schiebe Sand zwischen meinen Füßen hin und her. Dabei kaue ich mir fast die Unterlippe blutig.

„Ein Jahr, sagst du?", flüstere ich. Eine meiner Tränen tropft in den Sand.

„Ja, Magnus hat die Post nach über einem Jahr gefunden."

„Wir sind damals zu genau der Zeit umgezogen", antworte ich zittrig. „Elisa hat Magnus' Brief nie erhalten."

William seufzt und rauft sich die Haare. Ich glaube, er flucht auf Dänisch. Lange Zeit stehen wir nur da und sehen betreten zu Boden. Das ist eine sehr traurige Geschichte.

„Was macht Asger heute?", will ich wissen. „Geht es ihm gut? Ist er verheiratet?"

„Nein", antwortet William. „Er hatte ein paar Freundinnen. Aber nie was Ernstes. Er spricht seit damals nicht mehr von Elisa. Aber wenn du mich fragst, hat er es nie überwunden."

„Genau wie meine Schwester", flüstere ich. „Sie hat zunächst versucht, mit ihm abzuschließen. Sie war von Anfang an gegen die Idee mit der Flaschenpost. Asger hat ihr damit das Herz gebrochen. Aber Elisa hat ihn nie vergessen. Sie war ein paar Jahre lang verlobt. Und dann hat sie von jetzt auf gleich Schluss gemacht. Wir sind in dem Sommer nach ihrer Liebesgeschichte mit Asger zum letzten Mal als Familie nach Dänemark gekommen, um hier Urlaub zu machen. Elisa hatte große Hoffnung, ihn wiederzusehen. Sie hat es sich so sehr gewünscht. Aber er war nicht da. Nicht am Strand, nicht am Bunker, nicht in Tipperne. Seitdem reagiert sie sehr emotional und abweisend, wenn irgendwo das Thema Dänemark aufkommt, wenn wir alte Fotos anschauen oder Freunde sie um Urlaubstipps bitten. Sie weiß nicht mal, dass ich gerade hier bin."

Wir schweigen und gehen langsam zum Haus zurück. Lassen unsere Worte sacken und sind in Gedanken versunken.

Als wir die Kiesauffahrt zum blauen Haus erreichen, bleiben wir stehen. William schaut mich an.

„Also dann", sagt er und will sich verabschieden. „Und denk dran: morgen Mittag. Ansonsten erfährt Magnus es von mir."

„Und was wird aus Asger und Elisa?", frage ich. „Du willst einfach verschwinden? Nach allem, was wir gerade erfahren haben?"

Er zuckt die Schultern. „Hast du eine Idee?"

143

„Na ja, ich meine, würde Asger sie treffen? Was denkst du? Elisa würde ganz bestimmt mit ihm reden wollen und, wer weiß! Vielleicht hat ihre Liebe doch noch eine Chance."

„Keine Ahnung", sagt er. „Ich bin nicht so ein Romantiker. Aber du wirst schon das Richtige tun, denke ich. Bei deiner Schwester *und* bei Magnus."

Er sieht mich eindringlich an, und ich verstehe, dass er mich damit ein letztes Mal an das Ultimatum erinnert.

„Danke für deine Ehrlichkeit und Fairness."

„Farvel, Romy", verabschiedet er sich auf Dänisch und verschwindet.

Als ich um kurz vor halb sechs das Haus betrete, bin ich völlig aufgelöst. Die vergangenen neunzig Minuten erscheinen mir wie eine Ewigkeit. Gerade eben erst habe ich Magnus' wundervolle und inspirierende Werkstatt erkundet, doch es kommt mir vor, als wäre das bereits Tage her.

Die Tatsache, dass ich die Flaschenpost meiner Schwester gefunden habe, grenzt an ein Wunder. Dass ich meiner Lüge überführt worden bin, noch dazu von einem weiteren Relikt aus meiner und Elisas Jugend – unvorstellbar. Und dann die Geschichte, auf welch dramatische Weise die Flasche ihren Weg zurück gefunden hat. Als wäre der Brief in ihr die treibende Kraft gewesen, ihr pochendes Herz.

Ich sammle meine Gedanken. Was darf ich Magnus sagen? Gar nichts. Denn ich bin immer noch Sybille, und diese Vergangenheit ist nicht ihre. Das einzig Gute an der Sache ist, dass ich Magnus nicht mehr nach der Flasche befragen muss, denn ich kenne dank William jetzt die ganze Geschichte.

Vorsichtig klopfe ich an Magnus' Zimmertür. Er scheint noch tief und fest zu schlafen. Ich trete ein, um ihn zu wecken. Da liegt er und weiß von nichts. Snorre. Der laut meiner Schwester damals ein sehr guter Gitarrenspieler und Sänger gewesen ist. Das Einzige, woran ich mich erinnere, ist das Volleyballspiel am Strand. Dass er lange Haare hatte und etwas mager wirkte neben Bill. Neben ... William. Ich hocke mich an sein Bett und betrachte ihn. Er sieht so friedlich aus. Dies ist das erste und letzte Mal, dass ich ihm beim Schlafen zuschaue. Diesem Mann, der noch vor eineinhalb Stunden ein völlig Fremder für mich war. Der jetzt ein Vertrauter ist, den ich schon lange vor Sybille kannte.

„Das Leben ist unfair", flüstere ich und streiche ihm Haare aus der Stirn. Er stöhnt leise im Schlaf. Ich kann mich nicht mehr gegen meine Gefühle für ihn wehren. Zu mächtig ist seine Ausstrahlung auf mich. Zu intensiv seine Präsenz. Jetzt, da ich durch die Geschichte um Asger, Elisa und die gefundene Flaschenpost emotional komplett ausgelaugt bin, habe ich keine Kraft mehr, Magnus zu widerstehen. Ich bin des Kampfes so müde. Des Kampfes und der Lüge. Ich wünsche mir nichts sehnlicher, als ich selbst zu sein, authentisch und offen in dem, was ich empfinde. Also flüstere ich über seinem wunderschönen und friedlichen Gesicht: „Bevor ich dich wecke, sollst du wissen, dass ich mich in dich verliebt habe, Magnus."

Ich weiß, dass er es nicht gehört haben kann. Aber es tat so gut, es auszusprechen. Dann rüttle ich sanft an seinen Schultern und beschließe, meine Liebe für die meiner Schwester zu opfern. Wenn Elisa nur wieder mit Asger glücklich wird, kann ich damit leben, Magnus zu verlieren.

Kapitel 12 ✂ Romina, 2024

Heute wird mein letzter Abend hier sein. Ich habe mich in mein Zimmer zurückgezogen, um meinen Koffer zu packen. Magnus weiß nichts davon. Er weiß nicht, dass ich längst nicht mehr hier sein werde, wenn er morgen früh zum ersten Mal seit seinem Unfall die Augen öffnet, um Sybille ins Gesicht zu schauen.

Ich sammele all meine Sachen zusammen, stopfe sie in den Koffer, ziehe den Reißverschluss zu und greife nach der Box mit den Taschentüchern auf meinem Schreibtisch, um mir die Nase zu putzen. Das Gute an Magnus' Blindheit ist nicht nur, dass er meine unverhohlenen Blicke nicht sieht; er sieht auch nicht, wenn ich weine. Dass meine Augen inzwischen rot und verquollen sind. Während er in diesem Moment eine Dusche nimmt, setze ich mich hin und suche nach Worten für einen Abschiedsbrief.

Aber wie findet man die Worte, die einen selbst verurteilen? Die etwas erklären sollen, wofür es keine Erklärung gibt?

Ich tupfe mir Tränen von den Wangen.

Nachdem ich Magnus geweckt hatte, bat er mich, später in den Wintergarten zu kommen. Ich wusste von dem Moment an, in dem ich die Weinflasche und die zwei Gläser auf dem Tisch gesehen habe, dass er heute Abend etwas vorhat. Mit mir. Mit Sybille.

Ich werde seine Worte, sein Lachen, seine Berührungen, seine Nähe in mich aufsaugen, um für den Rest meines Lebens davon zehren zu können. Ich werde die neue Elisa sein, sobald ich zu Hause ankomme.

Ich nehme Stift und Papier und beginne mit zittriger Hand zu schreiben. Magnus soll die Wahrheit erfahren. Von mir. Das bin ich ihm schuldig. Also starte ich einen aufrichtigen Versuch, in der Hoffnung, dass er glückt. Und auch ich werde meinen Brief einrollen und in eine Flasche stecken, denn so tragisch diese Idee ist, so romantisch erscheint sie mir auch.

Magnus,

da gibt es etwas, das du wissen musst. Und ich bin zu feige, es dir ins Gesicht zu sagen.

Ich bin nicht die, für die du mich hältst. Mein Name ist Romina, und ich bin die beste Freundin von Sybille. Aber nicht nur das; ich bin auch Romy, die Schwester von Elisa.

Als du nach deinem Arzttermin geschlafen hast, ist William – Bill – zu mir in die Werkstatt gekommen, und nun sind die Dinge nicht mehr dieselben, ist die Welt um ein Vielfaches geschrumpft.

Aber ich will von vorn beginnen.

147

Sybille wollte unbedingt zu diesem Konzert, doch sie hat es nicht übers Herz gebracht, dir abzusagen. Also hat sie mich, in ihre Rolle zu schlüpfen und herzukommen. Aber sie trifft nicht die alleinige Schuld. Zwar hatte sie diese schrecklichste aller Ideen, aber ich … ich habe eingewilligt, obwohl ich im Grunde meines Herzens dagegen war.

Nichts wird unseren Betrug je rechtfertigen. Wir haben dich auf übelste Art hintergangen und dir etwas vorgespielt.

Als ich hier ankam, war es zunächst nur die Rolle meiner Freundin, die ich zu spielen hatte. Ich konnte ja nicht ahnen, dass ich dabei jemandem wie dir begegnen würde.

Jemandem, an den ich mein Herz verliere.

Jetzt, bei meiner Abreise, bin ich nicht mehr Sybille, sondern Romina, die sich in den vergangenen eineinhalb Tagen unsterblich in dich verliebt hat und die niemals mehr in ihrem Leben vergessen wird, was sie dir angetan hat.

Wenn du kannst – und ich weiß, dass du ein großes Herz hast, denn du hast Asger in seiner schwersten Zeit beigestanden –, verzeih mir. Irgendwann.

Ich wünschte, Sybille hätte nicht Snorre über die App kennengelernt; den Jungen, den ich seit meiner Jugend kenne. Aber vielleicht hat alles im Leben seinen Sinn.

Ich habe gebetet, und wenn dieser Aufenthalt bei dir nichts Gutes für dich, Sybille oder mich bereitgehalten hat, dann hoffentlich wenigstens für meine Schwester und Asger.

William hat mir erzählt, was es über die Flaschenpost, die ich zufällig in deiner Werkstatt gefunden habe, zu erzählen gab.

Er wird dir sagen, was du noch nicht weißt. Zum Beispiel, dass wir im Früh-
jahr nach dieser tragischen Liebesgeschichte umgezogen sind und meine
Schwester deinen Brief nie erhalten hat.

Danke, dass du so sehr für Asger und Elisa gekämpft hast. Das werde ich
nie vergessen – so, wie ich dich nie vergessen werde.

Meine Aufgabe ist es nun, meine Schwester zu Asger zu bringen und darauf
zu hoffen, dass wenigstens ihre Liebe durch meinen Verrat an dir erneut auf-
blühen kann.
Mir bleibt nichts mehr, als dich um Verzeihung zu bitten. Für den dummen
Streich eines dummen Mädchens.
Die Strafen werden Sybille und mich hart genug treffen.

Farvel, Romina

PS:
Alles, was ich hier zu dir gesagt habe, habe ich so gemeint. Auch die Küsse
waren echt. Es waren meine Worte, meine Gefühle, meine übergroße Scham
und vor allem meine Liebe, die mich von der ersten Sekunde an überwältigt
haben.
Solltest du dich fragen, ob ich dir je die Wahrheit gesagt hätte, wenn William
mich nicht entlarvt hätte; ich weiß es nicht. Ich weiß nicht, ob ich den Mut
dazu gefunden hätte. Umso dankbarer bin ich, dass die Dinge so gekommen
sind. Dass die Wahrheit, egal wie grausam und schmerzhaft sie ist, immer
auf ihr Recht besteht und ans Licht gelangen will.

Mit Tränen in den Augen rolle ich meinen Brief zusammen, schiebe ihn in eine Flasche und verschließe sie. Ich stelle sie neben mein Bett auf die Erde. Dorthin, wo Magnus sie nicht übersehen kann.

Elisa und ich, zwei Dänen, zwei Flaschen mit Briefen und vier gebrochene Herzen. Vielleicht schließt sich jetzt der Kreis.

Ich seufze und stehe auf. Ein letztes Mal schiebe ich meine langen Haare unter die Strickmütze.

Verzeih mir, Gott. Ab morgen will ich nie wieder Teil einer so großen Lüge sein. Versprochen.

Ich verlasse mein Zimmer, durchquere das Wohnzimmer und gelange in den Wintergarten, wo Magnus bereits mit der Weinflasche hantiert. Ich verharre in der Tür, denn bisher hat er mich nicht bemerkt. Von hier aus kann ich beobachten, wie geschickt er mit seinen Händen ist, obwohl er nichts sieht. Wie er behutsam nach den Gläsern tastet, nach dem Korkenzieher, und wie er die Flasche entkorkt. Magnus trägt ein helles Hemd und eine Jeans. Die Muskeln seiner Oberarme zucken. Seine Haare sind vom Duschen noch feucht. Ich liebe seinen Dreitagebart!

Selbst aus den zwei Metern Entfernung zu ihm prickelt es in der Luft. Ein Knistern, wenn ich ihn nur ansehe.

„Mit den Kerzen musst du mir helfen", sagt er urplötzlich und lässt mich zusammenzucken. „Ich möchte ungern mein Haus abfackeln."

„Woher wusstest du, dass ich …?"

„Du riechst gut", sagt er und lächelt in sich hinein.

„Du aber auch", flüstere ich und trete näher. „Der Schlaf scheint dir gutgetan zu haben. Schön, dass es dir besser geht."

„Der Schlaf, die Dusche und die Tatsache, dass du mich geweckt hast."

Er tastet nach den Streichhölzern und reicht sie in meine Richtung. Alles ist intensiver zwischen uns. Man könnte die Luft in Stücke schneiden. Mein Herz brennt, mein ganzer Körper kribbelt. Vielleicht ist es mein Wissen über meine baldige Abreise. Es gibt keinen Grund mehr, Unmengen an Kraft aufzubringen, um ihm zu widerstehen. Heute Abend darf ich schwach sein, weil ich morgen zerbrechen werde.

Ich nehme die Streichhölzer entgegen, unsere Finger berühren sich. Für einen Moment halte ich die Luft an.

„Beide Teelichter?"

„Alle, die da sind", antwortet er. „Nicht, dass ich etwas davon hätte."

„Ich erzähle dir dann, wie schön sie flackern."

„O ja, unbedingt."

Dieser Schlagabtausch löst die Spannungen in der Luft ein wenig auf. Ich versuche, lockerer zu werden.

„Ich habe heute übrigens deinen Freund William kennengelernt", erzähle ich und reiße ein Streichholz an. Magnus sieht überrascht aus.

„Wann war er denn hier?"

„Als du geschlafen hast."

„Und … was hat er zu dir gesagt?"

151

„Irgendwas auf Dänisch", antworte ich, entzünde die Kerzen in den Hirschdeko-Gläsern und puste das Zündholz aus. „Aber danach … Wieso spricht er so gut Deutsch? Hast du ihm Unterricht gegeben?"

„Nein, sein Vater hat Ferienhäuser. William ist ins Geschäft eingestiegen, hat regelmäßig Kontakt zu deutschen Touristen und ein Talent für Sprachen."

„Verstehe."

Für einen Moment liegt Magnus' Stirn in Falten. Als würde er über etwas grübeln. Dann ist der Moment verstrichen.

„Wein?", fragt er.

„Sehr gern." Ich setze mich in einen der Korbstühle. „Brauchst du beim Einschenken Hilfe, oder willst du dem Tisch auch was anbieten?"

„Da ist ja meine freche Sybille wieder!", ruft er und reicht mir die Flasche. „Mach du das lieber. Der Tisch ist seit einer Weile trocken, und ich will nicht, dass er rückfällig wird."

„Wie soll ich das jetzt noch toppen?", frage ich.

„Ja, meine Schlagfertigkeit ist schon sehr besonders."

„Deine Arroganz aber auch. Achtung, hier kommt dein Glas", sage ich und führe es zu seiner Hand. Sein unwiderstehliches Grinsen entblößt seine Zähne. Mir ist bereits schwindelig, ohne dass ich überhaupt am Wein genippt hab. Dazu entwickelt unser Dialog eine Dynamik, die mich taumeln lässt. Sein Humor wird mir so fehlen.

„Worauf trinken wir?", will ich wissen.

Auch Magnus nimmt Platz. Sein Daumen und Zeigefinger umkreisen den langen Stiel des Glases.

„Ich trinke auf dich", antwortet er. „Auf die Frau, die mir gegenübersitzt. Die mich in den vergangenen eineinhalb Tagen so oft zum Lachen, Staunen, Nachdenken und zum Arzt gebracht hat. In deren Gesellschaft ich so glücklich bin und mehr als alles habe, was ich mir je wünschen könnte."

Mir läuft ein Schauer über den Rücken. Für eine Millisekunde frage ich mich, ob er weiß, dass ich nicht Sybille bin. Aber dann besinne ich mich eines Besseren. Wenn er um diesen Verrat wüsste, wäre er nicht mehr so charmant.

„Ich trinke auf dich", ergänze ich seinen Toast. „Auf einen Mann, der für mich von heute auf morgen leibhaftig geworden ist. Von dem ich nie geglaubt hätte, dass es ihn gibt."

Wahre Worte. Ich stoße mein Glas sanft an seines, und wir trinken.

„Ein sehr guter Wein", gestehe ich.

„Für eine sehr besondere Frau."

Darauf kann ich leider nichts erwidern. Denn es wäre ein klarer und lauter Widerspruch.

„Worüber habt William und du gesprochen?", will er wissen, als ich schweige. „Du hättest mich wecken können."

„Ich war in der Werkstatt und hab mich an den wunderschönen Dingen dort erfreut. Dass du sehr talentiert bist, muss ich dir wohl nicht sagen. Ich glaube, William hat nach dir gesucht und … *mich* gefunden."

Magnus hört aufmerksam zu. Die Stelle mit der blöden Kuh, meinen Haaren und dem Auffliegen der Lüge lasse ich besser aus und wähle meine Worte jetzt mit Bedacht.

„Wir haben uns kurz unterhalten. Ich habe ihm vom Termin in der Klinik erzählt, dass du schläfst und dann … Er ist wirklich ein guter und loyaler Freund. Du kannst froh sein, ihn zu haben."

„Ja, das bin ich", sagt Magnus. „William ist eine ehrliche Haut. Ich kann mich zu einhundertzwanzig Prozent auf ihn verlassen."

Ich schlucke. Das Ultimatum. Aber mit meinem Brief werde ich meinen Teil der Abmachung erfüllen.

„Kennt ihr euch schon lange?" Sybille muss diese Frage stellen. Sie kann es ja nicht wissen.

„Seit der Schule", erklärt Magnus und nimmt einen Schluck Wein. „Wir sind durch harte Zeiten gegangen."

Ich kneife meine Lippen zusammen, um Asgers Namen nicht laut auszusprechen.

„Trinken wir auf deinen Freund William", sage ich dann schnell und stoße erneut an sein Glas. Magnus nickt.

„Auf meinen Freund William."

Ein großer Schluck Wein bahnt sich seinen Weg durch meine Kehle.

„Dann hat dir meine kleine chaotische Künstlerbude also gefallen", sagt er.

„Und wie! Ich liebe deine Kunst und diese Scheune", wiederhole ich. „Es war interessant zu sehen, wie du arbeitest und was du so alles verwertest."

„Freut mich, dass du deine Neugier befriedigen konntest."

„Was war das Skurrilste, Merkwürdigste oder Unerwartetste, das du je am Strand gefunden hast?"

„Hm", macht Magnus und überlegt.

Mir fallen seine langen Wimpern auf, die sanft geschwungen auf seinem Unterlid ruhen und die Wangen streifen. Weil sie blond sind, unterschätzt man ihre Länge. Wie sehr ich in seine Augen sehen will. In seine geöffneten Augen, während diese wunderschönen Wimpern sie umrahmen.

„Es gibt viele seltsame Dinge, die das Meer anspült", erzählt er. „Als würden sie ihm nach Tagen, Jahren, Jahrzehnten oder Jahrhunderten schwer im Magen liegen. Dann spuckt es sie aus, offenbart, was es einst in seiner Gier verschlungen hat."

Seine Worte ziehen mich in ihren Bann. Sie klingen so poetisch. Magnus ist Künstler durch und durch!

„Einen abgetrennten Finger", spricht er weiter und ruiniert damit alle Romantik und Poesie. „Tote Delfine oder Schweinswale. Bernsteine mit eingeschlossenen Insekten. Schuhe, Bücher, eine Flaschenpost."

Ich erstarre und wünschte, der abgetrennte Finger wäre der Grund dafür. Die Flaschenpost. Er erwähnt sie tatsächlich.

„Aber bevor du mich jetzt nach der Flaschenpost fragst … Ich fürchte, das Thema wühlt mich noch immer zu sehr auf."

„Oh", krächze ich und nehme einen großen Schluck Wein. „Das tut mir leid … Klingt nach schwerer Kost."

„Irgendwann erzähle ich es dir. Aber nicht heute Abend. Heute Abend möchte ich die Zeit mit dir genießen, Sybille."

„Und der Finger?"

Magnus lacht schon wieder. Wenn er nur wüsste, was sein Lachen in mir bewirkt.

„Ich vermute, ein Fischer hat sich ungeschickt angestellt. Oder irgendein Typ auf einer Bohrinsel."

„Oder ein Hai war einfach satt."

„Ja, oder das. Ein großer Weißer. Davon haben wir hier an der Nordseeküste nämlich massenhaft."

Ich pruste. Der Wein zeigt Wirkung.

„Ich nehme mal an, du hast den Finger nicht in deiner Kunst verbaut."

„Wer weiß!"

„Magnus!", rufe ich angeekelt.

Sein Kehlkopf hüpft auf und ab.

„Wolltest du mir nicht erzählen, wie schön die Teelichter flackern?", fragt er.

„Sie flackern wunderschön, und die Hirschschatten reflektieren sich in den Fenstern … Was hast du mit dem Finger gemacht?"

Er grinst und schwenkt sein Weinglas.

„Ich habe natürlich die Polizei verständigt. Die haben ihn in ein Tütchen gesteckt und mitgenommen. Soweit ich weiß, wurden sonst keine weiteren menschlichen Körperteile angespült, und es hat wohl auch niemand nach dem Finger gesucht. Also. Wenn du einverstanden bist, schließen wir diese morbide Akte jetzt."

Ich öffne die Schokolade, die auf dem Tisch liegt.

„Ich finde, darauf genehmigen wir uns einen Riegel. Magst du einen?"

„Immer gern."

Kapitel 13 ✂ Romina, 2024

Die Schokolade ist cremig und passt ausgezeichnet zum Wein. Ich lehne mich zurück, während das Korbgeflecht leise knarzt. Ich möchte nicht abreisen, aber ich habe keine Wahl. Morgen wird Magnus seine Augen öffnen, und dann muss ich hier weg sein. Ich betrachte die Spiegelungen des Kerzenscheins in den Fenstern des Wintergartens und den Weingläsern. Dieser Raum ist sehr gemütlich. Ich präge mir jedes Detail ein, um mich oft daran erinnern zu können. Das alles hier wird mir fehlen.

Magnus wird mir fehlen.

„Du bist plötzlich so still", bemerkt er.

„Ich genieße den Wein, die Schokolade und mit dir zu schweigen", gestehe ich, nehme die Flasche und schenke uns nach.

„Erzähl mir mehr von der Schneiderei", bittet er. „Wir haben bisher kaum über dich gesprochen, Sybille. Ich möchte gern alles über dich und deine Arbeit erfahren."

„Ach … Da gibt es nichts weiter. Alles, was es zu berichten gibt, habe ich dir schon im Auto erzählt."

Ich lasse ein Stück Schokolade auf meiner Zunge zergehen. Magnus sieht ein wenig enttäuscht aus. Er möchte wirklich etwas aus meinem Leben hören. Aus Sybilles Leben. Ich überlege, was ich ihm erzählen könnte.

„Also Finger nähen wir schon mal nicht an, so viel ist sicher."

Sofort hellen seine Züge auf. Er grinst von einem Ohr zum anderen.

Gut, das reicht jetzt auch mit dem Kopfkino, bevor mir wegen dieser Fingergeschichte noch übel wird.

„Wer erledigt den Papierkram?", will er wissen. „Machst du das selbst, oder hast du jemanden dafür eingestellt?"

„Oh, das macht S…selbst! Also *ich* mache das selbst."

Das war knapp! Die Schneiderei ist kein gutes Thema.

„Willst du das denn wirklich wissen?", frage ich. „Ich meine, mein Job ist längst nicht so aufregend wie deiner."

„Wie gesagt, ich will alles über dich wissen", flüstert er und sucht nach meiner Hand. „Sobald meine Augen wieder funktionieren, komme ich dich besuchen. Was hältst du davon?"

Ich lasse meine Hand von ihm finden, beobachte, wie unsere Finger sich ineinander verschränken, und genieße die warmen, wellenartigen Ströme, die von seiner Berührung ausgehend durch meinen Körper branden.

„Das klingt zu schön", flüstere ich. „Nichts würde mich mehr freuen als ein Besuch von dir."

„Aber?"

„Was aber?"

„Keine Ahnung. Du klingst, als gäbe es ein Aber."

Eine Träne stiehlt sich aus meinem Auge. Ich wische sie sofort weg.

In diesem Moment bin ich weder Sybille noch Romina.

Ich bin bloß noch eine Frau, die diesen Mann liebt. Ohne zu begreifen, wie das nach so kurzer Zeit überhaupt möglich sein kann.

„Vielleicht gibt es da etwas", raune ich.

Magnus' Händedruck nimmt zu. Als würde sein ganzer Körper mich zum Weiterreden ermuntern. Ich darf es nicht sagen. Sybille würde es nicht wollen. Sie wird mich hassen, wenn ich es tue. Aber genau genommen ist es ja sie selbst, die es jetzt gleich sagen wird. Sie und der Alkohol.

„Ich habe Probleme mit Beziehungen, sobald ich das Gefühl bekomme, es könnte zu eng werden", flüstere ich unter Tränen. „Aber mit dir ... da ist es anders. Mit dir fühlt es sich richtig an. Einfach alles. Damit muss ich erst mal klarkommen. Was nicht heißt, dass ich nicht will, dass du mich besuchst. Im Gegenteil. Aber ich brauche Zeit, Magnus. Lass uns bitte nichts überstürzen."

Er schweigt und hält noch immer meine Hand. Ich habe gerade als Sybille gesprochen. In diesem Moment eben war ich wirklich gut in meiner Rolle. Vielleicht zu gut. Sie hätte ihm das nie im Leben eingestanden. Es war falsch, es auszusprechen. Der Wein raubt mir meine klaren Gedanken. Was habe ich getan?

Ich versuche, meine Hand aus seiner zu befreien, aber er gibt sie nicht her.

„Bitte entschuldige mich", flehe ich und will aufstehen.

„Bleib", sagt er und hält mich mit beiden Händen fest. „Bitte."

Aufgewühlt gebe ich nach und sinke zurück in den Stuhl. Ich hätte keinen Wein anrühren dürfen! Aber wenn ich das mit Sybilles Ängsten nicht vorgeschickt hätte, dann hätte ich ihm gestanden, dass ich Romina bin. Ich habe keine Kraft mehr zu lügen! Ich bin es so satt!

„Sybille ...", stammelt er. „Davon hab ich nichts gewusst. Es tut mir leid. Danke, dass du so offen zu mir bist. Ich verspreche dir, dass ich dich nicht unter Druck setzen oder einengen werde. Du hast alle Zeit der Welt, um dich an unsere Beziehung zu gewöhnen."

Ich wische mir die Tränen aus dem Gesicht. Sie akzeptieren es nicht und schicken direkt neue nach. Er ist einfach wunderbar. „Ich weiß", flüstere ich. „Danke."

„Du hast dir diese Ängste bestimmt nicht ausgesucht. Ich meine, jeder hat doch irgendein Päckchen zu tragen."

Ich schluchze leise. Aber nicht mehr, weil ich meine Worte bereue. Es ist vielmehr Magnus' wunderbare Reaktion, die es auslöst. Sybille hat gar keine Ahnung, was für einen Schatz sie hier gefunden hat! Er akzeptiert einfach alles und hat Verständnis für sie. Magnus ist perfekt für Sybille. Oder zumindest war er das. Wenn er erst mal hinter unseren Verrat kommt, hat sie ihn verloren. Dann haben wir ihn beide verloren. So jemanden findet man nicht alle Tage.

Ach, hätten wir nur nicht unsere Rollen vertauscht! Wäre doch Sybille jetzt hier bei ihm und ich auf dem Konzert. Hätte ich mich doch nur nicht so unsterblich in ihn verliebt, wo er nicht mir gehören kann.

„Lass mich los", flehe ich. „Ich sollte ... Ich denke, ich sollte jetzt schlafen gehen."

Alles in mir schreit nach Flucht. Ich versuche meine Hand aus seiner zu ziehen. Magnus gibt einfach nicht nach.

„Bitte geh nicht", sagt er. „Ich will nicht, dass du gehst."

„Ich hab zu viel Wein getrunken", gestehe ich. „Und dann heule ich noch mehr, als ich es ohnehin schon tue."

Er schmunzelt. „Schade, dass ich das nicht sehe. Dein verheultes Gesicht."

„Blödmann."

„Kannst du tanzen?", fragt er.

Augenblicklich versiegen meine Tränen.

„Was?"

„Ich würde gern mit dir tanzen."

„Ich ... weiß nicht, ob das jetzt eine so gute Idee ist."

Herrje, natürlich will ich mit ihm tanzen! Aber ich habe mir klare Grenzen gesetzt und werde sie auf keinen Fall überschreiten. Nicht, nach zwei Gläsern Wein und kurz vor Ende meiner Kraft. Ich werde mich sicher nicht in eine so brisante Situation begeben.

„Was ist dann eine gute Idee?"

Er ist hartnäckig. Viel zu hartnäckig. Aber kann ich es ihm verdenken? Er ist hin und weg von Sybille. Ich könnte mich aus der Situation winden, indem ich sage, er würde mich jetzt gerade zu sehr einengen. Aber ich bin Romina, und ich will mich nicht aus dieser Situation winden. Ich will die wenigen verbleibenden Augenblicke mit ihm genießen.

„Heute, als du geschlafen hast", spreche ich meine Gedanken laut aus, „ist mir bewusst geworden, dass ich noch gar nicht am Meer war. Ich würde es vor meiner Abreise gern noch sehen."

„Vor deiner Abreise?", hakt er nach.

Ich erschrecke. Hab ich das gerade wirklich gesagt?

„Na ja ... Ich kann ja nicht ... ewig bleiben."

Er seufzt, streichelt noch immer meine Hand und steht dann auf.

„Gut", sagt er. „Kümmerst du dich um die Kerzen?"

„Und du?"

„Ich besorge mir eine warme Jacke und uns eine Decke."

Er dreht sich um und tastet sich an der Wand entlang ins Wohnzimmer. Als er fort ist, atme ich durch. Alles fällt von mir ab. Nachdem er den Raum verlassen hat, wird mir klar, wie angespannt ich bin. Ich reibe meine Stirn und weiß nicht, wie ich diesen letzten Abend überstehen soll.

Als Erstes puste ich die Kerzen aus. Dann stehe auch ich auf und gehe in mein Zimmer. Draußen ist es noch hell. Es ist erst einundzwanzig Uhr. Ich vermute, die Sonne wird in der nächsten halben Stunde untergehen. Ich krame meinen Schal hervor, schlage ihn mir um den Hals und ziehe meine warme Jacke an.

Mit gemischten Gefühlen stehe ich wenig später im Flur und warte auf Magnus. Einerseits will ich auf direktem Weg in meinem Bett verschwinden, um morgen in aller Herrgottsfrühe still und heimlich abzureisen. Andererseits ist dies der letzte Abend meines Lebens mit Magnus. Ich will nicht, dass er jemals endet. Ich habe keine Ahnung, wie ich weitermachen soll ohne ihn. Das ist verrückt, denn genau genommen kenne ich ihn erst seit wenigen Stunden. Aber so ist es. Wenn es Sybille nicht gäbe, würde ich nie wieder von hier fortgehen.

Im nächsten Moment kommt er in die Küche. Er tastet sich behutsam vor, unter dem Arm eine Decke. Magnus trägt den Parka, der an der Garderobe hing.

„Sybille?", ruft er, nicht ahnend, dass ich längst hier bin.

„Hej", sage ich, und er zuckt unmerklich zusammen.

„Oh, ich dachte, du wärst noch im Zimmer. Startklar?"

„Startklar", antworte ich.

„Im Kühlschrank stehen zwei Dosen Carlsberg. Würdest du sie mitnehmen?"

„Bier auf Wein – das lass sein."

„Wie bitte?"

Er legt den Kopf schräg und grinst.

„Noch nie gehört?", frage ich ungläubig.

„Also, ich weiß ja nicht, was ihr in Deutschland so für merkwürdige Gesetze habt. Aber Carlsberg geht immer."

Jetzt muss ich lachen. Ich ergebe mich, gehe zum Kühlschrank und schnappe mir die beiden Dosen.

„Wie ist denn das Wetter?", fragt Magnus.

„Wenn wir uns beeilen, sehen wir – sehe *ich* – den Sonnenuntergang noch."

Er setzt sich wieder in Bewegung und kommt in meine Richtung.

„Hervorragend. Dann beeilen wir uns."

Ich schiebe die Bierdosen in meine Jackentaschen und greife nach seiner Hand, um ihm auf dem Weg nach draußen behilflich zu sein.

Der Abend ist frisch, aber schön. Der Himmel ist wolkenlos, und sobald wir aus der Haustür treten, hören wir das Rauschen der Brandung. Ich atme tief ein und genieße die frische Meeresluft, den Wind in den Dünen und die Weite des Horizonts.

„Weißt du was? Ich beneide dich um diese Wohnlage", gestehe ich.

Magnus seufzt. „Wenn man hier lebt, dann kann man den Blick für die Schönheit schnell verlieren und alles Traumhafte als selbstverständlich ansehen. Und wir haben immer Tourismus. Das ganze Jahr über. Du kannst nirgends hingehen, ohne dass dort Touristen sind."

„Wenn man es so betrachtet, da ist was dran", stimme ich zu. „Wir haben es daheim nicht weit zum Steinhuder Meer", erzähle ich. „Viele Menschen beneiden uns auch um die Natur dort. Aber ja, Touristen. Ich weiß, was du meinst. Sie sind Segen und Fluch zugleich. Und selbstverständlich ist leider gar nichts."

Nicht mal seine Hand in meiner Hand. So selbstverständlich es mir jetzt gerade auch erscheint – schon morgen werde ich dieses Gefühl für immer vermissen. Ich nehme mir vor, jede verbleibende Sekunde mit ihm zu verinnerlichen. Sei es auch noch so schmerzhaft.

„Welchen Weg muss ich nehmen?", frage ich und bleibe in der Kiesauffahrt stehen. „Den Privatweg, oder gibt es eine Abkürzung?"

„Da vorn ist irgendwo ein Zaun", sagt Magnus und zeigt wahllos in der Luft herum. „Er grenzt das Weidegebiet der Ponys ein, und wenn wir ihm folgen, führt er uns direkt zum Strand."

„Ponys. Hm-hm. Sagte ich schon, dass du hier sehr idyllisch lebst?"

„Nein, hast du nie erwähnt."

Ich knuffe ihm in die Seite. Er lässt meine Hand los und zieht mich an sich, um mir den Arm um die Taille zu legen.

Ich wehre mich nicht, sondern genieße und erwidere seine Geste. Arm in Arm schlendern wir durch Gräser, Sand und Moose, direkt in den Sonnenuntergang. Der Wind, der vom Meer kommt, ist salzig und frisch. Ich bin froh, den Schal und die Mütze dabeizuhaben. Und ich denke, die Mütze ist froh, endlich ihren eigentlichen Zweck zu erfüllen und nicht mehr nur als mein Komplize zu fungieren.

Wir schweigen und genießen die Stimmen der Natur und die Nähe zueinander, während ich rechts von uns einige Islandpferde in den Dünen entdecke. Eines gefällt mir ganz besonders. Es ist ein Falbe mit üppiger, wallender Mähne.

Er hebt den Kopf und schaut neugierig zu uns herüber. Wie majestätisch er aussieht, beinahe mystisch.

Schließlich wendet er sich ab und grast wieder an der Seite seiner Herde. Ich hake mich fester bei Magnus unter. Wie kann ich ihn noch länger belügen, während meine Gefühle so echt sind? Es zerreißt mir das Herz.

Im nächsten Moment betreten wir den Strand, und ich bleibe überwältigt stehen. Das habe ich in all den Jahren vermisst! Diesen Anblick, diese Kulisse, dieses Panorama. Ein vertrautes Dänemarkgefühl breitet sich in mir aus. Als würde ich eine Zeitreise in meine Kindheit und Jugend unternehmen. Ich bin wieder hier! Erst jetzt kann ich es für diesen kurzen Moment genießen.

„Oh mein Gott", flüstere ich ehrfürchtig.

Magnus lehnt seinen Kopf an meinen.

„Was siehst du?", fragt er.

„Den Strand, das Meer. Es ist wunderschön."

„Nein. Was siehst du?", wiederholt er. „Ich sehe nämlich nichts. Schon vergessen? Beschreib es so, dass ich es auch sehe."

Seine Worte gehen mir unter die Haut. Ich schmiege mich noch tiefer in seine Umarmung. So stehen wir im Sand, während der Wind einen Reigen um uns tanzt.

„Ich sehe Wellen, die weit draußen auf dem Meer entstehen", flüstere ich. „Sie brechen, tragen kleine Schaumkronen und branden an den Strand. Die eine jagt die andere, als spielten sie ein übermütiges Spiel. Sie tollen herum, überschlagen sich, lecken am Sand und rollen zurück ins Meer. Am Horizont steht eine goldorangefarbene Sonne knapp über dem Wasser. Der ganze Himmel strahlt in Pink, Orange, Gelb und Dunkelblau. Ich wünschte, du könntest es sehen!"

„Das kann ich", flüstert Magnus in mein Ohr. „Dank deiner Beschreibung sehe ich es klar und deutlich vor mir. So wie dich."

Ich schaue ihn an. Sein Gesicht ist meinem so nah. Seine Augen sind geschlossen. Er lächelt, als würde er sich an den inneren Bildern erfreuen. Ich kann nicht anders, als ihm durch die Haare zu streichen, seine Strähnen um meinen Finger zu wickeln und mit ihnen zu spielen. Meine Hand wandert weiter in seinen Nacken, wo sie verharrt. Seine Lippen sind voll und sinnlich. Mit der anderen Hand streife ich seinen Dreitagebart, als ich Magnus küsse. Sanft und innig.

An diesen Kuss werde ich mich mehr als an alles andere erinnern. Er ist rein und voller Liebe. Er geht von Romina aus, nicht von Magnus und auch nicht von Sybille. Er sehnt sich nach Wahrheit, Treue und Ewigkeit.

„Bitte verzeih mir, Magnus", hauche ich, nachdem unsere Lippen sich voneinander gelöst haben.

„Was soll ich dir verzeihen?"

„Alles. Irgendwann wirst du es wissen. Dann erinnere dich an diesen Moment. An meine Bitte um Vergebung. Und daran, dass ich dich aufrichtig liebe."

Er tastet nach meinem Gesicht. Streichelt meine Wangen und findet Tränen darauf, die er fortwischt. Mein Körper bebt, meine Hände zittern. In mir herrscht ein Gefühlschaos aus Liebe, Trauer, Selbstverachtung und Schmerz.

„Ich weiß zwar nicht, wovon du sprichst", raunt er. „Aber was es auch sein mag, es kann nicht so schwer sein, wie die vergangenen vierundzwanzig Stunden mit dir erfüllend waren."

Ich unterdrücke ein Schluchzen und sinke in seine Arme, in denen ich überglücklich bin und wünschte, es wäre unser Glück.

Nicht seines und Sybilles.

Kapitel 14 ✂ Romina, 2024

Ich breite die Decke im Schutz einer Düne aus. Hier ist es beinahe windstill, und man hat einen wunderschönen Blick auf den Strand, das Meer und den kurz bevorstehenden Sonnenuntergang. Wir setzen uns und schweigen eine Weile, um dem Kreischen der Möwen zu lauschen, dem Schmatzen und Kichern der Brandung und dem Wind, der die Gräser säuseln lässt.

Ich habe nie an Liebe auf den ersten Blick geglaubt. Ich war immer fest davon überzeugt, dass man einen Menschen erst lieben kann, wenn man ihn durch und durch kennt und seine Werte zu schätzen weiß.

Dann bin ich Magnus begegnet, und er hat mich innerhalb weniger Stunden vom Gegenteil überzeugt. Seit dem ersten Moment unserer Begegnung knistert es zwischen uns. Eine berstende Spannung, die so dicht ist, dass ich in seiner Nähe kaum atmen kann. Könnte man diese Art von Chemie sehen, wäre sie wohl ein Feuerwerk sprühender Funken und aufstiebender Glut.

Weil meine Kehle wie ausgetrocknet ist, greife ich in die Jackentaschen und hole das Bier hervor.

Wie Asger und Elisa. Ich weiß, dass sie genauso dagesessen und Dosenbier getrunken haben wie wir jetzt.

„Carlsberg?", frage ich in die Stille und reiche Magnus eine Dose.

„Danke, gern." Er nimmt sie und öffnet sie mit einem Zischen.

„Siehst du irgendwas Interessantes im Sand oder am Ufer?", fragt er, nachdem er einen Schluck genommen hat. Auch ich öffne mein Bier und trinke. Dann muss ich lachen.

„Soll ich jetzt etwa für dich deinen Job machen?"

„Was denkst du, wieso sind wir sonst hergekommen?"

Ich grinse. *Das kannst du haben!*

„Okay, lass mich mal sehen", sage ich, erhebe mich und lege eine strategische Pause ein. „Hm, ja! Gleich hier vorne liegt tatsächlich was sehr Interessantes! Wow! Ich glaube … Nein! Wunderschön!"

„Was ist es?", ruft Magnus nervös. „Kannst du es herbringen? Wie sieht es aus?"

„Nein, herbringen kann ich es leider nicht. Ich glaube, es ist zu schwer."

„Dann führ mich hin!"

Er will aufstehen, als ich ihn umschubse. Jetzt liegt er der Länge nach im Sand und will gerade losschimpfen. Doch bevor er das kann, lege ich mich an seine Seite, streiche die Haare aus seiner Stirn und grinse.

„Da ist es! Etwas Großes, Schweres, und es würde zu gern motzen. Ist es nicht süß? Aber es ist schon trocken, das Meer hat es also schon vor längerer Zeit ausgespuckt."

„Du mieses, hinterlistiges Weib", ruft er und klettert auf mich, um meine Handgelenke zu packen und sie in den Sand zu pressen. Ich strample mit den Beinen, lache, kreische und versuche vergeblich, ihn von mir runterzustoßen.

„Ich ergebe mich!", rufe ich keuchend. „Ich ergebe mich!"

Magnus lässt sich zur Seite fallen. Er hält meine Hand, während ich noch nach Luft schnappe.

„Jetzt hab ich den Sonnenuntergang verpasst", bemerke ich.

„Tja, du hast es nicht anders verdient", antwortet er.

Ich will ewig hier liegen bleiben. Ganz nah bei ihm, am schönsten Strand der Welt.

„Also morgen", rufe ich mir in Erinnerung. „Morgen öffnest du zum ersten Mal deine Augen. Bist du aufgeregt?"

Sein Händedruck verstärkt sich. Sehnsucht spiegelt sich in seinen Zügen.

„Ich will dich endlich sehen! Du weißt nicht, was für Qualen ich durchlebe. Da hab ich dich schon mal so nah bei mir und kann dir nicht in die Augen schauen. Ich weiß nicht, ob es etwas Schlimmeres geben kann."

Mein Magen dreht sich.

„Schlimmer geht immer, Magnus", sage ich und setze mich auf. „Leider. Wir sollten uns auf den Rückweg machen, was denkst du?"

Es muss hier und jetzt enden. Man soll gehen, wenn es am schönsten ist, rede ich mir ein. Besser wäre es, zu bleiben, wenn es am schönsten ist.

„Ja, es wird kalt", stimmt er zu. „Wir machen den Kamin an. Das ist gemütlicher als der feuchte Sand."

Ich stehe auf, reiche ihm die Hand, und er zieht sich hoch. Wir klopfen unsere Kleider und die Decke aus, falten sie zusammen und leeren die Bierdosen. Am Ausgang des Strands steht ein Mülleimer, in dem ich sie entsorge.

Kaminfeuer, Gemütlichkeit … Das hört sich nach keinem baldigen Rückzug in mein Zimmer an. Ich bin eindeutig zu weit gegangen. Wie kann dieser Aufenthalt bei ihm so leicht und doch so schwer zugleich sein?

Als wir das Haus erreichen, ist es bereits stockdunkel. Ich bin ziemlich durchgefroren. Magnus legt die Decke mit meiner Hilfe unter die Schuhregalbretter, zieht seinen Parka aus und hängt ihn an die Garderobe. Ich gehe in mein Zimmer und lege dort ab. Ein kurzer Blick durch den Raum spiegelt meine innere Haltung: Alles steht auf Abreise. Der Koffer ist griffbereit, die Flasche mit meinem Brief an Magnus nicht zu übersehen.

Gott, steh mir bei, dass ich das schaffe, flehe ich.

Als ich zurück ins Wohnzimmer komme, steht Magnus am Kaminofen und stemmt die Hände in die Seiten.

„Dann wollen wir mal", sagt er. „Ich sage dir, was du tun musst."

„Das brauchst du nicht", antworte ich. „Meine Oma hatte einen Holzofen, und sie hat mir beigebracht, wie man Feuer darin macht."

„Noch besser. Dann lass dich mal an ihm aus."

Ich gehe zum Korb, in dem Anmachholz, Zündwolle und Holzscheite liegen. Akribisch denke ich über meine Worte nach. Sybilles eine Oma hat in Süddeutschland gelebt. Die andere hat sie nie kennengelernt. Ich habe keinen Schimmer, ob die in Bayern einen Holzofen hatte …

Ich rede mich noch um Kopf und Kragen, fürchte ich.

Die Ofentür quietscht, als ich sie öffne, um die Restasche zu entfernen. Die kleine Auffangschublade ist erst zur Hälfte voll, da passt noch gut was rein. Ich lege Zündwolle auf das Gitter, staple ein paar Splitten Anmachholz darüber und zuletzt einen dickeren Scheit. Streichhölzer liegen gleich neben dem Korb auf einem Wandvorsprung. Ich reiße eins an und entfache die Wolle. Sofort gerät sie in Brand. Die Flammen lodern auf und gieren nach dem dünnen Holz.

„Das hört sich erfolgreich an", sagt Magnus.

Ich halte meine Hände vor die Glasscheibe. Sofort breitet sich eine angenehme Wärme vom Feuer aus.

„Hast du gehofft, dass ich deine Hilfe benötige?", frage ich und stehe auf.

„Ich hätte mich zumindest revanchieren können. Immerhin hilfst du mir immer, und ich bekomme nichts auf die Reihe."

„Das wird sich ab morgen ändern", erwidere ich. „Außerdem bin ich doch genau aus diesem Grund hier – um dir zu helfen."

Er nickt und schaut in Richtung Küche. „Hast du Hunger?", will er wissen. „Wir haben seit der Pizza in Esbjerg nichts gegessen."

„Hm, jetzt, wo du es sagst … Ich könnte wirklich einen Happen vertragen."

„Sehr schön." Magnus tastet sich in die Küche, und ich folge ihm.

„Ich habe Rührei und Speck im Angebot. Dazu ein paar Tomaten und Toast. Ist das okay?"

„Das ist okay. Setz dich doch auf die Bank, und ich mache alles fertig."

Er sieht frustriert aus, tut aber, was ich sage. Während ich die Schränke nach einer Pfanne und den Zutaten durchforste, rauft er sich die Haare.

„Das ist echt erniedrigend", gibt er zu. „Einen Gast im Haus zu haben und ihn nicht bewirten zu können. Tut mir leid, Sybille. Ich bin eine richtige Plage."

„Red nicht so einen Blödsinn! Es macht mir Freude, dir zur Hand zu gehen. Wirklich. Ich liebe dein Haus und deine Küche, und wann hat man sonst mal die Gelegenheit, in fremden Häusern alle Schränke zu durchwühlen?"

Das bringt ihn zum Lachen. Ich halte kurz inne und beobachte ihn dabei.

Nachdem ich fündig geworden bin, erhitze ich Butter in der Pfanne, brate den Speck darin an und schlage Eier hinein. Dann streue ich Würze darüber und schneide die Tomaten in Stücke. Magnus steht plötzlich hinter mir und schnuppert über meine Schulter.

„Mhm, das riecht gut."

„Ich kenne einen Hund", sage ich, Franz vor Augen. „Der steht genauso beim Kochen im Weg wie du gerade."

„Oh, was passiert dann mit ihm?"

„Er darf alles fressen, was runterfällt." Ich schmunzle. „*Nur*, was runterfällt. Und es fällt sehr selten was runter."

„Ich verschwinde ja schon." Er hebt unschuldig die Arme.

„Warte", sage ich. „Wenn du es schaffst, dich nicht zu verbrennen, könntest du dich um die Toasts kümmern. Hier ist der Toaster." Ich stelle ihm das Gerät vor die Nase und führe seine Hände zur Packung.

„Gib zu, du willst mich umbringen", wimmert er.

„Erraten. Dann kann ich das ganze Rührei nämlich allein essen."

„Was ist das für ein Hund?", will er wissen. „Gibt es den wirklich, oder war er nur Teil deiner bösartigen Geschichte?"

Ich denke an unseren Vierbeiner und wende die Eier in der Pfanne.

„Es gibt ihn wirklich", sage ich. „Es ist der Familienhund meiner Freundin Romina."

„Verstehe. Ich mag Hunde."

Ich auch, will ich antworten. Aber leider hat Sybille nichts für Tiere übrig. Daher schweige ich besser. Im gleichen Moment wird mir klar, dass Snorre unseren Franz kennt. Ich schlucke, und Wehmut breitet sich in mir aus.

Wenig später sitzen wir am Tisch und essen. Dieser Abend könnte nicht perfekter sein. Ein krönender Abschluss, den mein Verrat gar nicht verdient hat. Unglücklich darüber stochere ich im Essen herum.

„Es schmeckt sehr lecker", sagt Magnus. „Ich wusste nicht, dass du so gut kochst."

„Das ist Rührei. Das hat nichts mit Kochen zu tun."

Ich bin sicher, dass sogar Sybille Rührei hinbekommen hätte.

„Trotzdem danke", sagt er und sieht zufrieden aus.

„Sehr gern."

Ich esse nicht alles auf, denn mein Magen rebelliert. Diese Situation hier setzt mir sehr zu, und ich wünschte, ich könnte behaupten, froh zu sein, wenn das morgen ein Ende hat. Während ich Magnus betrachte, nehme ich mir vor, ihn direkt auf der Rückfahrt zu vergessen. Ich werde Max Koch um ein Date bitten, sobald er das nächste Mal in die Schneiderei kommt.

„Ich … ähm, ich sehe kurz nach dem Kaminofen", stammle ich, stehe auf, nehme meinen Teller und kippe die Reste in den Müll. Ich hasse es, Essen wegzuwerfen. Glücklicherweise passiert das sehr, sehr selten bei mir.

„Bestimmt ist das Anmachholz längst abgebrannt", fahre ich fort.

„Ich lege was nach."

„Okay", antwortet Magnus. „Vielleicht können wir die Weinflasche leer machen, die noch im Wintergarten steht. Schau doch bitte nach den Gläsern."

„Mach ich."

Ja, gute Idee. Jetzt noch mal Wein auf mein Gemüt. Das hilft sicher zu eskalieren, wo ich ohnehin schon sehr emotional bin. Selbstironie. Nur sie kann mich noch retten.

Ich lege zuerst Holz nach. Gerade noch rechtzeitig, bevor die Glut erlischt. Dann gehe ich in den Wintergarten und starre in die Dunkelheit, die sich draußen ausgebreitet hat.

Ich rufe mir die Bilder vom Abend in Erinnerung. Die Reflexion des Kerzenscheins in den Fenstern und Weingläsern. Die Schokolade, unsere Gespräche, Magnus' Berührungen.

Still und leise nehme ich Abschied von diesem charmanten Raum. Ich werde ihn nie wieder betreten. Und noch ehe das Tageslicht in ihn zurückkehrt, werde ich fort sein.

Ich nehme die Weinflasche, unsere Gläser und trete ins Wohnzimmer. Magnus hat es sich bereits auf der Couch bequem gemacht. Kann es wirklich sein, dass ich erst gestern um diese Zeit hier eingetroffen bin? Es fühlt sich an, als wäre seitdem ein Leben vergangen. Als wäre der Fremde dort vor mir ein Vertrauter.

Na ja, ist er ja auch. Snorre.

„Sag mal", setze ich an. „Spielst du eigentlich ein Instrument?"

Ich stelle die Gläser auf den Wohnzimmertisch und schenke uns den Rest aus der Flasche ein. Magnus bekommt den größeren Schluck, da ich ja nach einer kurzen Nacht noch Auto fahren will … Währenddessen bin ich gespannt auf seine Antwort. Ich weiß zumindest, dass er damals Gitarre gespielt hat. Magnus hebt die Augenbrauen.

„Wie kommst du ausgerechnet jetzt darauf?"

„Keine Ahnung." Ich setze mich neben ihn. „Hab ich mich gerade nur gefragt. Ich bin leider musikalisch völlig unbegabt."

„Ich spiele Gitarre", sagt er wie erwartet. „Das heißt, früher hab ich mehr gespielt. In letzter Zeit staubt sie eher vor sich hin. Die Kunst hat die Musik verdrängt."

„Ja, es gibt Dinge, die sich irgendwann als unsere Stärken herauskristallisieren. Obwohl ich nicht glaube, dass du ein schlechter Spieler bist. Bekomme ich ein kleines Privatkonzert?"

Er dreht mir sein Gesicht zu. Sein Ausdruck ist ganz sanft.

„Sehr gern sogar. Ich finde, das ist das Mindeste, nachdem du meinetwegen auf ein echtes Konzert verzichtet hast."

„Wer will schon zu den *Purple Needles*, wenn er dich zu hören bekommt?", flüstere ich und lege meine Hand auf seinen Oberschenkel.

„Gib mir eine Minute", sagt Magnus und macht Anstalten, aufzustehen. „Die Gitarre ist in meinem Zimmer. Ich hole sie."

„Bleib sitzen", verlange ich. „Am Ende stolpert ihr zwei übereinander, und die Art von Musik, die dann zu hören wäre, mag ich nicht besonders."

Er schmunzelt.

„Ich finde sie schon", verspreche ich und stehe auf.

Ich möchte sein Zimmer sehen. Sehen, wie er wohnt und was seine privatesten Dinge sind. Mir ist bewusst, dass ich kein Recht darauf habe. Aber ich muss es sehen, um mit ihm abschließen zu können, sobald ich dieses Haus in wenigen Stunden verlasse.

Ich habe die Hoffnung, in seinem Zimmer etwas zu entdecken, das mir nicht gefällt. Das mich enttäuscht und es mir leichter

176

macht, ihn nicht zu mögen. Zwar bin ich bereits einmal in seinem Zimmer gewesen, als ich ihn heute geweckt habe. Aber da hatte ich nur Augen für ihn. Für diesen wundervollen, schlafenden Mann.

Ich öffne die Tür und schalte das Licht an. Dann betrachte ich sein Bett, einen Schreibtisch, einen Schrank, unzählige Skizzen von Skulpturen und anderen Kunstwerken. Es gibt auch ein Bücherregal, in dem Ordner mit Noten stehen. An der Wand neben dem Regal hängen Fotografien. Ich überfliege sie; Skulpturen, Menschen, die ich für Magnus' Familie halte, Freunde, Naturaufnahmen. Dann stockt mir der Atem. Ich entdecke ein Foto aus der Zeit, in der das mit meiner Schwester passiert sein muss.

Drei Jungs, Arm in Arm an einem felsigen Abgrund. Sie grinsen breit in die Kamera.

Bill, Snorre und Asger. Ich betrachte es genauer. Ja, genau so habe ich die drei in Erinnerung! Magnus, der dürre Kerl neben dem breiten William. Die blonden Haare fallen ihm bis auf die Schultern. Und Asger … Obwohl er lacht, sieht er traurig aus.

„Oh, Elisa", schluchze ich leise. „Wenn du das nur sehen könntest."

Da gibt es nichts. Nichts, was mir helfen könnte, Magnus zu verachten. Nichts Verwerfliches. Nur wundervolle Erinnerungen und Fragmente seiner Kunst. Ich seufze, finde die Gitarre in der Ecke hinter dem Bücherregal und greife nach ihr. Sie steckt in einer Ledertasche.

Als ich wieder ins Wohnzimmer komme, hockt Magnus erwartungsvoll auf der Couch.

„Da bist du ja endlich. Ich wollte gerade schon eine Vermisstenanzeige aufgeben."

„Entschuldige", erwidere ich kleinlaut. „Ich hab die Fotografien an deinem Bücherregal entdeckt und konnte nicht widerstehen."

Er macht ein vielsagendes Gesicht.

„Mir ist nicht entgangen, wie neugierig du bist."

„Leider hab ich nichts zu meiner Verteidigung zu sagen. Aber ich hab nicht in den Schränken geschnüffelt. Ehrenwort. Das mache ich nur in deiner Küche."

„Die alten Fotos also."

„Ja", sage ich und reiche ihm die Ledertasche. „Ich hatte meinen Spaß, als ich dich mit langen Haaren gesehen habe."

Er klemmt sich die Tasche zwischen die Beine und öffnet den Reißverschluss.

„Oh … Ja, da war ich … jung. Die Jungs waren mir in Weisheit und Geschmack weit voraus. Eines Morgens wachte ich auf und hatte kurze Haare."

Ich pruste los.

„Die Story hat William mir heute erzählt. Er sagte, du wärst nicht besonders glücklich darüber gewesen."

„Heute bin ich ihnen dankbar dafür. Glaub mir."

Magnus nimmt die Gitarre aus der Tasche. Sie ist schwarz und von der Marke Takamine. Er spielt sie kurz an und verzieht sogleich das Gesicht.

„Keine Ahnung, wann ich sie zuletzt gestimmt habe."

„Wer ist der dritte Junge auf dem Foto?", erkundige ich mich beiläufig nach Asger. „Er sieht traurig aus, obwohl ihr alle lacht."

178

Magnus scheint die Frage zunächst zu überhören. Er ist in das Stimmen vertieft, dreht an den Wirbeln seines Instruments und schweigt. Ich setze mich wieder zu ihm, und als ich schon nicht mehr mit einer Antwort rechne, gibt er sie mir.

„Asger hatte damals eine schwere Zeit", sagt er. „Auf dem Foto sind wir in Norwegen zum Campen. Wir wollten ihn ablenken. Meistens hat es geklappt. Aber nicht immer."

„Das tut mir leid", flüstere ich und schaue betreten auf meine Hände, die in meinem Schoß ruhen. In meiner Kehle steckt ein riesiger Kloß. Ich will Magnus alles sagen. Will ihm von Elisa erzählen, davon, wie schlecht es auch ihr ging. Aber ich … ich kann es nicht.

„Okay, was willst du hören?", fragt er, lehnt sich zurück und zupft ein paar Akkorde. „Irgendwelche Wünsche?"

Ein klares Zeichen, dass er noch nicht dazu bereit ist, mit Sybille über Asger und meine Schwester zu reden. Jetzt wird mir klar, wie sehr die Sache auch ihn mitgenommen haben muss. Ich meine, das weiß ich seit dem Gespräch mit William. Aber dass es ihn bis heute so berührt, bewegt mich zutiefst. Sicher hatte er große Angst um seinen Freund.

„Hm", mache ich und überlege. „Keine Ahnung. Hast du irgendwas Dänisches? Ich würde dich gern in deiner Muttersprache singen hören."

„Und ich hatte schon Sorge, du willst was von deiner Rockband hören."

Er spielt wieder etwas an, als würde er sich an was erinnern wollen.

„Okay", sagt er schließlich. „Ich habe damals einen Straßenmusiker gekannt. Er war richtig gut. Von ihm habe ich diesen Song hier. Tør du ikke at elske mig. Was so viel heißt wie: Wage es nicht, mich zu lieben."

Ich versteinere auf der Couch. Der Titel passt wie die Faust aufs Auge. Ein Wink des Schicksals, der mich darin bestätigt, das hier hinter mir zu lassen. Magnus beginnt zu spielen. Dass er lange Zeit keine Musik gemacht haben will, glaube ich ihm nicht. Der Klang seiner Gitarre erfüllt den Raum. Jede Zelle in mir wird zum Resonanzkörper, der die Noten zum Schwingen bringt. Als er mit dem Gesang einsetzt, bekomme ich eine Gänsehaut. Seine Gesangsstimme hat eine völlig andere Farbe als seine Sprechstimme. Sie klingt rau und sehr emotional. Obwohl ich kein Wort verstehe, kann ich fühlen, worum es in dem Text geht. Ich schließe die Augen, um die Emotionen und die Melodie in mich aufzunehmen. Der Gesang rührt mich an, zeigt mir eine weitere Seite dieses Mannes, der mich mit jedem Wort, mit jeder Geste aufs Neue überrascht, mir den Atem raubt und mein Herz im Sturm erobert.

Nachdem der letzte Akkord gespielt, die letzte Zeile gesungen ist, verhallt die Musik im Raum.

Ich schweige. Besser wäre es, einen dummen Scherz zu machen, um ihm nicht zu offenbaren, was ich gerade durchlebe.

„Bist du etwa eingeschlafen?", fragt er. Anscheinend hatte er dieselbe Idee wie ich.

„Nein, … Ich suche nur nach einem Kuscheltier, das ich dir auf die Bühne werfen könnte. Oder an den Kopf oder … Ich wusste nicht, dass du so gut Dänisch sprichst."

Magnus bleibt todernst.

„Ich hab einen Crashkurs gemacht. Ich mochte die nordischen Sprachen schon immer."

„Ehrlich, das war unglaublich!", rufe ich, nachdem ich mich etwas gefangen habe. „Und du willst mir weismachen, dass du lange nicht gespielt hast?"

„Schön, dass es dir gefallen hat."

„Gefallen?! Ich *liebe* es! Wirklich, Magnus. Dein Gesang hat mich sehr berührt. Danke dafür. Was ist aus dem Straßenmusiker geworden? Ich nehme an, er ist mittlerweile eine Berühmtheit?"

Magnus stellt die Gitarre hinter die Couch.

„Er ist heute Treibholz-Künstler."

Kapitel 15 ✂ Romina, 2024

Mir steht der Mund offen. Das glaube ich nicht! Im ersten Moment fehlen mir die Worte. Dann sprudeln sie nur so aus mir heraus.

„Du ... du sagst, das bist *du* gewesen? Du warst der Straßenmusiker? Und ... und du hast dieses Lied geschrieben? Wow! Magnus, das ist ... unglaublich. Es ist wunderschön! Du solltest dieses Talent nicht vernachlässigen. Du bist ein Wahnsinnskünstler!"

„Wie gesagt, die eine Leidenschaft hat die andere verdrängt."

„Und mehr nicht?", protestiere ich. „Das ist alles? So leicht verschwendest du ein Talent? Ich wünschte, ich hätte nur ein Scheibchen von dem, was du kannst."

„Das ist echt süß von dir", sagt er. „Wie du Partei für meine Musik ergreifst."

„Denk bitte noch mal drüber nach", flehe ich.

Er tastet nach seinem Weinglas, was ihm erstaunlich gut gelingt. Er hat es allerdings auch an einer leicht auffindbaren Stelle neben einer Zeitschrift positioniert.

„Trinken wir auf die Kunst und die Musik", spricht er einen Toast aus. „Skål for kvinden ved siden af mig, hvem end hun er."

„Und das heißt was?"

Er legt den Kopf schräg.

„Irgendwann verrate ich es dir", sagt er, und wir stoßen an.

Mit dieser Antwort bin ich nicht zufrieden. Meine Neugier ist wirklich ein Laster. Ich muss es so stehen lassen, auch wenn ich brennend wissen will, was Magnus' Worte bedeuten.

Etwas ungehalten nehme ich einen Schluck aus meinem Glas. Der Wein ist gut, vor allem jetzt, nachdem er den Abend über geatmet hat.

„Wie geht es deinen Augen?", frage ich, um ein unverfänglicheres Thema zu finden.

„Immer besser", gibt er zurück. „Könntest du mir gleich noch einmal mit der Salbe helfen?"

Oh nein! Wieso hab ich das bloß angesprochen?

„Klar doch", presse ich hervor. „Das mach ich gern. Freut mich, dass du auf der Zielgeraden bist."

„Frag mich mal."

„Gut, ich schlage vor, wir tun es jetzt gleich", beschließe ich. „Denn nach dem Wein wird die Salbe überall landen, aber nicht in deinen Augen."

„Ein gutes Argument." Magnus stellt sein Glas behutsam auf dem Tisch ab. „Ich glaube, sie liegt in der Küche."

„Ich hole sie", sage ich und stehe auf.

Auf dem Weg zur Küche überprüfe ich die Mütze. Die elende Mütze! Ich habe keine Begründung mehr, wieso ich sie noch immer trage. Heute Morgen, nach der Dusche, an der kalten Luft. Das hat Sinn gemacht. Aber jetzt? Ich grüble über eine Erklärung. Und dann habe ich eine.

Ich öffne die Haustür, lasse sie weit genug auf, damit möglichst viel kalte Luft ins Haus und bis zu Magnus strömt.

Ich laufe zu meinem Auto, öffne es, klappere mit den Türen und gehe gemütlich zurück zum Haus. Dann nehme ich die Salbe vom Tisch und kehre ins Wohnzimmer zurück.

„Was war los?", fragt er. „Lag die Tube etwa noch in deinem Wagen?"

Ich schmunzle zufrieden. Mein Plan scheint aufzugehen.

„Äh, nein, ich ... Ich habe was im Auto vergessen und es hereingeholt. Ist mir eingefallen, als ich in der Küche war. Hier kommt die Salbe."

„Okay, dann los", sagt Magnus und zieht sein Unterlid herunter. Ich versuche mich zu konzentrieren. Die Rötung ist im Vergleich zum Morgen viel besser geworden. Behutsam drücke ich das Medikament in sein Auge.

„Sag mal, ist dieses Ding an deinem Kopf festgewachsen?", will er wissen. Mit der Frage habe ich gerechnet. Ich befühle meine Mütze und gebe mich überrascht.

„Oh, ich trage sie ja noch! Draußen ist es ziemlich kalt. Ich habe sie mir schnell übergezogen, als ich zum Auto bin. Anderes Auge." Wir wiederholen die Prozedur, und als ich die Tube auf den Tisch lege, sinke ich erleichtert zurück auf die Couch.

„Danke", sagt Magnus. „Dann kannst du sie ja jetzt wieder abnehmen."

„Ja, das ist wahr."

Ich schließe die Augen und schäme mich abgrundtief. Mit jeder Lüge wird es mir schwerer ums Herz. Es zerreißt mich.

Wiegen meine Freundschaft und Loyalität zu Sybille denn mehr als die Wahrheit? Gibt es eine Milderung für Lügen, die Schlimmeres verhindern sollen? Wieso muss ich den Kopf für meine Freundin hinhalten? Je mehr ich darüber nachdenke, desto falscher erscheint mir das alles.

Plötzlich sinke ich tiefer in die Couch ein. Ich öffne die Augen und sehe, dass Magnus ein ganzes Stück näher zu mir herangerückt ist.

Zeit, ins Zimmer zu verschwinden!, mahnt eine Stimme in meinem Kopf. Seine unerwartete Nähe kribbelt auf meiner Haut. Ich will gehen und will es doch nicht. Wie gelähmt lasse ich zu, dass er mir den Arm umlegt, mich an seine Brust zieht und mir die Mütze vom Kopf nimmt. Ich halte die Luft an.

Die Augensalbe wird ihn daran hindern, mich anzusehen, beruhige ich mich. Wenigstens das. Meine Haare ergießen sich über meinen Oberkörper. Magnus versenkt seine Nase in ihnen.

„Ich liebe deinen Geruch", flüstert er.

Ich kann nichts antworten. Ich brauche eine Lösung für dieses Problem. Vielleicht eine Ablenkung. Irgendwas.

„Bitte, gib deine Musik nicht auf", höre ich mich sagen.

„Wenn dir das so wichtig ist."

„Nicht für mich. Für dich, Magnus."

Er spielt mit meinen Haaren, streicht mir über den Kopf. Er streichelt zärtlich meinen Nacken, dass ich Mühe habe, mich seiner Berührung zu entziehen. Schließlich küsst er meine Stirn, meine Brauen, meine Wangen. Ich muss hier weg!

Ich schließe die Augen, als seine Lippen auf meine treffen. Warm und weich. Ein leises Seufzen entfährt mir.

Ein letzter Kuss, bevor ich ihn nie wiedersehe. Ein letztes Mal spüren, wie sein Atem sich mit meinem vermischt. Ein letztes Mal in seine Arme sinken und mit ihm zusammen tiefer in die Couch.

Seine Hand wandert an meinem Rücken hinab. Seine Finger malen elektrisierende Muster auf meine Haut. Mit der anderen Hand streicht er an meiner Taille hinauf.

Das genügt! Der letzte Moment, in dem ich klar denken kann.

„Magnus, warte, ich …"

„Alles okay?", fragt er.

„Nein. Ich meine, …"

Sofort geht er auf Abstand. Mein Herz jagt durch meine Brust. Seine Distanz schmerzt. Seine Wärme verfliegt auf meiner Haut.

„Es tut mir leid, ich wollte dir nicht zu nahe treten", entschuldigt er sich.

„Nein, ich liebe es, wenn du mir zu nahe trittst. Aber … ich kann das nicht. Es … es wäre falsch. Ich wünschte, ich könnte es dir erklären."

„Das musst du nicht." Er lehnt sich zurück und fährt sich durch die Haare. „Du hast recht, es wäre nicht richtig."

Ich runzle die Stirn, denn seine Reaktion verwundert mich. Nichtsdestotrotz bin ich erleichtert. Ich habe schon genug auf dem Kerbholz. Mehr könnte ich nicht verantworten.

Zulassen, dass er mit mir schläft, während er denkt, ich wäre Sybille … Dieser Gedanke verstößt in jeder Hinsicht gegen meine Moral.

„Ich sollte jetzt schlafen gehen", sage ich und reibe mir über die Knie. „Der Tag war sehr lang, und ich bin ziemlich erschöpft."

„Das verstehe ich", erwidert er. „Ich wünsche dir eine gute Nacht."

„Gute Nacht, Magnus. Und danke für alles." Ich stehe auf.

In meinen Augen sammeln sich Tränen. Ich nehme Abschied – für immer.

„Ich bin es, der sich bei dir bedanken sollte."

„Ich tue das sehr gern. Es ist schön, in deiner Nähe zu sein und dir zu helfen."

„Wir sehen uns morgen", sagt er, als die Tränen sich einen Weg über meine Wangen bahnen.

„Morgen kannst du endlich wieder richtig sehen", flüstere ich und wische sie fort. „Gott sei Dank, dass du so ein Glück hattest."

„Glück?", sagt er. „Glück war es, dir zu begegnen."

Ich drehe mich um und verschwinde in meinem Zimmer. Von innen lehne ich mich an die Tür und weine bitterlich. *Glück war es, dir zu begegnen,* der letzte Satz, den er zu mir gesagt hat. Ich werde ihn nie im Leben vergessen.

Ein Blick auf die Flasche, die neben meinem Bett steht. Die Gewissheit, dass meine Wahrheit sich in ihr befindet und dass ich Magnus über sie in Kenntnis setze. Dass er meinen Brief finden und lesen wird.

Ohne mich umzuziehen, krieche ich unter die Bettdecke. Ich stelle den Wecker auf fünf und weine in das Kopfkissen, bis es durchnässt ist. Dabei hadere ich mit Gott, bitte ihn um Vergebung und bete für meine Schwester Elisa. Sie muss glücklich werden, wenn es mir verwehrt bleiben soll. Ich werde alles daransetzen, dass sie und Asger wieder zueinanderfinden.

Während ich so daliege, lausche ich, denn durch meine Tür dringt leises Gitarrenspiel. Magnus singt. Diesmal auf Englisch. Wieder ein Lied, das ich nicht kenne. Vermutlich auch eines, das er selbst geschrieben hat. Augenblicklich versiegen meine Tränen. Ich will mich von ihm in den Schlaf singen lassen. Er soll das Letzte sein, was ich höre, bevor ich gehe.

Kapitel 16 ✁ Romina, 2024

Zwei Minuten bevor der Wecker schellt, erwache ich. Eilig schalte ich ihn ab, damit er nicht losschräbbelt und Magnus aufweckt. Mein Körper ist schwer wie Blei. Er fleht mich an, ihm noch mehr Schlaf zu gönnen, aber mein Geist ist hellwach und besteht darauf, sofort von hier zu verschwinden. Ich quäle meine Glieder aus dem gemütlichen Bett, aus der Wärme und in die Kälte des Morgens. Da ich noch die Kleider vom Vortag trage, schlüpfe ich nur in meine Schuhe, kämme mir die Haare, mache das Bett und nehme meinen Koffer, um das Zimmer zu verlassen.

Als ich an Magnus' Tür vorbeigehe, halte ich kurz inne, lege meine Hand an das Holz und wünsche ihm in Gedanken alles Gute. Meine Blicke schweifen ein letztes Mal durch das Wohnzimmer, das noch im Halbdunkel liegt. Die leere Weinflasche und unsere Gläser stehen auf dem Tisch und erinnern mich an den schönsten Abend meines Lebens.

Hinter der Couch steht Magnus' Gitarre. Was würde ich dafür geben, ihn ein letztes Mal singen zu hören! Das behagliche Kaminfeuer ist erloschen; hinter der Glasscheibe liegt die kalte Asche.

Ich drehe mich um und gehe in die Küche. Mein treuer Koffer folgt mir. Die Scherben, die Moss-Tasse, die Heidelbeeren, Magnus, der sein Hemd falsch herum anhat, sein nackter Oberkörper. All das sehe ich jetzt in dieser kleinen Holzküche vor mir. Rührei mit Speck und Tomatentoast. Ich sinke auf die Bank und raufe mir die Haare. Wenn ich doch nur bleiben könnte.

Dann nehme ich Zettel und Stift und suche nach Worten, die mir unfassbar schwerfallen.

Verzeih mir, Magnus, dass ich Hals über Kopf abreisen muss. Danke für die wundervolle Zeit!

Während ich mir Tränen aus dem Gesicht wische, zücke ich mein Handy, fotografiere meine Zeilen und schicke sie an Sybille.

Kann sein, dass er dich anruft, tippe ich. *Bitte geh nicht ran! Wir müssen unbedingt reden, bevor du mit ihm sprichst.*

Ich stehe auf, nehme meinen Koffer, schnappe mir meine Strickjacke von der Garderobe und verlasse leise das Haus. Der Morgen ist frisch und kühl. Jenseits der Dünen liegt die leise Erwartung des Sonnenaufgangs. Der Wind erfasst meine Haare, weht mir durch die Kleider, als böte er sich als Verbündeter an, um mich von hier fortzutragen. Ganz vorsichtig öffne ich den Kofferraum, verstaue meine Sachen darin und hoffe, dass das Klappern der Türen Magnus nicht aufweckt.

Ein letzter Blick zurück zum blauen Haus. Die Fenster sind dunkel, kein wärmendes Licht wie noch bei meiner Ankunft. Es scheint, als lägen Tränen aus Tau in ihren gläsernen Augen.

Wenig später rollt mein Wagen über den Kies, runter von der Einfahrt, rauf auf den Privatweg und durch die Dünen.

Erst als ich auf die Hauptstraße einbiege und die Kurve nach Nymindegab nehme, wage ich es, mich zu räuspern. Als könnte

Magnus mich noch hören, als würde er vom kleinsten Geräusch jeden Moment aufwachen und mich an meiner Abreise hindern. Meinem Räuspern folgt ein Schluchzen, dem Schluchzen herzzerreißendes Weinen. Ich heule wie zu Beginn dieser Reise. Meine Lüge ist von Schmerz und Tränen umrahmt. Von Fehlentscheidungen, von Gefühlen, die nicht sein dürfen, von Enttäuschung und Kummer.

Ich weiß nicht, wann oder wo genau ich anhalte, um mir ein belegtes Sandwich und einen Kaffee zu besorgen. Ich nehme den wunderschönen Sonnenaufgang zur Kenntnis, kann ihn jedoch nicht genießen, denn er birgt den ersten Tag der traurigsten Jahre meines Lebens in sich. An irgendeiner Raststätte benutze ich die Toilette, wasche mich und putze mir die Zähne.

Die Frau im Spiegel hat dunkle Augenringe und sieht so erschöpft aus, wie ich mich fühle.

Ob Magnus mittlerweile aufgewacht ist? Ob er leise summend eine Dusche nimmt, in der Annahme, ich würde noch schlafen? Ob er meinen Zettel auf dem Küchentisch entdeckt hat? Ob seine Augen bereits in der Lage sind zu lesen? Kommt er allein mit der Salbe zurecht? Schaut er aus der Haustür und bemerkt, dass mein Auto fort ist? Ob er meine Flaschenpost und den Brief schon gefunden hat?

All diese Fragen fahren Achterbahn in meinem Kopf.

Die Grenzbeamten winken mich durch, und dann hat Deutschland mich zurück. Ohne dass ich mir erklären kann, wie ich so schnell wieder hierhergekommen bin. Ich erinnere mich nicht an die Fahrt. Zu sehr haben die Tränen meine Sicht blockiert. In Flensburg halte ich an, um zu tanken. Noch mehr Kaffee. Hätte ich nicht bereits Herzrasen, hätte ich mich für den Energydrink entschieden, der mich aus dem Regal heraus angelacht hat. Ich checke mein Handy. Die Nachricht an Sybille hat nur einen Haken. Sie schläft also noch, und ihr Telefon ist aus. Gut so. Heute ist Freitag. Sie soll einfach das Konzert genießen und sich erst danach die Laune vermiesen lassen.

Ich bin zugleich froh und am Boden zerstört, dass ich Magnus' Nummer nicht habe. Dass er mich nicht anrufen und ich ihm keine Nachrichten schreiben kann.

Um acht Uhr fahre ich von Flensburg aus weiter Richtung Süden. Die Autobahn ist um diese Zeit leer. Wenn ich weiter so gut durchkomme, bin ich vielleicht schon um elf zu Hause.

Im Radio laufen die Common Linnets mit *Calm After the Storm*. Dieses Lied umschreibt meine gesamte Situation. Jede Zeile scheint auf mein Leben zu passen. Ich weine schon wieder und hoffe mit jedem Kilometer, mit dem ich Dänemark weiter hinter mir lasse, dass der geografische Abstand zu Magnus den emotionalen Abstand mit sich bringt. Dann besinne ich mich. Schlucke meine Tränen hinunter und zwinge mich dazu, nach vorn zu schauen, in eine Zukunft, die sicher noch die eine oder andere schöne Überraschung für mich parat hält. Es macht keinen Sinn mehr, sich über meine Misere zu beklagen oder mich selbst zu bedauern. Die Dinge sind, wie sie sind, und werden sich nicht mehr ändern.

Dies ist erst der Anfang, Romina. Es gibt einiges zu erledigen.

Meine innere Stimme hat recht. Ich wähle eine Nummer und lausche dem Freizeichen in der Freisprechanlage. Es tutet zweimal, dreimal, viermal. Dann geht die Mailbox ran.

„Hi, leider kann ich gerade nicht persönlich mit dir quatschen. Hinterlass mir doch bitte eine Nachricht, und ich melde mich bei dir. Danke!"

„Elisa", sage ich. „Hier ist Romy. Ich muss ganz dringend mit dir reden. Können wir uns treffen? Vielleicht morgen? Ruf mich bitte zurück. Ciao."

Die Idee, ihr und Asger zu helfen, wieder zueinanderzufinden, macht mir Mut und gibt mir das Gefühl, eine gute Tat zu vollbringen. Aber ich möchte nicht nur mein Gewissen reinwaschen, sondern meine Schwester wirklich von ganzem Herzen unterstützen. Zwar heule ich inzwischen nicht mehr, habe jetzt aber das Problem, dass die Müdigkeit mich zu übermannen droht. Seit Mittwoch habe ich kaum geschlafen. Seit Sybille mich förmlich ins Auto geschubst und nach Dänemark katapultiert hat. Ich klammere mich an das Lenkrad, öffne das Fenster einen Spalt und habe Mühe, meine Augen offen zu halten. Gerade überlege ich, einen Stopp einzulegen, um kurz zu schlafen, als mein Telefon klingelt.

„Hey, wie geht es dir?", ruft Sybille in meine Ohren. Sofort bin ich hellwach. „Du bist abgereist? Wieso bist du abgereist? Was ist passiert? Will ich das wirklich wissen? Ihr zwei habt doch nicht etwa …?"

„Nein", unterbreche ich sie. „Nicht, was du denkst. Es ist … Es ist anders, Bille."

„Okay? Definiere *anders.*"

„Hör zu, das geht nicht per Telefon. Es ist sehr kompliziert, und ich möchte, dass du dich voll und ganz auf das Konzert freust und es genießt. Wir reden danach, okay? Aber bis dahin musst du Magnus komplett ignorieren! Schaffst du das?"

Sybille schweigt. Sie versteht es nicht. Natürlich versteht sie es nicht. Sie wird mich bis an ihr Lebensende hassen, wenn sie alles erfährt. Dass ich ihm sogar von ihrem Problem erzählt habe. Von meiner wahren Identität und meinen Gefühlen für ihn. Oh Gott, wieso hab ich das nur geschrieben?

„Romina, jetzt machst du mich aber echt neugierig! Was ist denn passiert? Du hast es doch nicht verbockt?"

„Nein", presse ich hervor. „Ruf mich nach dem Konzert an, ja? Dann erkläre ich dir alles. Mach dir keine Sorgen."

Ich lege auf. Was soll ich tun? Was um alles in der Welt soll ich bloß tun? Natürlich habe ich es verbockt! Aber hatte ich denn eine Wahl? William hat mir die Pistole auf die Brust gesetzt. Ich musste Magnus die Wahrheit sagen. Das wird Sybille sicher verstehen. Niemand kann etwas dafür, dass William plötzlich aufgetaucht ist. Aber was, wenn ich nicht nur Magnus, sondern auch Sybille verliere und damit meinen Job? Was, wenn das mit Asger und Elisa nichts wird und ich meine Schwester umsonst durcheinanderbringe? Wenn ich ihr damit den Boden unter den Füßen wegziehe? Ich hatte keine Ahnung, was für ein Rattenschwanz an dieser verdammten Lüge hängt!

Wenn ich nur nicht meiner Menschlichkeit erlegen wäre.

Wenn ich mich nur nicht in Magnus verliebt hätte.

Aber habe ich das tatsächlich? Vielleicht war es nur die Tatsache, dass er mich geküsst und wie seine Partnerin behandelt hat. Im Grunde ist er nach wie vor ein Wildfremder für mich, den ich für nicht mal zwei Tage versorgt habe – selbst wenn ich ihn aus meiner Jugend kenne.

Der Abstand wird es zeigen. Ich brauche erst mal Schlaf. Viel Schlaf. Und ich brauche es, Romina zu sein. Endlich wieder wahrhaftig ich selbst zu sein. Keine Lügen mehr.

Wegen der unzähligen Baustellen wird es doch halb zwölf, bis ich zu Hause ankomme. Mein Wagen rollt auf den Parkplatz, das Motorgeräusch erstirbt. Leises Knacken unter der Haube, das Surren der Kühlung verebbt, bevor ich ausgestiegen bin.

Ich lausche meinem Atem, spüre den Herzschlag in meiner Brust. Meine Hand wandert auf den Beifahrersitz, macht es sich dort bequem, wo gestern um diese Uhrzeit noch Magnus gesessen hat. Wir hatten Esbjerg fast erreicht. Jetzt ist der Sitz kalt und leer. Seine Wärme fehlt. Seine Scherze, seine Schlagfertigkeit, sein Lächeln. Er fehlt.

Mühsam quäle ich mich aus dem Auto, hieve mein Gepäck aus dem Kofferraum und schleppe mich zur Haustür. Die Schneiderei hat geschlossen. Natürlich hat sie das.

Ich nehme die Treppe zu meiner Wohnung, schließe auf und atme den Geruch des Verrats ein, der noch immer in der Luft hängt. Hier hatte ich vorgestern die Wahl. Hier habe ich mich für die Lüge entschieden. Hier hätte ich Nein sagen müssen. Klar und deutlich. Dann wäre mein Herz nicht gebrochen worden, Sybille

194

würde mich nicht bald hassen, ihre Beziehung zu Magnus hätte noch immer eine Chance.

Aber ich hätte nie die Flaschenpost meiner Schwester gefunden. Für Asger und Elisa hätte es niemals eine Chance auf ein Happy End gegeben.

Fair is foul and foul is fair, klingen die Worte aus Shakespeares Macbeth durch meine Gedanken. Das wäre die perfekte Überschrift für meine Dänemark-Episode: die Umkehrung all meiner Werte. Was zunächst gut war, wurde in die Lüge verkehrt, doch aus der Lüge kann wieder Gutes entstehen. Für Elisa und Asger – das hoffe ich jedenfalls.

Ich werfe die Wohnungstür ins Schloss, schlüpfe aus meinen Schuhen, schubse den Koffer achtlos zu Boden und gehe ins Bad. Ich muss dringend zur Toilette, wasche mir Hände und Gesicht und sehe übler aus als noch heute Morgen an der Raststätte. Vielleicht ist mein Spiegel auch einfach nur ehrlicher zu mir, weil wir uns schon so lange kennen. Der Raststättenspiegel wollte sicher nur freundlich sein.

Ich ziehe Hose und Tanktop aus und schlurfe in Unterwäsche ins Schlafzimmer, wo ich selig in mein Bett falle.

Glück war es, dir zu begegnen. Von diesem Satz träume ich.

Um halb sieben am Abend wache ich auf, als es im Treppenhaus poltert. Meine Nachbarn unterhalten sich lautstark und lärmen, was ja um diese Zeit auch noch legitim ist. Ich strecke mich, gähne und fühle mich einigermaßen erholt. Der Schlaf hat mir definitiv gutgetan.

Als ich mich aufsetze, ist Magnus zurück. Als hätte er auf der Bettkante gesessen und nur darauf gewartet, mein Herz und meine Gedanken zu überfallen. Ich seufze.

Nur ein Überbleibsel der außergewöhnlichen letzten Tage, rede ich mir ein.

Ich stehe auf, ziehe die Unterwäsche aus, gehe zu meinem Koffer, entnehme ihm die Schmutzwäsche und stelle die Waschmaschine an. Dann tapse ich ins Bad und gönne mir eine ausgiebige heiße Dusche.

Ich föhne mir die Haare, die überglücklich sind, sich nicht länger unter einer kunterbunten Strickmütze verstecken zu müssen.

Die Mütze! Mein Spiegelbild und ich starren uns mit weit aufgerissenen Augen an. Ich habe die Mütze in Dänemark vergessen!

Sie liegt irgendwo in Magnus' Wohnzimmer. Auf oder unter der Couch, wo er sie mir gestern Abend vom Kopf genommen hat. Bevor er ... bevor er mich geküsst hat und ich ...

Oh nein! Sie war meine Lieblingsmütze. Wir haben so viel miteinander durchgemacht. Ich habe nichts mehr von der Wolle übrig, die sich so gut verarbeiten ließ.

Aber irgendwie tröstet mich der Gedanke auch, dass etwas von mir bei Magnus zurückgeblieben ist.

Nachdem ich mich angezogen habe, schlurfe ich in die Küche und überprüfe meinen Kühlschrank auf Essbares. Im Gefrierfach liegt eine Tiefkühlpizza für Notfälle. Das hier ist ein Notfall. Definitiv!

Ich schmeiße sie in den Backofen und bereite mir in der Zwischenzeit eine Bananenmilch zu. Wenn man die beiden dunkelbraunen Halbmonde überhaupt noch als Bananen bezeichnen kann. Na ja, genau die richtige Konsistenz für Bananenmilch. Während ich auf die Pizza warte und meine Milch schlürfe, greife ich zum Handy.

Hey, Bille, bestimmt bist du jetzt schon auf dem Konzertgelände und wartest auf die Needles. Ich wünsche dir ganz viel Spaß! Genieß es! Romina

Ich drücke auf Absenden und sehe wieder nur einen Haken. Gut so. Ihr Handy wird im Flugmodus sein, damit sie meinen Rat befolgen und trotzdem Videos machen kann. Jetzt, in diesem Augenblick ist ihre Welt noch okay. Ich fürchte mich vor dem, was passiert, wenn sie erst mit Magnus gesprochen hat.

Magnus ... Was er wohl gerade macht? Was er wohl zu meinem Brief sagt ...

Ich hoffe und bete, dass er Sybille und mir verzeiht und dass er sich mit ihr ausspricht.

Gedankenverloren klicke ich in meinem Handy herum, als ich zwei verpasste Anrufe meiner Schwester entdecke. Sofort wähle ich ihre Nummer.

Ich stehe auf und laufe nervös durch den Raum.

„Romy?", ertönt ihre Stimme an meinem Ohr. „Ist alles in Ordnung? Mensch, du hast mir vielleicht einen Schrecken eingejagt! Erst diese kryptische Nachricht, und dann bist du stundenlang nicht zu erreichen."

„Hey", sage ich und freue mich, ihre Stimme zu hören. Wir haben so lange nicht miteinander gesprochen. „Ja, mir geht es gut. Ich … ich habe geschlafen."

„Am helllichten Tag?", fragt sie. „Bist du krank? Musst du nicht arbeiten?"

Ich raufe mir die Haare und schließe die Augen. In mir streiten Freude und Angst über das Verkünden der Neuigkeiten zu Asger.

„Ich bin nicht krank … Ich hatte ein paar Tage Urlaub und …"

„Und was?"

„Können wir uns sehen?", frage ich, als mein Backofen piept. Die Pizza ist fertig. Der ganze Raum duftet verführerisch nach Schinken und geschmolzenem Käse.

„Jetzt machst du es aber spannend", mault Elisa. „Sag mir doch einfach, was los ist. Aber ja … Wir können uns gerne sehen. Du sagtest etwas von morgen?"

„Das wäre toll! Wir könnten zusammen zu Mittag essen."

Ich öffne die Ofenklappe, und heißer Dampf wallt mir entgegen.

„Sagen wir um halb zwölf im *BBQ*?", schlägt meine Schwester vor.

„Perfekt!", rufe ich ins Telefon.

„Sagst du mir wenigstens, ob es was Schlimmes ist? Ist was mit Mama oder Papa? Oder mit Franz?"

Ich klammere mich an den Essteller, den ich gerade einer Schublade entnommen habe.

„Nein, soweit ich weiß, geht es ihnen gut. Ich war … Ich habe … Ich meine …", stammle ich. „Elisa, ich bin heute Morgen aus Dänemark zurückgekommen."

Sie schweigt. Ich will nicht wissen, was ihr in diesem Moment durch den Kopf geht. Sie muss überrascht, erschrocken und verwirrt zugleich sein.

„Du hattest Urlaub und warst in Dänemark? Ganz allein?", fragt sie dann völlig emotionslos.

„Genau. Zum ersten Mal seit damals."

„Aha."

„Also dann, morgen um halb zwölf?"

„Okay."

Ich muss noch etwas nachschieben. Etwas, das ihr die Angst und die quälenden Fragen nimmt. Ich setze ein strahlendes Gesicht auf, damit meine Stimme fröhlich klingt.

„Hey, ich freu mich auf dich!", rufe ich überschwänglich. „Wir haben uns viel zu lange nicht gesehen und bestimmt jede Menge zu erzählen!"

„Sicher …", antwortet sie. „Dann bis morgen, Romy. Ich … ich freue mich auch."

Mein Handy sinkt auf die Tischplatte. Nach diesem Gespräch ist mir gehörig der Appetit vergangen. Ich habe Elisa völlig aus der Bahn geworfen. Sie muss sich fragen, wieso es sie interessieren sollte, wo ich meinen Urlaub verbringe. Und ganz sicher denkt sie an Asger und dass es irgendwas mit ihm zu tun haben muss.

Ach, Elisa, ich wünsche dir so sehr, dass alles gut wird!

Ich stehe vor dem Backofen, mit Teller, Messer und Gabel bewaffnet, und weil mein Magen vor Hunger schmerzt, beschließe ich, auf Appetit verzichten zu können.

Nach dem Essen fläze ich mich aufs Sofa und durchsuche meine Watchlist nach einem Film, bei dem ich mich nicht mehr allzu sehr konzentrieren muss. Beim Suchen stoße ich auf *IT Crowd*.

Mir geht ein Stich durchs Herz. Als ich die erste Folge starte, bin ich gespannt auf Maurice Moss, der mich an Magnus' Tasse erinnert.

Die Serie ist brillant. Einmal angefangen kann ich schwer wieder aufhören. Ich amüsiere mich köstlich über den britischen Humor.

Als um Mitternacht mein Handy piept, schaue ich verwundert auf.

Es ist Sybille.

Magnus hat per SMS mit mir Schluss gemacht. Er hat mich auf Lovebirds blockiert und unsere Chats gelöscht. Danke!!!

Kapitel 17 ✿ Elisa, 2024

Seit dem Telefonat mit Romy bin ich unruhig. Es ist nicht so, dass wir uns nie zum Essen verabreden. Aber irgendwas ist im Busch, das spüre ich. Sie hat es so dringlich gemacht, so geheimnisvoll. Das tut sie sonst nie.

Und wenn doch was passiert ist? Sie hätte mir am Telefon sagen können, worum es geht. Stattdessen nur die Andeutung mit ihrem Urlaub und Dänemark.

Dänemark. Ich sinke auf einen Stuhl, einen viel zu kleinen Stuhl.

Eigentlich habe ich gar keine Zeit, mir über diese Sache den Kopf zu zerbrechen, denn es ist kurz vor zwanzig Uhr, und in wenigen Minuten startet in unserer Kita der Elternabend zum Thema Selbstbehauptung und Resilienz. Weil ich die stellvertretende Leitung bin, muss ich funktionieren. Aber es kommt mir vor, als hätten Rominas Worte mich zurück in die Vergangenheit katapultiert. Ich will nichts mehr mit Dänemark zu tun haben. Weder will ich je wieder dort Urlaub machen noch darüber reden oder auch nur davon hören.

Kurz überlege ich, meiner Schwester für morgen abzusagen, verwerfe den Gedanken jedoch sofort wieder. Vielleicht geht es ja um etwas ganz anderes, und sie war nur so zögerlich, weil sie weiß, wie ich zu dem Thema stehe.

Um 22:30 Uhr mache ich mich auf den Heimweg. Mein Kopf ist nach dem Elternabend so voll von neuen Inspirationen und Herangehensweisen, dass alles in ihm surrt.

Als ich im Wagen sitze, fällt mir Romy wieder ein. Weil ich noch immer ein wenig unruhig bin, schreibe ich Mama. Sie ist abends noch lange wach. Eine richtige Nachteule. Aber das sind wir alle irgendwie. Sie ist direkt online und beruhigt mich, dass mit ihnen und dem alten Franz alles in Ordnung ist.

Ach, Franz! Was habe ich alles mit ihm erlebt. Vor allem in …
Dänemark.

201

Manchmal träume ich nachts noch davon, wie Asger ihn nimmt und die Eisentreppe des Aussichtsturms hochträgt. Wie Franz am Strand hinter mir herbellt, als Asger und ich ins Meer tauchen. Wie ferngesteuert starte ich meinen Wagen. Ich habe lange nicht mehr an ihn gedacht. An Asger. Diesen Flashback habe ich meiner kleinen Schwester zu verdanken.

Sie hat das D-Wort benutzt, obwohl sie weiß, dass das in meiner Gegenwart streng verboten ist.

Ich nehme mir vor, an diesem Abend nicht länger darüber nachzudenken. Wer weiß, welche Neuigkeiten Romy zu berichten hat. Sie verdient eine Chance. Und das mit Dänemark hat sie auch nur erzählt, weil ich wissen wollte, wieso sie tagsüber geschlafen hat. Sie hätte es sonst sicher gar nicht erwähnt.

Mitten in der Nacht wache ich auf. Ich habe wieder mal von Asger geträumt. Mit tränennassem Gesicht stehe ich auf, öffne mein Fenster und lasse die kühle Brise herein.

Diesmal waren die Bilder so real, dass ich ihn riechen konnte, dass seine Stimme in mir nachklingt und ich beim Aufwachen bitterlich geweint habe, weil ich festgestellt habe, dass es nur ein Nachtgespenst war. Ein Traum von der Flaschenpost.

Ich saß mit Asger in diesem vom Kerzenschein erhellten Bunker und schrieb einen Brief an ihn. Darunter setzte ich meine Adresse.

Ich erinnere mich noch an jede Zeile, an jedes Wort, mein Bauch hat im Traum genauso wehgetan wie damals in Dänemark.

„Bist du fertig?", fragte Asger, und ich nickte.

Er lächelte, streckte die Hand nach meinem Brief aus, rollte ihn zusammen und schob das Papier in die Flasche.

Wenig später standen wir am Meer. Arm in Arm. Kopf an Kopf. Wir hielten die Flasche gemeinsam fest, schwiegen und schauten zum Horizont, wo die Sonne unterging. Dieser Moment war magisch, das war uns klar. Dass es aber der letzte sein sollte, in dem wir beiden zusammen sind – für den Rest unseres Lebens –, das konnten wir uns nicht vorstellen. Trotz meiner anfänglichen Wut und Enttäuschung über die Idee mit der Flaschenpost, überwog jetzt die Hoffnung.

Wir waren so naiv, dass wir fest daran glaubten: dass die Flasche sehr bald gefunden werden würde.

Dass jemand sie beim Baden aus den Wellen fischen würde, ein Seemann sie zufällig an der Angelschnur hätte, alles ganz romantisch; aber eben unrealistisch. Heute weiß ich, das Teil ist in irgendeinem Abwasserrohr stecken geblieben oder dreht sich in dem riesigen pazifischen Müllstrudel im Kreis.

„Ach, Asger", flüstere ich in die Nacht hinaus.

Sein Name fühlt sich bittersüß an auf meinen Lippen.

Eher bitter als süß.

Und dann warfen wir die Flasche im hohen Bogen ins Wasser. Wir hörten noch das Platschen, als sie aufkam. Aber die Wellen entzogen sie sofort unseren Blicken. Wie die Hexe im Disneyfilm *Arielle* die Stimme entzieht. Das gierige Meer hat unsere Liebe einfach verschluckt. Asger und ich feierten den Moment und küssten uns.

Dann platzte die schöne schillernde Luftblase, meine Familie und ich stiegen am nächsten Morgen ins Auto und – das war's.

Nur ein Traum, weiter nichts.

Mir wird kalt in der Brise. Aus dem nahen Wäldchen höre ich den Gesang einer Nachtigall. Dann schließe ich das Fenster und gehe wieder zu Bett.

Am nächsten Tag bin ich glücklicherweise wieder ich selbst, bodenständig im Alltag und in dem Leben angekommen, das ich für mich gewählt habe.

Ich mag das *BBQ*. Es ist ein uriges Restaurant, in dem es nicht nur Gegrilltes, sondern auch gute Appetizer, Salate und Geräuchertes gibt. Romy und ich haben dieses Lokal mal rein zufällig beim Shoppen entdeckt.

Als ich es betrete, ist von meiner Schwester noch nichts zu sehen. Typisch. Ich bin gewöhnlich vor der Zeit da, und sie ist die notorische Zuspätkommerin. Zumindest was unsere Verabredungen anbelangt. Ich glaube, generell ist sie auch gern pünktlich. Keine Ahnung, wieso das zwischen uns anders läuft.

Ich schaue mich im Innenbereich um. In der Mittagszeit ist es im *BBQ* oft recht voll, weil es sehr zentral liegt und viele Firmenmitarbeiter es in der Mittagspause zum Essengehen oder auf einen Kaffee nutzen. Ich hätte besser einen Tisch reservieren sollen, vor allem, weil heute auch Wochenende ist. Jetzt schlängele ich mich um besetzte Plätze, um Kellner und das Brunchbuffet herum, das noch vom Morgen aufgebaut ist.

Es sieht hoffnungslos aus, so voll ist es hier. Ich will schon resignieren und mich über meine Fahrlässigkeit ärgern, als am Fenster zwei ältere Damen aufstehen und einen Tisch frei machen.

Sofort stürme ich hin und sichere mir den Platz. Um Romy Orientierung zu bieten, schicke ich ihr eine Nachricht.

Bin schon drin. Hinten rechts am Fenster. Es ist rappelvoll.

Ich packe das Handy in meine Handtasche, hänge sie über die Stuhllehne und schaue hinaus auf den Marktplatz, wo reges Treiben herrscht. Zehn Minuten später trödelt meine Schwester endlich ein. Ich freue mich, sie zu sehen, und winke ihr zu.

Dafür, dass sie Urlaub hatte, sieht sie echt fertig aus. Sie trägt ihre wunderschönen pechschwarzen Haare offen, die sich über ein rotes Top ergießen.

„Hi!", begrüße ich sie, als sie am Tisch angekommen ist. Ich stehe auf und umarme sie kurz, aber innig. „Mal wieder spät dran, aber schöne Idee, dass wir uns treffen! Das haben wir lange nicht gemacht."

„Hey", sagt sie und macht es sich auf dem Platz mir gegenüber bequem. „Ja, tut mir leid, ich habe keinen Parkplatz gefunden. Wollte erst mit dem Rad kommen, aber das hat einen Platten, und zu Fuß hätte ich es nicht rechtzeitig geschafft. Hast du schon was bestellt?"

„Nein, ich hab auf dich gewartet", antworte ich und reiche ihr eine der beiden Menükarten. Romy atmet tief durch und wirft sich die Haare über die Schultern.

„Ist alles okay?", frage ich. „Du siehst ziemlich k.o. aus."

„Das bin ich auch", gesteht sie, baut einen Turm aus ihrem Portemonnaie, dem Handy und ihrem Autoschlüssel.

„Hm", mache ich. „Willst du gleich darüber reden oder erst bestellen?"

„Erst bestellen." Meine Schwester bemüht sich um ein Lächeln. Aber ich sehe ihr an, dass ihr eher nach Heulen zumute ist. Oje, was ihr wohl auf dem Herzen brennt.

„Erzähl du doch erst mal, Elisa. Wie geht es dir so? Hast bestimmt schönere Sachen zu berichten als ich."

Während wir auf den Kellner warten, bei dem wir zunächst Getränke ordern, erzähle ich vom gestrigen Elternabend und dem tollen Konzept der Selbstbehauptung für Kinder. Romy ist nicht wirklich bei der Sache, was ich ihr angesichts der Tatsache, dass sie Blei auf dem Herzen haben muss, nicht übel nehme.

Wir suchen uns zwei Gerichte aus, bestellen, als unsere Getränke kommen, und dann kann ich nicht länger warten.

„Was ist los bei dir?", frage ich. „Ist dir was passiert?"

„Das kannst du laut sagen ..." Sie ringt nach Worten. Langsam macht sie mir Angst. So kenne ich sie gar nicht.

„Elisa ..." Meine Schwester schiebt die Tischdeko herum, rückt sie gerade, zupft an den Blättern der künstlichen Topfpflanze. „Als Erstes möchte ich mich bei dir entschuldigen. Dass ich eine echt ätzende kleine Schwester gewesen bin. Also damals. Als wir noch mit Mama und Papa in Urlaub gefahren sind. Ich war wohl oft sehr bescheuert. Zu dir. Tut mir leid."

Ich weiß nicht, wieso sie jetzt diesen alten Schuh auspackt. Keine Ahnung, worauf sie damit hinauswill. Ich rutsche auf dem Stuhl herum und werde nervös. Romina hat sich noch nie bei mir entschuldigt. Nicht, dass es da etwas gäbe, wofür sie sich entschuldigen müsste.

„Okay …", bringe ich heraus. „Kein Thema. Ich bin deswegen nicht sauer auf dich, falls du das denkst. Ich meine, wir waren halt in der Pubertät. Ist doch normal."

Sie lächelt schwach. Wenn es ihr hilft, verzeihe ich ihr diese unwichtige Sache gern.

„War das schon alles?", hake ich nach.

Romy trinkt einen großen Schluck Cola und schüttelt den Kopf. „Ich weiß, du willst nichts davon hören, aber ich muss mit dir über Dänemark reden."

„Romy, ich …"

„Nur dieses eine Mal noch!" Sie hat eine Tonlage drauf, dass ich nicht zu widersprechen wage. Plötzlich wirkt sie wacher und sehr impulsiv.

„Ich habe Scheiße gebaut. Richtige Scheiße, Elisa."

Und schon sackt sie wieder in sich zusammen. Ein zerbrechliches Häufchen Elend sitzt mir gegenüber. Romy kämpft mit den Tränen.

„Du kannst es mir sagen", ermutige ich sie. „Ehrlich. Was immer es ist. Ich bin für dich da."

Und dann legt sie los. Ihre Stimme bricht beinahe, als sie von irgendeiner Dating-App erzählt, über die ihre Freundin Sybille einen Typen kennengelernt hat. Sie erzählt von einem Konzert, einer temporären Erblindung, und dass sie unter falscher Identität nach Dänemark gefahren ist, diesen Magnus gepflegt und sich dabei in ihn verguckt hat.

Mit jedem Wort bleibt mir die Spucke noch mehr weg. Als der Kellner unser Essen bringt, verstummt sie, schaut zu Boden, damit er nicht sieht, dass sie weint. Ich schiebe ihr meine Serviette hin. Die gegrillten Burger und die Süßkartoffelpommes bemühen sich vorerst vergebens, uns mit ihrem Duft zu verführen.

„Okay", stimme ich zu. „Da hast du wirklich richtigen Scheiß gebaut. Wieso hast du dich überhaupt darauf eingelassen? Hattest du Angst, dass Sybille dich aus der Schneiderei schmeißt, wenn du nicht nach ihrer Pfeife tanzt?"

„Das wird sie jetzt sowieso tun", murmelt meine Schwester.

„Sorry, ich habe gerade verstanden, dass sie das sowieso tun wird. Kannst du bitte deutlicher sprechen?"

Romy schaut mich an. Sehr ernst.

„Genau das habe ich gesagt."

Ich reiße die Augen auf.

„Wie jetzt? Spinnt die? Das war doch ihre dumme Idee, und es war ja wohl klar, dass der Schuss in den Ofen geht! Selbst schuld, würde ich da mal sagen. Dafür kann sie dir nicht kündigen!"

Meine Schwester taucht eine Pommes in die Barbecue-Soße. Dippt sie rein und raus, bis sie ganz matschig ist. Ich dagegen habe so einen Hunger, dass ich nicht länger warte und zu essen beginne.

„Hat dieser Magnus bemerkt, dass du nicht Sybille bist?", frage ich.

„Er nicht, aber sein Freund William."

Und dann redet sie weiter. Wie ein Wasserfall. Dass sie das mit Sybilles Bindungsängsten verplappert hat, dass dieser William ihr ein Ultimatum gestellt hat, Magnus die Wahrheit zu sagen.

Dass sie daraufhin einen Brief geschrieben und darin alles erklärt hat, dass sie verzweifelt ist über ihre hoffnungslose Liebe und in einer Nacht-und-Nebel-Aktion das Weite gesucht hat.

„Warst du mit ihm im Bett?", will ich freiheraus wissen.

Romys Blicke könnten in diesem Moment töten.

„Danke, dass du so von mir denkst! Als ob ich *das* auch noch unter falschem Namen tun würde."

„Hey, ich denke nicht so von dir. Aber wenn ihr schon geknutscht habt und er glaubt, du wärst sein Date … Da passiert schnell mal was, was gar nicht passieren dürfte."

„Okay, das mit Magnus ist auch gar nicht die eigentliche Story", sagt sie wie aus heiterem Himmel, und fast bleibt mir der Burger im Hals stecken.

„Was?" Ich schlucke und trinke Cola hinterher. „Kann es denn noch schlimmer werden?"

„Kann es. Und wird es."

Romy hat ihr Essen immer noch nicht angerührt. Der Kellner schaut schon herüber und kommt sicher gleich an den Tisch, um zu fragen, ob mit dem Burger was nicht stimmt. Jetzt lege ich meinen auch zurück auf den Teller. Ihre Worte machen mir Angst.

„Hat er dir was angetan?", frage ich mit einem Kloß im Hals.

„Blödsinn!" Romy schaut halb amüsiert, halb erstaunt. „Magnus ist ein absolut korrekter und feinfühliger Mensch. Oh Mann, du müsstest ihn mal kennenlernen … Er ist jedenfalls korrekter als ich."

„Ihn kennenlernen? Er ist Däne – also nein danke."

„Genau genommen kennst du ihn schon", flüstert Romy.

Mir gefriert das Blut in den Adern.

„Wie meinst du das?", will ich wissen. „Was soll das heißen? Ich kenne keinen Magnus. Und generell kenne ich niemanden mehr in Dänemark. Will ich auch gar nicht!"

„Sie haben ihn damals anders genannt", fährt meine Schwester damit fort, mir Kerben ins Herz zu schlagen.

„Snorre", flüstert sie.

Snorre, hallt es hundertfach in meinem Kopf nach. Ich falle gegen die Stuhllehne und klammere mich an die Armstützen. Das ist ein Albtraum. Ich befinde mich in einem verdammten Albtraum!

„Sybille hat Snorre über die App kennengelernt. Und ich war bei ihm. Er spielt immer noch Gitarre. Wusstest du, dass er damals Straßenmusiker war?"

Ihre Stimme klingt monoton. Mein Kopf fühlt sich an, als klemmte er zwischen einem Hi-Hat. Snorre. Romy war bei Snorre. Ich hatte diesen Typ gar nicht mehr auf dem Schirm. Er war immer nur der blasse Musiker, der mit Asger abgehangen hat. Hatte keine weitere, nennenswerte Bedeutung. Und jetzt war meine Schwester bei ihm. Ich will nicht wissen, wie es weitergeht. Ich will es nicht wissen!

„Hör auf", flehe ich sie an.

„Und dieser William, der mich ertappt hat, das ist Bill."

„Hör auf!"

„Elisa, ich habe in Magnus' Werkstatt was gefunden …"

„*Hör auf!*", schreie ich und schlage mit der Faust auf den Tisch.

Viele der anderen Gäste schauen zu uns herüber. Heiße Tränen steigen in meinen Augen auf.

„Ich will nichts darüber hören, Romy! Es ist mir egal, kapierst du das? Ich will nicht wissen, wo du warst, was aus Snorre oder Bill geworden ist oder was du irgendwo gefunden hast. Verstehst du das? Genau *das* ist der Grund, wieso ich dieses Thema nie wieder ansprechen wollte. Dänemark ist durch! Alles, was damals passiert ist. Ich möchte jetzt gern zahlen."

Ich hebe den Arm, um dem Kellner zu winken. Romy greift sanft nach meinem Handgelenk und zieht meinen Arm wieder herunter.

Tränen rollen über meine Wangen.

„Ich habe in der Werkstatt eure Flaschenpost gefunden."

Mir entfährt ein kurzes Lachen. Ich wische die Tränen in den Ärmel meines Pullis. Erwache ich denn nicht bald aus diesem schrecklichen Traum?

„Das ist ja schön für dich", antworte ich. „Hoffentlich hast du sie an die Wand gepfeffert."

Romy schweigt, während sich in meinem Kopf ein rauschender Fluss ins Tal stürzt. Alles in mir fühlt sich leer und taub an.

Das kann nicht stimmen. Sie muss sich getäuscht haben.

Die Flaschenpost. So was gibt es nicht! Wie viele Männer leben in Dänemark? Wieso sollte Sybille ausgerechnet Snorre kennenlernen? Wie sollte diese Flaschenpost in seinen Besitz gekommen sein? Ich war selbst dabei, als Asger sie weit raus aufs Meer geworfen hat. Magnus kann sie nicht besitzen!

Während ich schwere innere Kämpfe mit mir austrage, schiebt Romy mir ihr Handy vor die Nase. Ein Foto in ihrer Galerie ist geöffnet. Ich will gar nicht hinsehen. Ich habe Angst, dass ich Asger sehen werde. Aber da ist kein Mensch auf dem Bild.

Als ich es doch betrachte, wird mir schwindelig. Es ist … es ist der Brief, den wir geschrieben und in die Flasche gesteckt haben. Asgers Handschrift. Neben meiner. Tränen tropfen auf Romys Display. Ich schüttle den Kopf. Immer wieder. Ich lese und lese. Immer wieder. Seine Adresse. Meine Adresse. Seine Adresse. „Nein", flüstere ich. „Nein. Nein. Das kann nicht sein."

„Ich habe es auch erst nicht geglaubt", redet Romy auf mich ein. „Ich habe genauso dagesessen wie du jetzt gerade. Ich habe geheult und es nicht glauben können."

Sie nimmt meine Hand und streicht liebevoll darüber.

„Elisa", sagt sie. „Das ist es doch, was ihr beide gewollt habt. Die Flasche wurde gefunden, begreifst du, was das bedeutet? Ihr sollt eine zweite Chance bekommen!"

„Das ist doch Schwachsinn!", rufe ich und ziehe meine Hand weg. Ich schließe das Foto und schiebe ihr Handy zurück über den Tisch. „Wieso steht die Flasche dort bei ihm, wie ist er in ihren Besitz gekommen? Und wenn Asger damals sein bester Freund gewesen ist, wieso hat er ihn nicht kontaktiert, als er die Flasche gefunden hat? Vielleicht hat Asger mich längst vergessen. Überleg doch mal, das sind jetzt elf Jahre, Romy! *Elf* Jahre! Wir sind hier nicht bei *Wünsch dir was*! Im echten Leben gibt es keine Happy Ends."

„Und wenn doch?", beharrt sie. „Wenn Gott alles so geführt hat? Mit Sybille und der App? Mit Magnus? Dass ich für sie dorthin musste, um für euer Glück zu sorgen?"

„Ja klar!", rufe ich. „Weil Gott neuerdings durch Lügen agiert."

Romy schlägt die Augen nieder. Damit habe ich sie sehr getroffen.

„Tut mir leid, so war das nicht gemeint", rudere ich zurück.

„Wenn ich eines über Gott weiß", sagt Romy, „dann, dass er selbst aus den schlimmsten Lügen und Sünden das Beste herausholen kann."

Ihre Worte sind wahr. Das glaube ich auch.

„Ich kann Magnus einfach nicht vergessen, obwohl ich ihn nicht mal kenne. Er ist ein Fremder für mich. Aber mein Herz sagt was anderes. Tja, Pech gehabt, Romina. Aber du und Asger … Ich opfere meine Liebe gern für eure. Bitte, fahr zu ihm und sprich dich mit ihm aus. Mir zuliebe, Elisa. Sonst ist der Verlust von Magnus unerträglich und sinnlos für mich. Ich stehe dir bei und bin für dich da. Bitte, tu es!"

„Ich mache mich doch nicht lächerlich. Er wird mich längst vergessen haben."

„Nein. Er war ein Jahr krank deinetwegen. Und als es ihm endlich etwas besser ging, hat Magnus die Flasche gefunden und dir geschrieben. Asger weiß nichts davon. Magnus wollte ihm neuen Schmerz ersparen. Sein Brief hat dich nie erreicht, weil wir umgezogen sind. Erinnerst du dich?"

Kapitel 18 ✿ Elisa, 2024

Erinnerst du dich?, hallt Romys Frage in mir nach. Ich lache leise und gequält. Und wie ich mich erinnere. Genau das war der Grund, wieso ich mich mit Händen und Füßen gegen einen Umzug gesträubt habe. Ich wollte nicht fort, denn ich hatte noch immer die Hoffnung, dass die Flasche gefunden und ich kontaktiert werde. Was für eine Farce des Schicksals!

Vielleicht war es aber damals noch nicht an der Zeit für unsere Liebe. Wieso sonst passiert all das jetzt erst, nach elf Jahren? Vielleicht mussten Asger und ich erst erwachsen werden. Ausbildungen machen, studieren, mit beiden Beinen im Leben stehen. Ich weiß es nicht. Ich weiß im Augenblick gar nichts. Nur, dass mein Herz nach all den Jahren noch genauso wehtut wie damals. Dass Asger bis heute die Liebe meines Lebens ist und ich nie über ihn hinweggekommen bin.

„Du sagst, er war meinetwegen krank?", frage ich mit zitternder Stimme. „Und er weiß nichts von der Flaschenpost?"

„Nein, er weiß es nicht", antwortet Romy, die mittlerweile ihren Burger isst. „Magnus hat sich um ihn gekümmert, bis es Asger besser ging. Das hat William mir erzählt."

„Und meinst du, es gibt noch einen Hauch Hoffnung für uns?", will ich wissen. Ich werde nichts, rein gar nichts riskieren, wenn ich nicht ganz sicher bin, dass es sich lohnen würde.

„Ich weiß, dass er nie geheiratet hat, falls du das meinst", antwortet Romy.

Für eine Weile schweigen wir. Romys Appetit ist schön anzusehen. Wenigstens ihr schmeckt es. Unsere Rollen haben sich vertauscht. Der Kellner schaut glücklich zu uns herüber. Sicher denkt er, dass es nichts auf dieser Erde gibt, das ein guter Burger nicht fixen kann.

„Also hast du einen Plan?", frage ich weiter.

Romy nickt.

„Klar", sagt sie. „Bekommst du nächste Woche spontan Urlaub?"

„Eher nicht, wir sind dauernd unterbesetzt."

„Gut, dann fahren wir heute. Es ist Wochenende."

Ich schaue meine Schwester ungläubig an. Sie will das echt durchziehen.

„Aber du ... du bist gestern erst zurückgekommen", stammle ich. „Ja, und?"

„Bekommst du denn spontan Urlaub?"

Romy lässt ihr Essen auf den Teller sinken und wischt sich die Hände an der Serviette ab. Sie sieht wieder so traurig wie zu Beginn unseres Gesprächs aus.

„Wie gesagt, Sybille schmeißt mich vermutlich eh raus."

„Was genau heißt denn das?", hake ich nach. „War das eben also ernst gemeint? Ich dachte, du hättest das nur so dahingesagt."

„Leider nicht", erwidert sie.

Wir lassen unsere Burgerreste abräumen und bestellen zwei Tassen Kaffee.

„Gestern Abend gegen Mitternacht", erzählt Romy, „hat Sybille mir eine Nachricht geschrieben. Sie hatte das Handy während des Konzerts im Flugmodus. Als sie es wieder angemacht hat, schrieb sie, dass Magnus über die *Lovebirds-App* mit ihr Schluss gemacht und sämtliche Chats gelöscht habe."

„Oje", sage ich. „Das tut mir leid. Aber was hat sie erwartet? Das war doch abzusehen."

„Wir haben dann telefoniert", fährt Romy fort. „Du kannst dir nicht vorstellen, wie sauer sie auf mich ist. Sie gibt mir an allem die Schuld."

Während sie redet, bilden sich wieder Tränen in ihren Augen. Sie tut mir so leid. Meine arme kleine Romy.

„Aber Sybille steckt doch selbst knietief mit in diesem Mist!", rufe ich.

„Ich war es, die Magnus von ihren Problemen erzählt hat. Ich hab ihm gesagt, dass ich mit Sybille die Rolle getauscht hab. Dass wir ihn hintergangen und belogen haben. Dass ich mich in ihn verliebt habe. Das ist übrigens das Allerschlimmste. Das kann sie mir nicht verzeihen. Sie wirft mir vor, provoziert zu haben, dass er mich küsst. Dass ich die Situation ausgenutzt hätte, um mich an ihn zu schmeißen. Oh, sie hat so viele gemeine Dinge zu mir gesagt, Elisa."

„Ich konnte sie noch nie wirklich ausstehen. Sie ist ein männerfressendes Insekt."

Romy schüttelt traurig den Kopf.

„Nein", flüstert sie. „Das ist Sybille nicht. Sie ist doch auch nur auf der Suche nach ihrem Glück. Sind wir das nicht alle? Und dieses Mal hatte sie wirklich gehofft, Magnus könnte der Richtige sein."

„Und das rechtfertigt, wie sie dich behandelt?" So langsam werde ich wütend. „Komm schon, Romy! Wie seid ihr denn verblieben?"

Meine Schwester spielt wieder mit der Tischdeko. Dann ordnet sie die Schlüssel an ihrem Bund.

„Sie meinte, wir sollten beide eine Nacht darüber schlafen. Aber bis jetzt habe ich noch nichts von ihr gehört. Und nun Themawechsel", sagt sie und schaut auf. „Willst du jetzt zu Asger oder nicht?"

Mir rutscht das Herz in die Hose. Ich hätte nicht damit gerechnet, je in meinem Leben vor dieser Wahl zu stehen, jemals wieder von ihm zu hören oder seinen Namen noch mal laut auszusprechen. Heute habe ich es schon mehrfach getan.

Sein Name. Er fühlt sich auf meiner Zunge wie das Salz an, das man zu einem Tequila nimmt. Wie die Zitrone, in die man hineinbeißt und deren bitterer Saft in den Lippenfissuren brennt.

„Ich weiß nicht, ob ich die Kraft dazu habe", flüstere ich. „Ich habe Angst, Romy. Angst, ihn wiederzusehen und ihn dann noch einmal zu verlieren."

Sie schaut mich verständnisvoll an. Ich liebe ihr Lächeln. Es ist voller Güte und Mitgefühl. Das ist es schon immer gewesen.

„Ich weiß", sagt sie. „Aber stell dir vor, du versuchst es erst gar nicht. Du würdest dich für den Rest deines Lebens fragen: Was wäre, wenn? Du würdest dich weiter quälen und nie wirklich damit abschließen können. Wäre es nicht besser, ein für alle Mal Klarheit zu haben?"

Sie hat recht.

„Doch", antworte ich. „Doch, das wäre besser. Lass uns zahlen."

„Okay", sagt meine Schwester, als wir das Lokal verlassen haben. „Es ist jetzt zehn vor eins. Schaffst du es, um zwei abfahrbereit zu sein?"

„Oh Gott, so schnell? Wie soll ich denn in der Zeit duschen, eine Tasche packen ... Geschweige denn wissen, was ich anziehen soll?"

Ich gerate gehörig in Panik. Romy bekommt einen Lachanfall. Sie greift in meine Haare und durchkämmt sie mit den Fingern. „Du bist die Hübschere von uns beiden, Elisa. Ganz egal, was du auch trägst – du siehst immer wunderschön aus."

„Das sagst du nur, weil du mich beruhigen willst."

„Ertappt. Und weil ich um Punkt zwei vor deiner Tür laut hupen werde. Und ich werde nicht aufhören, bis du eingestiegen bist. Außerdem möchte ich nicht zu spät in Esbjerg ankommen. Wenn wir nicht überall anhalten, können wir um sieben da sein."

„Danke", sage ich und ziehe Romy in meine Arme. „Danke, dass du mir von alldem erzählt hast und diese Sache mit mir durchziehst."

„Ich tu das sehr gern", gibt sie zurück. „Wenn du glücklich bist, dann bin ich es auch."

Während ich eine Dusche nehme, kann ich nicht glauben, was ich im Begriff bin zu tun. Ich kann noch gar nicht fassen, begreifen oder realisieren, was in den letzten Stunden passiert ist. Alles scheint sich zu überschlagen. Auf diesen Tag, auf diesen Moment habe ich seit elf Jahren gewartet. Ich habe nicht mehr damit gerechnet, dass es passieren wird. Und jetzt?

Ist es wirklich wahr? Fahre ich gleich nach Dänemark? In mein verhasstes Dänemark, in dem mir vor so vielen Jahren das Herz gebrochen worden ist? Das mich so zerstört hat, dass ich seitdem nie wieder in der Lage war zu lieben?

Werde ich Asger wiedersehen? Wird er überhaupt zu Hause sein? Was, wenn er verreist ist? Wenn er gerade jemanden verloren hat und in Trauer ist? Wenn er eine Freundin hat und sie mir die Tür öffnet? Was, wenn er wirklich Chirurg oder Pilot geworden ist und arbeitet? Vielleicht hat er Nachtschicht im OP oder fliegt gerade nach China.

Was, wenn er nicht mehr der Asger von damals ist? Wenn er meinetwegen Alkoholiker geworden ist, arbeitslos, wenn er einen Bierbauch hat und einen ungepflegten Bart, der ihm bis auf die Brust hängt?

Nein, ich darf nicht über diese ganzen Wenns und Vielleichts nachdenken. Dies ist die Chance, auf die ich seit elf Jahren gewartet habe. Ich wäre dumm, sie nicht beim Schopf zu packen.

Und ich bin nicht allein.

Ich lächle, als ich die Brause abstelle und aus der Dusche steige. Romy. Ich habe die beste Schwester der Welt! Wenn alles schiefgeht, wenn Asger von der Liebe meines Lebens zur Enttäuschung meines Lebens mutiert sein sollte, dann wird meine Schwester bei mir sein.

Ich trockne mich ab und föhne mir die Haare. Sie sind dunkelblond und reichen mir bis zur Schulter. Der Bob ist ein wenig rausgewachsen, aber das finde ich gar nicht mal schlecht.

Ich kämme ihn über die Rundbürste nach innen, fixiere alles mit Haarspray und vermute mal, dass die Frisur nach einer fünfstündigen Autofahrt eh nicht mehr so sitzen wird, wie sie sollte.

Aber das ist mir egal. Wenn Asger mich wirklich noch so liebt, wie ich ihn liebe, dann wird er mich nicht wegen einer auseinandergefallenen Frisur stehen lassen.

Ich lege mir kleine Perlenohrringe an, schminke mich dezent und entscheide mich ziemlich schnell für einen dunkelgrauen Pullover mit V-Ausschnitt, meinen braunen Leder-Bleistiftrock und dazu weiße Sneakers. Weil wir nur eine Nacht in Dänemark bleiben werden, habe ich keine Probleme, das Nötigste einzupacken, und schaffe es tatsächlich, um Punkt zwei Uhr vor der Haustür zu stehen. Mein Herz schlägt Stakkato. Ich bin so aufgeregt wie zuletzt bei einem Flötenkonzert in der Grundschule.

Romy ist nur zwei Minuten zu spät. Sie hält auf meiner Höhe, mustert mich mit offenem Mund und großen Augen.

„Hey, hübsche Frau", ruft sie, als sie das Fenster runterlässt. „Hast du meine Schwester gesehen?"

„Blöde Kuh", antworte ich scherzend und steige ein.

„Ist das too much? Oder zu wenig?", verlange ich eine ehrliche Antwort. Romy schenkt mir wieder ihr schönstes Lächeln.

„Es ist genau richtig", sagt sie. „Wenn er dir in diesem Outfit nicht noch heute Abend einen Antrag macht, dann bekommt er es mit mir zu tun."

„Na ja", erwidere ich. „Erst mal ankommen und schauen, ob der Asger in meinem Herzen überhaupt noch etwas mit dem echten gemeinsam hat. Weißt du, man glorifiziert die Dinge oft, wenn man zurückschaut. Aber er hat sicher auch seine schlechten Seiten."

„Wer hat die nicht?"

Wir sind etwa eine halbe Stunde unterwegs, als Romys Handy klingelt. Weil sie fährt, hat sie die Freisprechanlage aktiviert.

„Hey", höre ich Sybilles Stimme. „Ich bin jetzt auf dem Heimweg. Hast du Zeit zu reden?"

Romy schaut mich an und legt den Zeigefinger auf die Lippen. Ich kapier schon. Ich werde mich komplett aus dieser Unterhaltung raushalten. Vorerst zumindest.

„Hallo, Bille", sagt meine Schwester, und ich schaue brav aus dem Fenster.

„Ich bin gerade auch unterwegs, habe aber Zeit zu reden."

„Okay, ich will alles wissen. Was hast du angestellt, dass Magnus Schluss gemacht hat?", geht sie direkt in die Vollen.

„Ich habe nichts angestellt", sagt Romy mit einer Seelenruhe. „Ich habe ihm die Wahrheit gesagt, so, wie wir es von Anfang an hätten tun sollen. Aber das alles haben wir bereits besprochen."

Sybille ist hörbar sauer. Sie schnaubt.

„Wenn ich es ihm nicht gesagt hätte, hätte Magnus es von William erfahren. Ich hatte also keine Wahl."

„Ich denke, du solltest dir die Aufträge für kommende Woche mit nach Hause nehmen", sagt Sybille. „Ich weiß ja, dass du eine super Maschine besitzt. Homeoffice sozusagen. Ist ja eh nur eine halbe Woche wegen Feiertag. Und die Woche danach nimmst du dir Urlaub. Ich brauche erst mal Zeit, um runterzukommen. Du hast da echt Mist gebaut, Romina. Ich meine, du hättest es verhindern können, dass dieser William dich sieht."

Mir bleibt die Spucke weg! Ich will mich einmischen, aber Romy wirft mir einen flehenden Blick zu. Also schlucke ich meine Wut runter.

„Okay", sagt meine Schwester. Wie kann sie so ruhig bleiben? „Dann hole ich am Montag die Stoffe ab, und wir sehen uns in zwei Wochen."

„Gut, dann bis in zwei Wochen", erwidert Sybille und beendet das Gespräch.

Ich schüttle den Kopf und schaue aus dem Fenster.

„Die beruhigt sich schon wieder", meint Romy.

„Ich bin echt entsetzt", antworte ich. „Ich hoffe wirklich, dass du recht hast. Aber wenn nicht, helfe ich dir, eine neue Stelle zu finden."

„So ist Sybille. In zwei Wochen hat sie längst wieder jemand Neues kennengelernt. Glaub mir. Außerdem hatte ich dieses Jahr noch keinen Urlaub, und es passt mir gerade gut. Ich brauche Zeit, um das mit Magnus zu verarbeiten." Sie macht eine kurze Pause und fügt dann hinzu: „Ich hätte es nicht verhindern können, dass William mich sieht. Er stand plötzlich einfach da. Wie aus dem Nichts."

„Ich glaube dir", flüstere ich.

Romy schweigt. Ich beobachte sie aus den Augenwinkeln. Meine kleine Schwester war schon immer sehr tough. Aber ich kann mich nicht daran erinnern, dass sie mal so richtig Liebeskummer gehabt hätte. Snorre scheint der erste Mann zu sein, der ihr wirklich viel bedeutet.

„Woran denkst du?", frage ich. „Ich sehe doch, dass dich noch immer etwas beschäftigt."

Sie zuckt mit der Schulter und will es wieder weglachen. Aber es gelingt ihr nicht.

„Komm schon, Romy."

„Ich verstehe nicht, wieso er Schluss gemacht hat", murmelt sie.

„Äh, liegt das nicht auf der Hand?"

„Er hat doch meinen Brief gelesen." Ihre Stimme klingt zerknirscht. „Wieso nimmt er meine Entschuldigung nicht an? Wie kann er alles so knallhart ignorieren? Die Geschichte, dass wir uns von damals kennen, dass ich deine Schwester bin, dass … ich mich in ihn verliebt habe. Weiß er denn nicht, dass ich es ehrlich meine?"

Ich seufze. Romy hat noch viel zu lernen.

„Ich denke, er vertraut euch nicht mehr. Ihr habt ihn beide verarscht. Was erwartest du? Natürlich will er nichts mehr von euch wissen. Von keiner von euch. Oder glaubst du, so ein Brief ändert alles, und damit ist die Welt wieder okay?"

„Ja", flüstert Romy. „Ehrlich gesagt, habe ich genau das geglaubt. Dass die Aufrichtigkeit meiner Worte ihn berührt. Dass ich zu meinem Fehler stehe und ihn um Verzeihung bitte."

„Dafür liebe ich dich, Romy", sage ich und streiche über ihre Wange. „Dass du so grundgut und naiv bist und immer das Beste in den Menschen siehst. Leider wird dir diese Einstellung immer wieder das Herz brechen."

Kapitel 19 ✂ Romina, 2024

Bis zur Grenze zieht sich die Fahrt. Die nervigen Baustellen, der Wochenendverkehr. Ich hoffe, dass wir bis sieben in Esbjerg sind. Je näher wir der Grenze kommen, desto unruhiger werde ich. In meinem Magen macht sich ein mulmiges Gefühl breit, mein Herz klopft schneller als sonst, und ich kann nicht glauben, wieder hier zu sein. Erst gestern habe ich dieses Land in einer Nacht-und-Nebel-Aktion verlassen und wollte eigentlich nie wieder hierher zurückkehren. Erst gestern habe ich mich aus dem noch schlummernden blauen Haus geschlichen, Magnus' Gitarre hinter dem Sofa lehnen sehen. Unsere Weingläser auf dem Wohnzimmertisch. Gestern war die Blase, in der ich für wenige Stunden gelebt habe, noch perfekt.

Heute bin ich wieder hier. Diesmal in der Realität.

Ich komme zurück als Romina zusammen mit meiner Schwester Elisa, die Asger sucht. Ich darf ich sein, ich darf wahrhaftig und authentisch sein und muss mich nicht verstecken. Wie gut, dass ich nur bis Esbjerg fahren muss und nicht bis nach Nymindegab. Werden wir Asger antreffen? Ob William oder Magnus ihn schon kontaktiert und ihm von Elisa und mir erzählt haben? Wahrscheinlich nicht, denn sie haben Elisas aktuelle Adresse nicht. Und wenn sie den Kontakt zu ihm jetzt nicht suchen würde, dann würde Asger wieder so verletzt dastehen wie vor elf Jahren.

Sosehr ich mich auch anstrenge, an Asger zu denken und an einen glücklichen Ausgang für ihn und meine Schwester; meine Gedanken driften immer wieder ab.

Nach Nymindegab. Zu Magnus. Es wäre so leicht hinzufahren. Mich in ein Restaurant zu setzen oder durch den Ort zu schlendern. Vielleicht würde ich ihn sehen. Er würde mich nicht erkennen, solange ich nicht mit ihm spreche. Er weiß ja gar nicht, wie ich aussehe.

Ich könnte aber auch einfach bei ihm anklopfen und meine Mütze zurückverlangen.

„Bist du okay?", fragt Elisa und mustert mich. „Dein Schweigen bereitet mir langsam Sorgen."

„Ich konzentriere mich aufs Fahren", lüge ich.

Oh, stimmt ja. Im Lügen bin ich neuerdings Profi.

„Tu ich doch nicht", lege ich schnell nach. Ich will nicht mehr lügen.

„Du fährst unkonzentriert?"

„Ja."

„Soll ich dich ablösen?"

„Nein."

„Romy!"

„Wir sind in einer Stunde da", sage ich. „Das schaff ich schon noch."

„Lass uns eine Pause machen", schlägt Elisa vor.

„Ich möchte schnell ankommen, sodass es für euch nicht zu spät wird. Ich denke, ich suche in der Zwischenzeit nach einem Hotelzimmer für uns."

225

„Vermutlich wird es eh spät bei mir. Mal angenommen, Asger freut sich, dass ich auf einmal vor seiner Tür stehe. Bestimmt werden wir viel zu erzählen haben. Fahr einfach schon ins Hotel, und ich schreibe dir, sobald ich nachkomme."

„Abgemacht."

„Ist wirklich alles okay mit dir?", hakt Elisa nach.

Ich nicke. Ich möchte sie jetzt nicht mit meinem Kram belästigen. Sie ist sicher nervös genug. Und einen wirklich hilfreichen Rat hätte sie ohnehin nicht für mich. Denn es gibt keinen.

Kapitel 20 ❀ Elisa, 2024

„Da wären wir", sagt Romy und parkt den Wagen an der Straße. Wir befinden uns in einem schicken Wohnviertel. Gelbe, rote und weiße Häuser reihen sich aneinander. Weiße Sprossenfenster schauen auf das Kopfsteinpflaster der Straße. Vor den Häusern stehen vereinzelt Fahrräder. Unser Auto mit dem deutschen Kennzeichen fällt vielleicht in der Innenstadt nicht sehr auf; hier aber schon.

Ich mochte Esbjerg schon damals, als wir oft mit der Familie hergekommen sind. Das urbane Flair, die raue Luft, die bunten Häuser, die von der Fischerei geprägte Hafenstadt mit dem Wasserturm und den berühmten Skulpturen am Meer.

„Ich hatte es mir anders vorgestellt. Düsterer", murmle ich. „Wieder in Dänemark zu sein, meine ich. Nach all der Zeit."

„Bereust du es?"

„Wird sich zeigen."

Romy drückt meine Hand, um mir Mut zu machen. Sie schaut mich so liebevoll an.

„Es wird alles gut", flüstert sie. „Davon bin ich fest überzeugt."

„Für dich aber auch, hoffe ich."

„Klar", ruft sie. „Mach dir um mich mal keine Sorgen. Ich werde erst mal ein Date mit unserem Schneiderei-Stammkunden anpeilen. Der ist wirklich süß."

„Wie, Stammkunde?" Ich schaue meine Schwester überrascht an. „Davon hast du ja noch nie erzählt."

Ihre Hände liegen in ihrem Schoß. Sie schaut scheu weg.

„Tja, keine Ahnung. Vielleicht, weil er gar kein Interesse an mir zu haben scheint."

Ich will antworten, als Romy mir zuvorkommt: „Aber wollen wir jetzt ernsthaft über Max Koch reden, oder willst du nicht viel lieber aussteigen, an die grüne Haustür dort vorne klopfen und dir deinen Asger zurückholen?"

Richtig, da war ja was …

„Oh Mann, Romina!" Ich werde nervös. Meine Handflächen sind vor Aufregung ganz feucht. „Aber in dieser Max-Koch-Angelegenheit ist das letzte Wort noch nicht gesprochen!"

Ich klappe die Sonnenblende runter und werfe einen Blick in den Spiegel.

„Kann ich denn so gehen?", frage ich unsicher.

Der Mascara sieht zumindest noch gut aus. Erstaunlicherweise auch meine Föhnfrisur.

„Hm, lass dich mal anschauen", sagt Romy und begutachtet mich.

„Ich bin nicht sicher, ob du so gehen kannst. Lass uns besser zurückfahren und dir ein anderes Outfit aussuchen."

Ich starre meine Schwester voll Entsetzen an.

„Mensch, natürlich kannst du so gehen!", ruft Romy und lacht mich aus. Sie schlägt auf meinen Oberschenkel. Im ersten Moment will ich ihr eine runterhauen. Aber dann lache ich einfach mit.

„Du kleines Biest", sage ich schließlich und umarme sie. „Bitte wünsch mir Glück. Ich habe solche Angst!"

„Ich wünsche dir alles Glück dieser Erde, Elisa. Genieß den Moment. Wenn am Ende alles gut wird, wirst du dich gern an diesen Augenblick zurückerinnern."

„Danke", sage ich, dann fasse ich nach dem Türgriff und steige aus. Romy zeigt mir zwei hochgestreckte Daumen und strahlt übers ganze Gesicht. Ich bin so froh, dass sie hier ist.

Sie hat versprochen, zu warten, bis ich im Haus verschwunden bin. Und dann noch ein paar Minuten länger, um sicherzugehen, dass ich nicht sofort wieder herauskomme. Aus Gründen, an die ich jetzt nicht denken will.

Ich atme tief durch. Dänemark-Stadtluft. Sie riecht nach Salz, Autoabgasen, nach Frühling und nach Essen, das gerade irgendwo gekocht wird. Ich zupfe meinen Lederrock zurecht, meinen Pulli, und dann gehe ich auf das orangefarbene Reihenhaus mit der grünen Tür zu und finde, ich könnte auch in Irland sein. Dafür habe ich den Norden einst geliebt. Für seinen Menschenschlag und die bunte Architektur. Hier und jetzt nehme ich mir vor: Egal, wie das heute ausgeht, ich möchte diesem wunderschönen Land nicht länger die Schuld an meinem Liebespech geben. Ich möchte hier wieder Urlaub machen, die Strände genießen, die raue Natur, die Einsamkeit ...

Wie sehr ich es vermisst habe, war mir gar nicht bewusst.

Als ich an der Tür ankomme, wird mir heiß und kalt. Da wäre ich also. Hier lebt Asger. Mein Asger. Auf dem Türschild steht *Jensen*. Ich zeichne jeden einzelnen Buchstaben mit dem Finger nach.

Asger Jensen. Ich weiß gar nicht, wie oft ich mir damals ausgemalt habe, einmal selbst diesen Namen zu tragen. Elisa Jensen.

Ein Blick zurück zu Romy, um mir Mut zu holen. Sie springt vor Aufregung fast durch die Windschutzscheibe und zappelt wild mit den Armen herum.

Nun klingle doch endlich, bedeuten ihre Gesten wohl.

Ich nicke und ringe um Mut. Dann tu ich es. Ein einzelner Ton erklingt. Mir rutscht das Herz in die Hose, nur dass ich gar keine Hose trage.

Eine ältere Dame öffnet. Sie hat schwarzgraue Locken, vermutlich Dauerwelle, und auf ihrer Nasenspitze hockt eine Lesebrille. Sie trägt einen karierten Wollrock und einen hellen Kaschmirpullover.

Die Dame mustert mich von oben bis unten und sagt dann mit hochgezogenen Augenbrauen: „Daw?"

„Hej", erwidere ich unsicher. „Äh, sorry. Is Asger at home?"

Ihre Augen verengen sich, als wüsste sie selbst keine Antwort darauf. Vielleicht spricht sie auch einfach kein Englisch.

„Asger?", fragt sie dann.

Ich nicke. Sie dreht sich um, schaut eine Treppe hinauf und ruft irgendwas Dänisches durch den Hausflur.

„One minute please", sagt sie dann wieder in meine Richtung, tritt zur Seite und bedeutet mir mit einer Geste, einzutreten. Ich tue es. Mein Herz klopft so stark, dass ich sicher bin, mein Pulli bebt. Er ist zu Hause. Asger ist zu Hause!

Mir ist plötzlich so schwindelig, dass ich fürchte, jeden Moment in Ohnmacht zu fallen.

Die Frau schließt die Haustür hinter mir und bittet mich in eine gemütliche Wohnküche. Große Lampen hängen über einem rustikalen Holztisch von der Decke herab. Die Küchenzeile unter den Fenstern, die auf das Kopfsteinpflaster hinausblicken, ist lindgrün. Scheibengardinen aus Leinen, über die hinweg ich unser Auto und Romy sehe, die offenbar in ihrem Handy liest. Vielleicht sucht sie online bereits nach einer Unterkunft für uns.

Es ist tröstlich, zu wissen, dass sie da ist.

„Are you a friend of Asger?", fragt mich die Dame nun, die mir einen Stuhl anbietet. Ob sie seine Mutter ist? Eine gewisse Ähnlichkeit besteht auf jeden Fall.

„Yes", antworte ich kurz und knapp.

Alles andere zu erzählen, würde den Rahmen der hoffentlich kurzen Wartezeit sprengen. Ich weiß nicht wohin mit mir, mit meiner inneren Unruhe, Ungeduld, Angst und Aufregung.

Wie sieht er aus, wird er mich sofort wiedererkennen? Wird er sich freuen, mich zu sehen, oder bin ich für ihn nur ein unbequemer Gast aus einer Vergangenheit, mit der er längst abgeschlossen hat?

Ich nehme Platz und schaue mir zur Ablenkung die Deko an. Die Wohnung ist hübsch und stilvoll eingerichtet. Die Vorstellung, dass dies Asgers Zuhause ist, erwärmt mein Herz. Hier ist er also daheim. Hier hat er gelacht und geweint, an mich gedacht und mich ... vergessen?

Dann knarzt die Treppe. Jemand kommt herunter. Ich versteinere in meiner Position, halte die Luft an. Innerlich durchlebe ich ein Erdbeben. Ich sehe nicht, wer da kommt, denn ich sitze mit dem Rücken zur Treppe. Die Züge der Frau hellen sich auf.

„Asger, du har besøg", sagt sie und überlässt ihm das Feld. Während sie verschwindet, spüre ich einen leichten Windzug in meinem Rücken.

„Hej", sagt jemand, und ich erkenne seine Stimme sofort. Sie legt sich wie ein wärmender Umhang um meine versteinerten Glieder. Er fragt mich irgendwas auf Dänisch, kommt um den Tisch herum, und dann schauen wir uns gleichzeitig an.

„Hej", bringe ich noch heraus. Dann nichts mehr.

Wir starren uns an. Minutenlang. Stundenlang. Ich weiß es nicht.

Kapitel 21 ✂ Romina, 2024

Meine Schwester scheint nicht rausgeschmissen zu werden. Ich beobachte das Haus mit der grünen Tür, die verschlossen bleibt. Was dort wohl nun geschieht? Ich würde zu gern Mäuschen spielen.

Stattdessen warte ich wie verabredet noch eine Weile, buche online ein Hotelzimmer und schicke Elisa die Adresse der Unterkunft. Jetzt habe ich nichts mehr zu tun. Ich bin nervös, obwohl ich keinen Grund dazu habe. Dort drinnen scheint es wirklich gut zu laufen. Ich freue mich für meine Schwester. Ich wünsche ihr nichts mehr, als dass Asger und sie einen Neuanfang wagen, ihrer Liebe eine zweite Chance geben und glücklich werden.

Das haben sie verdient – so sehr.

Meine Finger trommeln ungeduldig auf das Lenkrad. Hin und wieder werfe ich einen Blick in den Rückspiegel. Darf ich hier überhaupt so lange parken? Als ich sicher bin, dass Elisa vorerst nicht wieder herauskommen wird, starte ich den Motor. Zum Hotel ist es nicht sehr weit. Die Uhr zeigt zwanzig nach sieben. Ich habe keine Ahnung, was ich allein so früh am Abend im Zimmer anstellen soll. Wer weiß, wann meine Schwester eincheckt? Vielleicht reden sie auch die ganze Nacht. Nach elf Jahren hat man sich immerhin eine Menge zu erzählen. Ich könnte mich an die Bar setzen. Mir ein paar Drinks genehmigen, etwas essen, ein Bad nehmen, fernsehen, schlafen.

Noch während ich darüber nachdenke, weiß ich bereits, was ich tun werde. Seit ich in dieses Auto eingestiegen bin, kann ich an nichts anderes mehr denken. Magnus. Er ist da. Immerzu. In meinem Kopf, in meinen Gedanken, vor meinem inneren Auge, in meinem Herzen, in meinem Magen. Er wühlt mich auf. Er zieht mich an wie ein Magnet das Metall. Er lässt sich einfach nicht vertreiben, lässt mir keine Ruhe. Ich höre seine Stimme in meinem Kopf, spüre seine Wärme auf meiner Haut, seine Küsse auf meinen Lippen. Mein Wagen scheint sich wie von selbst an den Weg zu erinnern, biegt um Kurven, folgt Wegweisern, fährt aus Esbjerg raus und in Richtung Norden. Bis ich ankomme, wird es dämmrig sein, noch nicht ganz dunkel. Also fahre ich langsam. Und ich werde auch langsam gehen, wenn ich den Dünenweg nehme. Was wird Magnus gerade tun? Was, wenn William bei ihm ist? Ich muss auf jeden Fall vorsichtig sein. Aber ich will es riskieren. Ich will ihn sehen.

Während der Fahrt erinnere ich mich an alles, was in den vergangenen Tagen geschehen ist. Natürlich gib es keine Zukunft für uns. Mir ist klar, dass er meinen Brief wohl längst verbrannt hat. Vermutlich zu Recht. Vielleicht hätte ich an seiner Stelle genauso gehandelt. Magnus verdient eine Frau, die ehrlich zu ihm ist. Die nicht mit ihm spielt, ihn nicht an der Nase herumführt und ihm nichts vorgaukelt. Ich habe meine verdiente Quittung erhalten.

Wieso ich nun also auf dem Weg nach Nymindegab bin? Ich denke, um mich zu verabschieden. Um ihn ein letztes Mal zu sehen, mich innerlich von ihm zu befreien. Vielleicht aber auch, um seinen Anblick tiefer in mein Herz zu brennen. Um ihn in mir zu verewigen und für immer davon zu zehren.

Je näher ich der Ortschaft komme, desto unruhiger werde ich. Noch vor wenigen Tagen saß ich wie jetzt in diesem Auto. Unwissend, was geschehen würde. Nicht ahnend, dass dieser Aufenthalt mein Leben verändern und ich dort mein Herz verlieren würde. Ich kam als Sybille und fuhr zurück als Romina.

Heute bin ich nur Romina.

Kurz nach Sonnenuntergang erreiche ich Nymindegab. Ich passiere das Schaufenster, in dem Magnus' Skulpturen und Kunstwerke ausgestellt sind.

Das Pferd. 2692 Holzstücke. Jedes einzelne davon ist durch seine Hände gegangen. Prüfend, liebevoll, ausprobierend, an welche Stelle es wohl am besten passen mag. Jedes dieser Holzstücke erzählt eine eigene Geschichte, wie er es an diesem Strand gefunden hat, woher es kam, was seine ursprüngliche Verwendung war.

Keines von ihnen hatte vorher etwas mit den anderen zu tun; doch sie alle haben eine einzige Gemeinsamkeit: Magnus hat sie entdeckt und zu etwas Neuem, Einzigartigem zusammengefügt.

Während ich so nachdenke, verlasse ich Nymindegab, biege um die wunderschöne Kurve und sehe noch das Leuchten des Sonnenuntergangs am Horizont. Der ganze Himmel erstrahlt in Goldrot. Goldrot ist auch die Antwort der Seen auf das Lichtspiel des Gestirns. Als drückte die Sonne dem sterbenden Tag einen Abschiedskuss auf.

Leider spiegelt mein Inneres diese Idylle nicht wider. In mir herrscht Chaos. Adrenalin rauscht durch meine Adern, hindert mich daran, diesen irrsinnigen Plan aufzugeben.

Was Elisa wohl gerade macht? Ich will mich ablenken. Will mir nicht eingestehen, wie unsinnig und dumm diese Idee von mir ist. Ich sollte jetzt in meinem Hotelzimmer in Esbjerg sein und auf meine Schwester warten. Vielleicht täte ich besser daran, mich zu betrinken. Alles wäre besser, als etwas moralisch Verwerfliches zu tun, wie zum Beispiel bei Magnus ums Haus zu schleichen und ihn durchs Fenster zu beobachten, als wäre ich eine kriminelle Stalkerin. Aber ich kann nicht anders.

Ich muss ihn sehen. Nur noch dieses eine, letzte Mal.

Ich parke meinen Wagen auf dem Parkplatz nahe dem Privatweg. Hier stehen noch einige andere Autos. Auch welche mit deutschem Kennzeichen. Touristen eben. Der Weg links führt zum Strand, der rechte in die Dünen und zu Magnus' Haus.

Ich atme ein paarmal tief durch, bevor ich aussteige, mir die Jacke anziehe und mich tief hinter dem Reißverschluss verstecke. Polyester und Schafswolle: der Geruch einer Liebeskranken.

Herrje, ich schäme mich schon wieder für mein Tun! Diesmal ist es zwar keine Lüge, kein Hintergehen, kein Vorspielen falscher Tatsachen; diesmal ist es Nachstellen. Ich weiß nicht, ob aus mir je wieder ein guter Mensch werden wird. Ich weiß nicht, was mit mir los ist, was mit mir passiert ist, seit ich mich auf Sybilles Idee eingelassen habe.

Was ich weiß, ist, dass ich Magnus sehen muss. Dass es mir das Herz zerreißt, wenn ich daran denke, dass ich ihn heute zum letzten Mal sehen werde. Das macht mein Vorhaben nicht weniger verwerflich. Aber es tröstet mich, weil ich aus Verzweiflung handle.

Ich laufe durch die Dünen, lausche dem Meeresrauschen und inhaliere die salzige Brise. Es ist, als wäre ich zu Hause. Als wäre ich nach langer Zeit wieder an dem Ort, an den ich gehöre, an dem mein Herz hängt. Während es um mich herum dunkler wird, der Wind auffrischt und mit meinen Haaren spielt, kommt der mit Gräsern bewachsene Giebel des blauen Hauses näher. Er wächst aus den Sandbergen empor, hebt sich dunkel gegen den pastellfarbenen Abendhimmel ab. Mein Herzschlag zählt jeden meiner Schritte, der mich näher zu Magnus bringt.

Schließlich erreiche ich die Kiesauffahrt, bleibe stehen und sehe Licht in den Fenstern. Er ist daheim. Allein. Kein weiteres Auto im Hof. Mein Herz klopft laut und schnell. Als wollte es weiterzählen, aber meine Füße streiken. Ich bin atemlos. Ein riesiger Schwarm Schmetterlinge hebt in mir ab, schwirrt durch meinen Körper, flattert in meinen Gliedern. Wer hätte je gedacht, dass man so stark empfinden kann? Ich bin völlig überwältigt.

Als ich mich sicher und im Schutz der einbrechenden Dunkelheit wäge, gehe ich weiter. Wie ein Dieb in der Nacht. Ein Schatten, der dem Licht entwischt. Ich bin ein Kind, das einen Klingelstreich plant. Immer wieder schaue ich mich um, ob da auch niemand ist, der mich ertappen könnte.

In der Küche registriere ich Bewegungen. Ich trete näher ans Fenster, und dann … sehe ich ihn. Mein Puls überschlägt sich. Magnus. In Bluejeans und einem hellen Hoodie.

Irgendwas brutzelt in einer Pfanne auf dem Herd. Daneben steht die Moss-Tasse, aus der er einen Schluck trinkt. So vieles geht mir durch den Kopf.

Geht es ihm besser? Kann er sich selbst die Augensalbe verabreichen? Funktionieren seine Augen wieder zu hundert Prozent, oder ist er noch immer eingeschränkt? Hat er nach wie vor Schmerzen? Ich muss mich zwingen, nicht an die Scheibe zu klopfen, nicht auf mich aufmerksam zu machen oder nicht einfach durch die Tür ins Haus und in seine Arme zu laufen. Wie gern ich hineingehen möchte! Wie sehr ich mir wünsche, mich mit ihm auszusprechen. Mich noch einmal zu entschuldigen, ihn anzuflehen, mir zu verzeihen. Wie sehr ich ihn umarmen und küssen will.

Stattdessen ist das hier draußen alles, was ich bekommen kann. Was ich verdient habe, was mir zusteht. Ich habe kein Recht mehr, hier zu sein. Ich bin ausgeschlossen, ausgestoßen, und das habe ich mir selbst zuzuschreiben.

Während ich ihn beobachte, bilden sich Tränen in meinen Augen. Dies ist ein Abschied für immer. Ich will ihn genießen. Ich möchte mit dem blauen Haus eins werden, mit ihm verwachsen, um Magnus für immer nahe zu sein, ihn zu wärmen und ihn anzuschauen. Ich möchte ewig hier stehen bleiben, beobachte jede seiner Bewegungen. Wie er Teller und Besteck aus dem Schrank nimmt, sich Essen auffüllt, nach der Tasse greift und sich an den Tisch setzt.

Dort steht der Stuhl, auf den er so achtlos sein Shirt geworfen hat, nachdem er es zuvor auf links getragen hatte.

Magnus isst. Dann passiert etwas, das ich nicht richtig sehen kann. Er greift nach seinem Handy und verschwindet aus meinem

Sichtfeld. Sekunden später öffnet sich die Haustür, und er tritt heraus. Ich erschrecke, denn ich stehe nur wenige Meter von ihm entfernt. Mit aller Macht presse ich mich an die Hauswand. Im Lichtschein, der durch das Fenster auf mich fällt, könnte er mich schnell bemerken. Ich halte die Luft an und bete, dass Magnus mich nicht sieht. Zum Glück scheint er abgelenkt zu sein, denn er hält das Handy an sein Ohr und telefoniert.

Ich zwinge mich zur Ruhe, rede mir ein, dass er mich sehr wahrscheinlich nicht bemerken wird, atme vorsichtig aus und lausche seiner Stimme. Sie klingt bedrückt. Ab und zu nickt er, schiebt mit der Fußspitze Kieselsteine auf der Auffahrt hin und her.

Ich meine, den Namen William zu verstehen. Magnus spricht schnell und auf Dänisch, aber es würde Sinn machen, dass sein Freund mit ihm telefoniert. Jetzt, da es Magnus augenscheinlich nicht gut geht. Vermutlich meinetwegen.

Ich schließe die Augen. Wie sehr wünsche ich mir in diesem Moment, seine Sprache zu verstehen. Ob er über mich redet? Darüber, wie sehr er mich verachtet? Über Sybille? Über das, was wir ihm angetan haben?

Mit tränengetränkten Augen beobachte ich, wie der Wind mit seinen Haaren spielt, wie Magnus im Lichtschein, der aus der Haustür fällt, auf und ab geht. Ich atme seinen Geruch ein, der in meine Richtung geweht wird.

Dann plötzlich vibriert mein Handy in meiner Jackentasche. Ich zucke auf und stolpere vor Schreck. Magnus schaut auf, sieht geradewegs in meine Richtung. Sofort ziehe ich mich in den Schatten der Nacht zurück. Mein Puls jagt in die Höhe.

„Hang on, William", höre ich ihn sagen.

Wieso spricht er plötzlich Englisch? Ich bekomme einen Schweiß-ausbruch. Magnus kommt in meine Richtung. Er weiß, dass etwas hier ist – oder jemand! Ich tapse blind ins Dünengras, stolpere um die Hausecke, knicke im Sand ein. Kies knirscht hinter mir, Magnus verfolgt mich!

„Hey, who's there? Stop!", ruft er.

So schnell ich kann, rapple ich mich hoch, renne davon.

Ich weiß nicht, wohin. Nur weg von hier und hinein in die Nacht.

Ich renne und renne. Er ist mir dicht auf den Fersen. Innerlich verfluche ich mein dummes Handeln. Und dass ich mein Handy nicht im Auto gelassen habe.

Ich erreiche den kleinen Kiefernwald hinter seinem Grundstück. Ganz in der Nähe ist die Scheune, in der sich Magnus' Werkstatt befindet. Ich laufe in die Schonung, ein paar Meter tief hinein und vom Weg ab, verstecke mich hinter einem Baumstamm und ver-suche nicht zu atmen. Magnus läuft an mir vorbei. Richtung Werk-statt. Als er weit genug entfernt ist, renne ich zurück zum Haus, in die Dünen und dorthin, wo irgendwo mein Wagen steht.

Als ich sicher bin, dass er mir nicht mehr folgt, sinke ich in den Sand und schnappe nach Luft. Ich keuche, strecke mich der Länge nach aus und starre in den Sternenhimmel.

Kapitel 22 ✿ Elisa, 2024

Ist das wahr? Ist das hier nur ein weiterer, sehr realistischer Traum? Konnte es denn so einfach sein, hierher zu fahren, zu klingeln und ihn zu besuchen? Musste ich elf Jahre sterbend weiterleben, um das hier zurückzubekommen?

Er ist älter geworden. Vor mir steht kein Neunzehnjähriger mehr, der das Leben oder das Schicksal mit breitem, übermütigem Grinsen herausfordert. Vor mir steht ein erwachsener Mann. Erste Fältchen bilden sich in seinem Gesicht. Asger trägt jetzt einen gepflegten Vollbart. Er wirkt bodenständig in dem jeansfarbenen Oberhemd und der schwarzen Hose.

Noch immer starren wir uns an. Ich bebe, meine Hände sind eiskalt, als mir klar wird, dass ich ihn nach all der Zeit, in der ich meine Empfindungen zu verdrängen versucht habe, noch mehr liebe als je zuvor. Seine Augen verraten mir, dass er Ähnliches durchlebt. Dann zerreißt seine Stimme die stille, angespannte Luft.

„Do we know each other?"

Ich keuche. Tränen steigen in mir auf. Weiß er denn gar nicht, wer ich bin? Oder kann er es ebenso wenig glauben wie ich selbst? Dass ich leibhaftig hier bin, hier vor seinen Augen. An seinem Küchentisch.

„Asger, ich bin es", flüstere ich. „Elisa. Erinnerst du dich an mich?"

Er schaut mich an, als sähe er einen Geist. Ungläubig schüttelt er den Kopf, seine Lippen formen lautlos meinen Namen.

„Es tut mir leid, dass ich hier einfach so auftauche … In dein Zuhause eindringe. Das war dumm von mir." Plötzlich verliere ich all meinen Mut. „Ich … ich hätte dir zuerst schreiben oder dich anrufen sollen … Vielleicht komme ich ein anderes Mal wieder … Entschuldige …"

Ich bin nicht länger Herr meiner Sinne. Ich stehe taumelnd auf, meine Knie sind weich wie Butter. Es war falsch, einfach so herzukommen. Ich muss ihn völlig überrumpelt haben. Halt suchend taste ich nach der Tischplatte. Tränen verschleiern meine Sicht, als ich zur Tür gehen will.

„Nein …", ruft Asger mir nach. „Bitte bleib!"

Ich schaue mich um. Er kommt auf mich zu, blass, stoppt dann dicht vor mir. Erneut schauen wir uns an. Sein Brustkorb hebt und senkt sich schwerfällig. Ungläubig streckt er die Hand nach mir aus. Ich fürchte mich vor seiner Berührung, und gleichzeitig wage ich es nicht, zurückzuweichen. Dann spüre ich, wie seine Finger über meine Wange streichen. Ich schließe die Augen, lausche seinem fast keuchenden Atem. Er nimmt eine Haarsträhne aus meinem Gesicht, legt sie vorsichtig hinter mein Ohr.

„Elisa", flüstert er immer und immer wieder. „Elisa."

Ich schmiege mein Gesicht in seine Hand. Sie ist warm und liebkosend.

„Bist du es wirklich?", murmelt er. „Wie … wie kann das sein? Wie ist das möglich?"

Meine Tränen benetzen seine Finger.

„Ja, ich bin es", flüstere ich. „Endlich habe ich dich gefunden."
So viel Schmerz, so viel verlorene Hoffnung, so vieles liegt in seinen Blicken, als ich ihn anschaue. Dies ist kein Traum. Kein Wunschdenken. Keine Einbildung. Es ist wahr. Es geschieht wirklich. Ich bin hier, bei ihm. Bei Asger, den ich vor elf Jahren im Meer verloren habe. Ich weine, bete und danke Gott für diesen Moment des Wiederfindens.

„Sie wurde angespült", hauche ich mit erstickter Stimme. „Unsere Flaschenpost."

Erneut schüttelt er den Kopf, während er nicht aufhört, mich zu berühren. Als müsste er sich von meiner Echtheit überzeugen.

„Die Flaschenpost", wiederholt er.

Ich nicke.

„Meine Elisa."

Er atmet noch immer schwer. Seine Augen werden glasig. Sekundenbruchteile, in denen wir uns anschauen. Dann zieht er mich in seine Arme, packt mich, drückt mich an seine Brust.

Ich ringe nach Luft. Er streichelt meinen Rücken, meinen Kopf, greift in meine Haare. Ich spüre das Beben in seinem Körper. Er weint. Ich bin so froh, dass er mich hält, denn meine Beine versagen. So stehen wir eine kleine Ewigkeit da, in der lindgrünen Küche. Umarmen uns erst ungläubig, dann stürmischer.

Ich höre Asgers Herzschlag, spüre seine Wärme, atme seinen Geruch ein, während er immer wieder meinen Namen ausspricht.

„Ich wusste nicht, ob du noch lebst", bringt er mit heiserer Stimme heraus. „Ob ich dich je wiedersehen werde, ob du … noch an mich denkst."

Ich lache, schluchze und weine gleichzeitig.

„An dich denken? Asger, ich habe nie aufgehört, an dich zu denken oder dich zu lieben!"

Er greift nach meinem Kinn, hebt es an und schaut mir in die Augen.

„Genau wie ich", flüstert er und küsst mich.

Sofort bin ich wieder siebzehn. Wir stehen auf dem Aussichtsturm in Tipperne. Seine Lippen glühen, sein Kuss ist hungrig und erfüllend zugleich. Seine Umarmung ist der Ort, an den ich mich seit elf Jahren zurückgesehnt habe. An dem ich bei Tag und bei Nacht sein wollte. Ich kann mein Glück noch nicht fassen, endlich daheim zu sein. Bei ihm. Ihn zu küssen. Erst jetzt wird mir klar, wie real meine Liebe in all den Jahren war. Dass ihre Hoffnung nie gestorben ist.

Keine Phrasen. Keine leeren Floskeln. Sondern tiefe Liebe, die nie an ihrer Erfüllung gezweifelt hat.

Ich umklammere Asgers Schultern, spiele mit den feinen Härchen in seinem Nacken, während er zwischen seinen Küssen fragt: „Wie hast du mich gefunden? Wie ist das möglich?"

Als mein Gesicht ganz wund von seinem Bart ist und wir beide von der Leidenschaft unseres Kusses überwältigt sind, lösen wir uns von voneinander. Keiner von uns kann glauben, was hier gerade geschieht. Wir genießen einfach den Moment, in dem sich das Glück wie aus einem Kübel über uns ergießt.

„Die Flaschenpost", flüstert Asger dann wieder.

„Ja, die Flaschenpost."

„Wann wurde sie angespült? Und wo? Wer hat sie gefunden? Du wurdest also angeschrieben? Und bist direkt hergekommen?"

Ich schaue zu Boden. Wie soll ich ihm das nur erklären? Dass all unsere verlorenen Jahre meinetwegen futsch sind. Durch unseren Umzug. Wie soll ich es erklären, ohne nicht noch einmal sein Herz zu brechen? Ich schaue mich zur Tür um, zur Treppe. Haben wir hier genug Zeit zum Reden? Wird seine Mutter uns unterbrechen und Fragen stellen? Mein nächster Blick fällt aus dem Küchenfenster. Romy ist fort. Ihr Wagen steht nicht mehr an der Straße.

„Hast du denn überhaupt Zeit für mich?", frage ich. „Ich habe dich ja völlig überfahren mit meinem Besuch. Es gibt sehr viel zu bereden. Aber ich möchte deine Familie nicht stören."

Im ersten Moment ist er irritiert. Er hatte eine andere Antwort erwartet.

„Zeit für dich?", sagt er dann. „Wie viel Zeit ohne dich soll ich denn noch ertragen?"

Wir lösen unsere Umarmung, und sofort ist mir kalt.

„Du störst nicht", erklärt er. „Meine Mutter ist nur hier, weil sie mich gefahren hat. Ich musste zu einem Notfall, und mein Auto stand noch an der Klinik. Lange Geschichte."

Zum ersten Mal, seit ich hier bin, schaffe ich es zu lächeln.

„Dann bist du also wirklich Chirurg geworden wie dein Vater?"

„Du weißt noch, was ich werden wollte?" Er klingt überrascht, und seine Augen leuchten.

„Ich weiß noch alles, Asger."

Er erwidert mein Lächeln. Ich greife nach seiner Hand, spüre die warme Energie in seinen Fingern, die auf mich überspringt.

All meine Illusionen, meine Hoffnungen fühlen sich plötzlich so lebendig an.

Ganz langsam scheint er den ersten Schock überwunden zu haben. Auch mir wird eines klar: Ich will nie wieder ohne ihn sein. Nie wieder seine Wärme missen, seine Nähe, seine Berührungen, seine Küsse.

„Ja, ich bin Arzt", sagt er. „Aber kein Humanchirurg, wie du vielleicht denkst. Ich bin Tierarzt."

„Tierarzt", flüstere ich. „Das gefällt mir. Ein guter Beruf."

„Und du, Elisa?" fragt er und umfasst meine Hand stärker. „Was ist aus dir geworden?"

„Wie du mal gesagt hast. I became a great educator."

Er lächelt und schaut, als fühlte er sich in die Zeit von damals zurückversetzt, in der wir über genau diese Zukunft gesprochen haben. Dann blickt er auf und lässt meine Hand los.

„Warte kurz", sagt er und geht zur Tür.

„Mor?", ruft er die Treppe hinauf. „Du kan gå nu. Tak fordi du kørte."

Sie antwortet irgendwas Dänisches, und Asger kommt zu mir zurück. Er deutet zur Treppe.

„Sie geht gleich heim. Wir können also hierbleiben, spazieren gehen oder tun, was immer dir lieb ist."

„Okay", erwidere ich. „Ich bin mit allem einverstanden. Jetzt, wo ich dich gefunden habe."

Er schaut Richtung Küche und scheint zu überlegen. Dann sieht er mich wieder an.

„Hast du Hunger?"

Eine gute Frage. Ich habe seit heute Mittag im *BBQ* nichts mehr gegessen. Und wirklich aufgegessen habe ich da schon nicht. Also ja, ich habe Hunger und nicke.

„Gut, denn ich habe auch noch nicht gegessen", sagt Asger. „Ein paar Straßen weiter gibt es ein sehr gutes Restaurant. Auch Takeaway. Wir könnten dort essen oder hier in der Wohnung."

Ich nicke erneut. Asger streicht sich durch den Bart. Ich glaube, wenn dies unsere allererste Begegnung wäre, würde ich mich ebenso hoffnungslos in ihn verlieben wie damals als Jugendliche.

Die Treppe knarzt wieder und reißt mich aus den Gedanken. Die ältere Frau ist Asgers Mutter, wie ich richtig vermutet habe. Sie hat die Lesebrille von der Nase genommen, betritt den Raum und schaut mich skeptisch an. Unsere Vertrautheit macht sie wohl misstrauisch.

„Mom", spricht Asger sie auf Englisch an. „Do you remember Elisa from Germany?"

Ihr Blick wird düster.

„Er det kvinden, der knuste dit hjerte?", fragt sie.

Da ich mittlerweile weiß, dass sie Englisch spricht, ist es wohl eine unhöfliche Antwort, die ich nicht verstehen soll.

„Nein", sagt Asger und schaut mich an. „Sie hat mir nicht das Herz gebrochen. Ich habe ihres gebrochen."

Während seine Worte tief in mir nachwirken, antwortet seine Mutter ihm erneut auf Dänisch. Sie führen einen kleinen Wortwechsel.

Ich bin noch immer angerührt von dem, was er gesagt hat.

Ich habe ihres gebrochen.

Wieso denkt er das? Es war letztlich unser beider Entschluss, diese irrsinnige Idee mit der Flaschenpost. Nicht nach uns zu suchen, bis die Flasche gefunden wird. Es wäre also treffender zu sagen, wir hätten uns gegenseitig das Herz gebrochen.

„Good evening", sagt seine Mutter nun in meine Richtung und deutet ein kühles Lächeln an. Ich erwidere es, als sie sich umdreht und durch die Haustür verschwindet.

„Tut mir leid." Asger wirkt beschämt. „Sie ist sonst nicht so."

„Na ja, sie fragt sich vermutlich einfach nur, wieso ich nach all den Jahren plötzlich bei euch auf der Matte stehe. Nach allem … was du meinetwegen durchgemacht hast."

Er schluckt.

„Woher willst du wissen, was ich durchgemacht habe?"

„Wenn es dir so ergangen ist wie mir", flüstere ich.

Irgendwann muss ich ihm sagen, dass ich alles weiß. Dass meine Schwester bei Snorre gewesen ist. Vielleicht später, während des Essens. Nicht jetzt. Nicht hier zwischen Tür und Angel.

Der Abend ist frisch geworden. Es weht ein kühler Wind vom Hafen herüber. Ich bin froh, dass ich mich für den Pulli entschieden habe. Trotzdem dringt der Wind unbarmherzig durch die Maschen.

Asger und ich gehen nebeneinanderher. Das fühlt sich seltsam an, denn zuletzt haben wir das vor elf Jahren getan. Damals, als er mich durch die Dünen nach Hause begleitet hat, nachdem wir die Flasche dem Meer übergeben hatten. Ob er gerade dasselbe denkt? Jedenfalls schweigt er.

Aus den Augenwinkeln betrachte ich ihn. Er läuft noch genauso wie damals. Dieselben Eigenarten, dieselbe Gangart. Als hätten wir lediglich einen Zeitsprung gemacht. Ich wage es, seine Hand zu nehmen. Er schenkt mir einen zärtlichen Blick und umschließt meine Finger.

„Bleiben wir im Restaurant?", fragt er, als wir um eine Kurve gehen und es in Sichtweite kommt. „Oder möchtest du lieber in der Wohnung essen?"

„Mir gefällt deine Wohnung", gestehe ich. „Sie ist sehr schön eingerichtet. Wir hätten Ruhe zum Reden und … mehr Privatsphäre."

Ich lasse meine andere Hand im Pulliärmel verschwinden. Hoffentlich merkt Asger nicht, wie kalt mir ist. Ich hatte nicht geplant, durch Esbjerg zu laufen. Jetzt lächelt er und antwortet: „Eine gute Entscheidung."

Wir betreten das japanische Restaurant. Ich bin erleichtert, denn hier drinnen ist es wunderbar warm.

Hinter einer großen Glastheke liegt jede Menge Sushi aus. Die Bedienungen tragen Kimonos, aus den Boxen tönt traditionelle japanische Musik.

„Oh, ich hab dich gar nicht gefragt, ob du Sushi magst", sagt er und schaut mich verlegen an. „Wir können auch gern Pizza essen."

Ich lache.

„Alles gut", beruhige ich ihn. „Ich mag es sogar sehr gern."

Er sieht erleichtert aus und wendet sich der Theke zu.

Dann lausche ich seiner Bestellung und verfolge fasziniert das Gespräch. Ich kann mich nicht erinnern, schon mal Japaner auf Dänisch reden gehört zu haben. Ich liebe Sprachen und Kulturen. Asger bestellt anscheinend von allem ein bisschen.

Das Restaurant ist gut besucht. Ich bin sehr gespannt auf das Essen und darauf, den neuen alten Asger kennenzulernen. Hat sein Charakter sich verbessert? Verschlechtert? Ist er noch derselbe wie vor elf Jahren? Stimmt das Bild, das ich mir im Laufe der Zeit von ihm ausgemalt habe, mit dem echten Asger überein?

Bis jetzt kann ich jedenfalls nichts Schlechtes an ihm entdecken.

Er bezahlt, nimmt die Tüten mit dem Essen, und wir verlassen das Restaurant so schnell, wie wir es betreten haben. Zurück an der kalten Abendluft fröstele ich.

„Ich habe einen guten Weißwein daheim", erklärt er. „Der wird zum Sushi schmecken."

„Klingt toll", erwidere ich und werfe einen Blick auf die Tüten. „Asger? Ich möchte gern die Hälfte bezahlen. Schließlich hättest du heute Abend sicher keinen teuren Fisch gekauft, wäre ich nicht auf der Bildfläche erschienen."

„Schon wieder willst du Dinge über mich wissen", sagt er und lacht. „Ich habe dich elf Jahre nicht mehr zum Essen eingeladen, Elisa. Bitte lass mir die Freude, es zu tun."

Bei seinen Worten kribbelt mein Bauch. Er ist also noch immer ein Gentleman. Trotz der Qualen, die ich ihm bereitet habe.

„Danke", flüstere ich. „Aus dem Barbecue am Strand ist also Sushi geworden, und aus dem Carlsberger Dosenbier Weißwein. Wir sind erwachsen geworden, was, Asger?"

„Das sind wir." Er schaut mich an, während das Kopfsteinpflaster uns zu seiner Wohnung begleitet. „Du warst schon damals eine wunderschöne Frau. Aber die vergangenen Jahre haben dich noch schöner werden lassen."

Ich glaube, ich werde tatsächlich rot und weiche seinem Blick aus. Ich bin so schüchtern, dass mir die Worte fehlen. Ich weiß nicht, wie ich mit einem solchen Kompliment umgehen soll. Wie gern hätte ich meine große Klappe von damals zurück. Das ungestüme Mädchen hätte genau gewusst, was es darauf hätte antworten müssen.

„Tut mir leid, wenn ich dich in Verlegenheit gebracht habe", sagt er. „Aber ich habe es ernst gemeint. Du siehst wirklich wunderschön aus. Besser als in meinen Erinnerungen."

„Asger, wenn du das nicht sofort lässt, werde ich so rot, dass die Autos vor mir anhalten!"

Er antwortet mit einem herzlichen Lachen. Ich schlage ihm aus Spaß auf die Schulter.

„Und du? Seit wann trägst du einen Bart?"

„Gefällt er dir?"

„Tatsächlich ja! Er steht dir!"

„Es hat mit einer verlorenen Wette im Studium angefangen", erklärt er. „Und dann hat er mir so gut gefallen, dass ich ihn nicht mehr abrasiert habe."

„Was war das für eine Wette?", will ich wissen.

Er zückt den Hausschlüssel. Wir sind bereits an der Wohnung angekommen. Ich kann es kaum erwarten, mich aufzuwärmen.

„Ach, eigentlich etwas Belangloses", sagt er mit einem Schulterzucken. „Es ging um eine Kuh, die kalben sollte. Sie hatte eine Uterustorsion. Mein Kommilitone war der Meinung, es würde nicht ohne Kaiserschnitt klappen. Ich hielt dagegen, und wir schafften es, die Torsio aufzudrehen und das Kalb zu entbinden." Ich muss wohl sehr verstört schauen, als wir in den Hausflur treten.

„Kopfschmerzen?", fragt Asger und schließt die Tür hinter mir.

„Äh, nein", antworte ich. „Aber ich fürchte, dein Bart hat mir ohne diese Geschichte viel besser gefallen."

„Oh!"

„Tja, vielleicht rasierst du ihn doch wieder ab."

Er kratzt sich am Hinterkopf, stellt die Tüten mit dem Essen auf dem rustikalen Tisch ab und holt Teller und Besteck aus der Küche.

„Jetzt essen wir erst mal. Dort drüben im Weinregal", sagt er und zeigt an die Wand zur Treppe. „Die Flasche in der zweiten Reihe, ganz links. Kannst du sie bitte holen?"

Ich tu es und betrachte auch die anderen Weine, die er dort aufbewahrt. Sehr gut kenne ich mich auf diesem Gebiet nicht aus, aber sie scheinen erlesen zu sein. Ich gehe zum Tisch, überreiche ihm die Flasche und schaue zu, wie er sie entkorkt.

Irrsinnig, wie selbstverständlich wir bereits miteinander umgehen. Nachdem der Schockmoment des Wiedersehens überwunden ist, kommt es mir so vor, als wären wir das vergangene Jahrzehnt keine Minute voneinander getrennt gewesen.

„Du bist also kein Vegetarier?", frage ich und entnehme den Tüten das Sushi.

„Wieso sollte ich?"

„Nur so ein Gedanke. Ich meine, genau genommen isst du deine Patienten."

„Hm, so habe ich das noch nie gesehen", sagt er, bevor er grinst.

„Aber lass uns doch über weniger verfängliche Dinge reden."

„Abgemacht. Aber du hast angefangen", verteidige ich mich und zeige auf seinen Bart.

„Setzen wir uns doch", sagt er lachend und bietet mir einen Stuhl an. Ich nehme Platz. In seiner Nähe fühle ich mich so wohl.

Unsere verlorenen Jahre scheinen einfach verpufft zu sein.

„Asger?"

Er schaut auf.

„Franz lebt noch. Er wird dieses Jahr fünfzehn Jahre alt."

Seine Züge werden weich. Sein Lächeln geht mir unter die Haut.

„Franz", sagt er. „Ich weiß noch, wie ich ihn den Turm hinaufgetragen habe."

Kapitel 23 ✂ Romina, 2024

Ich liege noch im Sand, als die Feuchtigkeit bereits durch meine Jacke dringt. Ich liebe den Sternenhimmel. Ich stelle mir vor, wie es wäre, dort oben zu sein. Auf einem dieser Lichtpunkte. Je länger ich hinaufschaue, desto mehr Sterne erkenne ich. Hier in den Dünen, fernab der Orte und Städte, gibt es keine Lichtverschmutzung. Hier draußen gibt es nur mich und das Firmament. Die Dünen, den Wind, das Meer.

Was, wenn ich einfach hier liegen bleibe? Für jetzt, für heute Nacht, für immer? Magnus würde mich früher oder später finden. Wie sein Treibgut. Er würde mich finden und mich mit nach Hause nehmen. Seine Schritte würden sich nähern. Ich würde seine Stimme hören. Ein Lichtkegel würde sich auf mich zubewegen. So wie in diesem Moment. Er würde mir schließlich direkt ins Gesicht leuchten.

Ich kneife die Augen zusammen, stöhne und drehe den Kopf weg.

Jemand geht neben mir auf die Knie, spricht mich auf Dänisch an. Berührt mich an der Schulter.

„Ihr Licht blendet mich", sage ich.

„Are you okay?", fragt er jetzt auf Englisch.

„Yes, I'm fine."

Ich rapple mich auf, lächle in seine Richtung. Es ist ein älterer Mann. Nicht Magnus. Nicht er hat mich gefunden. Natürlich nicht. Ich bin ja auch nicht vom Meer angespült worden. Magnus findet keine Frauen im Sand. Nur totes Holz.

„Do you need help?", will der nette Herr wissen.

„No, thank you", antworte ich und erkläre, dass ich einfach nur dagelegen und die Sterne angeschaut habe. Denn so war es. So wäre es noch immer, hätte er mir nicht mit seiner Taschenlampe in die Augen geleuchtet. Er scheint erleichtert darüber, dass ich lebe und spreche. Dass ich allein aufstehen und mir den Sand aus den Kleidern klopfen kann. Dass ich zu meinem Auto gehe, einsteige und ihm freundlich winke, bevor ich den Motor starte.

Ach, kann man denn nicht einfach mal nur in den Dünen liegen und sich an einen besseren Ort träumen? In ein besseres Leben, in dem man keine Fehler begeht und nicht die Liebe seines Lebens verspielt?

Ich setze zurück und verdränge den Gedanken, dass es das letzte Mal ist, dass ich am Nymindegab-Strand meinen Wagen zurücksetze. Das letzte Mal, dass ich dort im Sand gelegen habe. Dass ich nun der schönsten Kurve des Landes meine Rücklichter zeige.

Ich schalte das Radio ein, um nicht allein zu sein. *Skala.fm.*

The Cranberries laufen mit *Dreams.*

Ich drehe die Musik laut auf, um das Knirschen meines Herzens nicht zu hören.

Dann fahre ich rechts ran, um mein Handy aus der Tasche zu nehmen. Wer hat mir da vorhin eigentlich eine Nachricht geschickt? Wer hat mein Telefon vibrieren lassen und mich verraten?

Ich öffne den Chat von Elisa. Es war meine Schwester. Sie hat *Okay* geschrieben. Und einen Emoji mit Herzchenkuss.

Als Reaktion auf die Hoteladresse. Ich schluchze laut, werfe das Handy auf den Beifahrersitz. Das war es? Ernsthaft? Ein Okay?

Nur ein Okay? Nicht etwas wie: *Rette mich, denn Asger hasst mich und hat mich auf die Straße gesetzt?* Oder: *Ich bin versehentlich ins Hafenbecken gefallen, kannst du kurz kommen und mich rausziehen?*

Nein. Ein Okay hat mich verraten. Etwas Belangloseres hätte es nicht sein können! Ich raufe mir die Haare und denke über meine Situation nach. Über mein Leben, mit dem ich bisher sehr glücklich gewesen bin. Ich arbeite in meinem Traumjob, habe eine eigene Wohnung, schwärme für einen Stammkunden, …

Lüge, betrüge, schleiche nachts um fremde Häuser, stalke einen Mann …

Ich schüttle den Kopf. Nein, so kann es nicht weitergehen. Soll es jetzt für immer so bleiben? Mit Magnus? Den ich im Grunde gar nicht kenne? Will ich wirklich an ihm zerbrechen? Wie Asger damals an Elisa? Ich muss das unterbinden, bevor es größer wird. Magnus verachtet mich, das muss ich akzeptieren. Er will nichts mehr mit Sybille oder mir zu tun haben. Punkt.

In mir steigt Trotz auf. Jede Menge Trotz. Er wird stärker und rebellischer. Er will einen Neuanfang wie ich auch.

Er schafft es schließlich, den Schmerz in mir zu vertreiben. Er lässt mich durch meine Kontakte scrollen und erinnert mich daran, dass ich irgendwo die Nummer von Max Koch habe. Sybille hat sie mir mal gegeben, als wir einen Anzug für ihn geändert hatten und er informiert werden wollte, sobald das Teil fertig ist. Gefunden. Max Koch. Herrje, habe ich ihn echt mit Herzchen abgespeichert? Das ist jetzt unangenehm. Egal. Hier ist er: der Neuanfang. Sybille hat recht, ich sollte Max fragen, solange er zu haben ist.

Auf die Cranberries folgen Bon Jovi mit *It's My Life*.

Ich öffne einen Chat und tippe eine Nachricht, denn ich will nicht so enden wie Asger und Elisa vor langer Zeit.

Hey, Herr Koch. Sorry, wenn ich einfach so schreibe. Ich bin Romina aus der Schneiderei. Die Ihnen den Knopf angenäht hat. Also … es geht um eine

255

Frage. Natürlich nur, wenn Sie möchten. Also mal mit mir ausgehen, meine
ich. Ganz unverbindlich. Aber wenn es nicht passt, ist das auch nicht weiter
schlimm. Viele Grüße!

Aus den Autoboxen tönt die kratzige Stimme von Jon.

… it's now or never …

Tja, was soll ich sagen? Es stimmt, oder? Wenn nicht jetzt, wann
dann? Zack – und auf Senden gedrückt. Ich werfe das Handy zurück auf den Beifahrersitz und lenke meinen Wagen wieder in den
Verkehr. Das war richtig. Ich habe eine gute Entscheidung getroffen. Oder? *Oder?*

Plötzlich verlässt mich der Trotz. Gleich darauf stürzen Zweifel
auf mich ein. Sie überkommen mich von allen Seiten. Stehen am
Straßenrand und verhöhnen mich.

„Es ist 21:45 Uhr!", spotten sie. „Was soll der Max denn bloß denken, dass du ihm zu so einer Uhrzeit noch schreibst?"

„Na und?", motze ich zurück. „Es ist Wochenende!"

Und wenn er doch schon schläft? Ich weiß ja nicht mal, was er
arbeitet. Vielleicht hat er einen harten Tag hinter sich und es gerade fast geschafft, endlich einzuschlafen. Oder er schiebt in diesem Moment Nachtdienst. Vielleicht steht er am Fließband, während er meine Nachricht erhält. Was, wenn er Türsteher für einen
Club ist und sich ganz üble Typen an ihm vorbeischleichen, während er auf sein Handy starrt?

„Was habe ich getan?", frage ich zittrig ins Nichts. Wieso bin ich
so blöd und schreibe ihn aus heiterem Himmel an? Ich kann doch
nie wieder in dieser Schneiderei arbeiten! Wenn er reinkommt und

wir uns anschauen. Nachdem er mir freundlich geantwortet hat, dass ich nicht sein Typ bin und es richtig peinlich wird.

Als ich auf halber Strecke nach Esbjerg bin, wird mir klar, dass mein Leben völlig aus den Fugen geraten ist. Und an allem ist Jon Bon Jovi schuld! Weil er ja unbedingt einen Songtext schreiben musste, der Menschen dazu verleitet, Dinge zu tun, die vielleicht doch nicht now or never sind!

Ich erinnere mich nicht daran, wie ich das Hotel erreicht habe. Aber als ich durch die Windschutzscheibe schaue, parkt mein Wagen in der Tiefgarage. Es ist inzwischen halb elf. Mein Kopf sinkt auf das Lenkrad.

Ob Magnus noch um die Werkstatt irrt? Ob er William noch in der Warteschleife hat? Ob er die Polizei gerufen hat, weil da ein vermeintlicher Einbrecher um sein Haus geschlichen ist? Ob er für den Bruchteil einer Sekunde mein Gesicht gesehen hat, bevor ich in den Schatten gefallen bin? Ob ich es je schaffen werde, ihn zu vergessen?

Hat Max Koch schon meine Nachricht gelesen? Hat er sich darüber gefreut oder totgelacht? Weiß er überhaupt, wer ich bin? Ich fische das Handy vom Beifahrersitz, mit dem festen Vorsatz, niemals wieder einen Blick hinein zu wagen. Ich quäle mich aus dem Auto, nehme mein kleines Gepäck und gehe zum Fahrstuhl am Ende der nach Abgasen stinkenden Parkhausetage. Ich drücke auf einen Knopf, steige in den verspiegelten Lift und lasse mich an die Rezeption fahren. Nachdem ich eingecheckt habe, laufe ich geradewegs auf die Hotelbar zu, stelle die Tasche neben einen

Barhocker und setze mich, um irgendwas Hartes zu bestellen. Egal, was. Hauptsache, es macht alles ungeschehen, was ich heute verbockt habe.

Kapitel 24 ✿ Elisa, 2024

Die Erinnerungen an den Sommer mit Asger und Franz überwältigen mich. Der Aussichtsturm in Tipperne. Die Stechmücken. Die zahlreichen Vögel, unser erster Kuss. Wie oft habe ich von unserem allerersten Kuss geträumt!

Ich halte die Luft an und versuche, mich auf das Sushi zu konzentrieren. Maki. Viele verschiedene Maki. Von traditionellen japanischen über Gunkan mit Fischrogen und Kaviar, Te-Maki, Hoso-Maki mit Sojasoße, Nigiri-Sushi.

An die anderen Bezeichnungen erinnere ich mich nicht mehr. Es ist lange her, dass ich mich mit der Sushi-Küche beschäftigt habe. Jedenfalls gibt es auf unseren Tellern noch jede Menge rohen Fisch, Gemüse und verschiedene Soßen.

„Willst du nur gucken oder auch essen?", fragt Asger plötzlich in die Stille.

„Oh, äh, natürlich. Ich esse auch", sage ich schnell und greife zu. Ungeschickt, wie ich bin, ist es natürlich das Nigiri, und weil dieses Gebilde grundsätzlich in meinen Fingern zerfällt, sobald ich es in die Sojasoße dippe, tut es das auch jetzt. Der Reis rieselt in die Soße, und ich schaue bedröppelt in Asgers Richtung.

Er hat offenbar seinen Spaß an meiner Misere. Ich zucke hilflos die Schultern.

„Tut mir leid", murmle ich. „Es hatte keinen Anschnallgurt."

„Keinen *was*?", fragt er und zieht die Brauen hoch.

„Na, dieser Nori-Streifen. Sie haben ihn wohl vergessen."

Asger prustet.

„Anschnallgurt! Das muss ich mir merken."

Ich will aufgeben, da nimmt er ein Stück Fisch, dippt es ein und reicht es mir. Für eine Sekunde zögere ich. Dann beiße ich vorsichtig hinein, entnehme es behutsam mit meinen Lippen seinen Fingern. Schnell schiebe ich eine Serviette zwischen seine Hand und meinen Mund und kaue.

„Hm", mache ich. „Sehr lecker!"

Dass mir fast das Herz stehen bleibt, provoziert er vermutlich.

„Ja", sagt er. „Es ist das beste Sushi-Restaurant in der Stadt."

Ich nicke, vermeide Blickkontakt und ringe um Konzentration. Es wird Zeit, zu reden. Wirklich zu reden. Es dauert einen Moment, bis ich eine gute Überleitung finde, ohne mit der Tür ins Haus zu fallen. Hoffe ich jedenfalls.

„Dein Deutsch ist sagenhaft, Asger", beginne ich. „Wie kommt das? Ich meine, ich habe deine dreisprachigen Sätze damals geliebt, aber was ist in der Zwischenzeit passiert?"

Er schiebt sich eine Maki-Rolle in den Mund, kaut und nimmt einen Schluck Weißwein. Als wollte er Zeit schinden, um eine gute Antwort zu finden.

„Danke", sagt er.

Seine blauen Augen schauen mich direkt an. Hat er eine Ahnung, wie nervös mich das macht?

„Ich habe für ein Semester in Deutschland studiert. An der Tierärztlichen Hochschule in Hannover. Während der Zeit dort habe ich auch ein Praktikum …"

Ich glaube, mir wird schwindelig. Ich fasse mir an die Stirn und suche mit der anderen Hand nach einer Serviette.

„… geht es dir gut?", unterbricht Asger sich, der sofort bemerkt, dass etwas nicht stimmt. Ich schüttle den Kopf, schließe die Augen, kämpfe mit einem Kloß im Hals und mit Tränen.

„Elisa, was ist los?" Er klingt besorgt.

„Hannover", stammle ich, um es greifbarer zu machen. Aber es wird dadurch nur schmerzhafter. „Sagtest du Hannover?"

„Ja, dort habe ich für ein Semester …"

„Wann war das?"

Ich kann es nicht glauben. Ich habe gehofft, mich verhört zu haben. Das kann nicht wahr sein. Das muss ein anderes Hannover gewesen sein. Nicht *mein* Hannover. Nicht das vor meiner Haustür.

„Puh", macht er und fährt sich durch die Haare. „Etwa vor sieben oder acht Jahren, denke ich. Wieso fragst du?"

„Weil ich dort lebe", flüstere ich und schaue ihn durch einen Schleier aus Tränen an. „Schon immer."

Asger schluckt, schweigt und versteht. Er sinkt in die Stuhllehne.

Eigentlich bin ich doch die mit den schockierenden Neuigkeiten. Ich hatte nicht damit gerechnet, dass Asger auch welche auf Lager hat. Seine Hand greift über den Tisch, sucht nach meinen Fingern, die an der Serviette nesteln. Er streicht über meine Knöchel, seine Berührung spricht mir Mut zu. Hier und jetzt haben wir einander wieder. Hier und jetzt haben wir alle Widrigkeiten überwunden. Wir sollten die Vergangenheit in der Vergangenheit lassen.

„Aber ... du warst so nah", flüstere ich. „Direkt vor meiner Nase. Und dennoch sind wir uns nicht begegnet. Das ist so unfair." Meine Augen laufen über. Die Vorstellung, dass wir uns vielleicht doch über den Weg gelaufen sind, uns aber nicht erkannt haben. Dass wir vielleicht kurz nacheinander im selben Café, Restaurant oder derselben Shoppingmall gewesen sind. Dass wir sogar gemeinsame Freunde haben könnten. Ich darf das nicht weiterdenken. Es würde mich zermalmen.

Die Stille vergeht, Asger hält noch immer meine Hand. Ich tupfe mit der Serviette meine Tränen ab.

„Jetzt sind wir uns begegnet", sagt er. „Elisa, glaubst du, dass alles seine Zeit hat? Ich glaube daran. Es gibt für alles im Leben den richtigen Zeitpunkt. In all den Jahren hab ich dich nie vergessen. Ich habe jeden Tag an dich gedacht, für dich gebetet, darauf vertraut, dass alles so kommt, wie es sein soll. Vielleicht war vor sieben Jahren nicht der richtige Zeitpunkt für uns."

Er hat recht. Ganz sicher hat er recht. Ich erinnere mich zurück. Vor sieben Jahren war ich noch mit Tim verlobt. Mit Tim, von dem ich gehofft hatte, er könnte mir geben, was ich in Dänemark verloren hatte. Alles hat seine Zeit. Asger hat für mich gebetet, so wie ich für ihn. Und heute wurden unsere Gebete erhört.

„Willst du mir nicht endlich erzählen, wie du mich gefunden hast?", fragt er.

„Das ist eine sehr verrückte Geschichte", antworte ich und muss unverhofft lachen.

„Es macht den Anschein, als wäre unsere ganze Geschichte sehr verrückt", bemerkt er, lässt meine Hand los, um sein Weinglas zu erheben und mit mir anzustoßen. Ich schaue dabei in seine Augen und kann meine Gefühle endlich zulassen, denn alles ist real.

Jetzt ist unsere Zeit gekommen.

„Diese Geschichte hat mit Snorre zu tun", gestehe ich, und das lässt Asger alles aus dem Gesicht fallen.

„Snorre?", faselt er.

„Magnus", vollende ich. „Hast du noch Kontakt zu Bill und ihm?"

„Wow!", macht er, während seine Blicke abschweifen. „Jetzt wird es wirklich verrückt."

„Das hab ich ja gesagt."

„Magnus ..." Asger nimmt einen großen Schluck Wein. „Klar haben wir Kontakt. Nicht mehr so intensiv wie damals, aber er ist einer meiner besten Freunde. Er und William. Magnus war für mich da, als ... Das werde ich ihm nie vergessen. Ohne ihn weiß ich nicht, ob ich jetzt noch hier sitzen würde, Elisa."

Mir läuft ein Schauer über den Rücken. Weil meine Hände zittern, lege ich sie in meinen Schoß. Ich will nicht, dass Asger bemerkt, wie hart seine Worte mich treffen. Der Gedanke, dass er sich vielleicht ... Nein!

„Erst vor zwei Tagen habe ich mit Magnus telefoniert", sagt er und beendet mein Horrorkopfkino. „Der arme Kerl hatte einen üblen Schweißunfall, aber seine Freundin war bei ihm, um ihm zu helfen. Er klang so glücklich. Übrigens, diese Frau … Sylvia oder so … Sie ist auch aus Deutschland.“

Ich presse die Lippen zusammen.

„Ich weiß, und jetzt kommt der schwere Teil der Wahrheit, Asger“, bringe ich heraus. „Sie heißt Sybille, ist die Chefin meiner kleinen Schwester Romy, die du auch noch von damals kennen dürftest, und nein, sie war nicht bei Magnus. Sybille wollte lieber auf ein Konzert fahren, als bei ihm zu sein. Also hat sie Romy hergeschickt und … sie war es, die sich um Magnus gekümmert hat.“

Asger starrt mich an, als verstände er plötzlich kein Deutsch mehr. Er bringt keinen einzigen Ton heraus. Nur sehr langsam scheinen meine Worte und ihre Bedeutung zu ihm durchzudringen. Ich will weiterreden und den Moment nutzen, denn die Geschichte wird schließlich nicht besser. Doch ich muss niesen und greife erneut schnell zur Serviette. Nicht mal das weckt ihn aus seiner Trance.

„Nun ja“, fahre ich fort. „Romy hat in Magnus’ Werkstatt die Flaschenpost entdeckt. Du kannst dir vorstellen, wie entgeistert sie war, meinen und deinen Brief dort vorzufinden.“

„Warte … warte, warte“, sagt Asger und steht auf. Er dreht sich um die eigene Achse, kratzt sich am Kopf, schaut mich an, die Stirn in Falten. „Die Flasche … Du sagtest, die Flasche befinde sich in der Werkstatt von … *Magnus?*“

„So ist es.“

„Wieso ist sie in seiner Werkstatt? Ich meine, seit wann? Wieso … wieso weiß ich nichts davon? Wieso hat er nichts gesagt?“

Mein Herz wird schwer. Ich atme tief durch, lasse meinen Zeigefinger über den Stiel des Weinglases gleiten.

„Willst du dich nicht lieber wieder setzen?", frage ich behutsam.

Er schnaubt nur, was wohl als Nein zu deuten ist.

„Okay, Asger, hör zu. Magnus hat die Flasche am Strand entdeckt.
Etwa ein Jahr nachdem wir sie dem Meer übergeben hatten."

„*Wie bitte?*" Er klingt heiser, und ich habe Angst, dass gleich etwas
zu Bruch geht, wenn ich nicht schnell weiterrede.

„Es war kurz nachdem es dir besser ging", erkläre ich. „Er hat sie
gefunden, und weil er sicherstellen wollte, dass ich noch Interesse
an dir habe – an uns –, hat er mir zuerst geschrieben."

Asger fällt an die Wand und rutscht daran hinunter, bis er auf den
Holzdielen sitzt. Er verbirgt sein Gesicht hinter seinen Händen.
Ich weiß genau, was er gerade durchlebt. Ich kenne den Schmerz,
der sein Herz durchbohrt. Denn genau so habe ich heute Mittag
auch dagesessen, als Romy mir die Geschichte erzählte.

„Magnus wollte verhindern, dass dir erneut das Herz gebrochen
wird, nachdem du zu heilen begonnen hattest. Asger, der Brief hat
mich nie erreicht, weil wir kurz vorher umgezogen sind", versuche
ich einfühlsam zu erklären.

Ich stehe auf, gehe um den Tisch herum und sinke neben Asger
zu Boden. Er schweigt. Das tue ich auch, denn zu groß ist der
Schmerz noch immer auch in meinem Herzen. Die Verzweiflung
über die zu späte Post und die Frage nach dem Was wäre, wenn.

Asger schluchzt. Ein einziges Mal. Herzzerreißend. Ganz sicher werde ich nicht darauf erwidern, dass es für alles seine Zeit gibt. Ich lehne meinen Kopf an seine Schulter.

Hier sitzen wir nun. Nach elf Jahren. Nach einem nicht angekommenen Brief und einem Studiensemester, das uns nicht zusammenführen konnte. Nach einer Lüge zweier Frauen, die Romys Herz gebrochen hat, mir aber letztendlich Asger zurückgebracht hat.

Als er sein Gesicht enthüllt, ist es meinem so nahe. Er lehnt seinen Kopf an meinen, greift nach meiner Hand und zieht sie in seinen Schoß. Für eine Weile sind wir regungslos. Dann schauen wir einander an, verschlingen uns mit unseren Blicken.

Die Wahrheit lastet schwer auf uns. Die verlorenen Jahre tun weh.

Aber das ist jetzt vorbei.

Asger schiebt sich näher an mich und küsst mich erneut.

Unsere Liebe war es wert, elf Jahre zu warten.

Seine Bartstoppeln prickeln auf meiner Haut. Ich schlinge die Arme um seinen Hals, ziehe ihn so nahe an mich, bis er halb auf mir liegt. Sein Körper glüht beinahe, sein Gewicht schenkt mir Gewissheit, dass er wirklich da ist. Seine Lippen erkunden mein Gesicht, erinnern sich an damals. Wenn unser allererster Kuss auf dem Turm ein Versprechen war, dann ist dieser hier die Erfüllung. Ich stöhne leise, während seine Arme mich halten, seine Hände meinen Rücken kneten und wir schließlich ganz auf dem Boden liegen.

Ein plötzliches Kribbeln in meiner Nase lässt mich Asger zurückweisen. Shit, ich muss schon wieder niesen. Der Pulli und meine

Ellenbeuge halten dafür her. Asger setzt sich aufrecht und schaut mich prüfend an. Ich bin noch ganz benommen von unserer stürmischen Leidenschaft.

„Hast du dich erkältet?", fragt er.

„Weiß nicht. Und wenn schon. Ich bin hier. Bei dir."

Er lächelt und streichelt meine Wangen.

„Damals am Strand hatte ich deine Fleecejacke", flüstere ich.

„Heute liegt meine in Romys Wagen."

„Komm", sagt er, steht auf und reicht mir die Hand. „Wir sollten unser Essen beenden. Das Sushi kann auch nichts dafür, dass wir so lange aufeinander warten mussten."

„Was wirst du jetzt wegen Magnus tun?", frage ich.

Ich hoffe, Asger ist ihm nicht böse.

„Mich bei ihm bedanken", sagt er und führt mich zum Tisch. „Dafür, dass er dir geschrieben hat. Dass er mir nichts von der Flasche erzählt hat, nachdem deine Antwort ausblieb. Das war die richtige Entscheidung, auch wenn es ihm sehr schwergefallen sein muss. Aber ich hätte das nicht überlebt."

„Er ist ein sehr guter Freund", sage ich, nehme Platz und erhebe mein Glas. „Wir sollten auf ihn trinken."

„Skål", antwortet Asger und lässt unsere Gläser klingen. „Auf meinen allerbesten Freund Magnus."

Für eine Weile schweigen wir, essen und begnügen uns mit unseren Blicken. Es gäbe ohnehin keine Worte, um auszudrücken, was zwischen uns geschieht. Asger ist nach wie vor der Mann, mit dem ich den Rest meines Lebens verbringen will. Er oder keiner.

Das Sushi ist so gut. Ich habe selten derart leckeren Fisch gegessen. Und die Soßen erst! Sie krönen das Ganze. Als wir beide satt sind und uns zurücklehnen, als Asger Wein nachschenkt, macht er ein nachdenkliches Gesicht.

„Das mit dieser Sybille und deiner Schwester Romy ist eine üble Sache", sagt er, als hätte er jetzt erst begriffen, was ich erzählt habe. „Ich frage mich, ob Magnus davon weiß, dass er hinters Licht geführt wurde. So was hat er nicht verdient."

Ich schaue zu Boden und schäme mich für diese furchtbare Lüge, obwohl ich nichts damit zu tun habe. Aber weil ich weiß, wie teuer meine Schwester dafür bezahlt, nicke ich.

„Er weiß es", antworte ich. „Er hat bereits den Kontakt abgebrochen."

„Die einzig richtige Entscheidung."

„Na ja", murmle ich. „Die Sache ist zwar schon übel genug, aber sie endet noch übler."

Asger schaut auf und sieht mich an.

„Was meinst du?"

„Weißt du, … Sybille ist …" Ich breche den Satz ab, um nach den richtigen Worten zu suchen. „Wie soll ich es bloß sagen, um sie nicht komplett im falschen Licht erscheinen zu lassen? Ich mag sie zwar nicht besonders, aber sie hat auch ihre guten Seiten. Sie kann jedoch sehr oberflächlich sein. Romy sagte, es würde sie nicht wundern, wenn sie bereits eine neue Bekanntschaft hätte."

„Und für wen soll das jetzt übel sein?", fragt Asger. „Wenn nicht nur für Magnus?"

„Für meine Romy", flüstere ich und denke traurig an meine kleine Schwester.

Asger beugt sich vor und stützt sich mit den Armen auf dem Tisch ab.

„Das musst du mir erklären."

Ja, das muss ich wirklich. Ich seufze, schwenke mein Weinglas und betrachte das goldgelbe Getränk darin.

„Romy war gegen diese Idee", beginne ich. „Aber Sybille hat nicht lockergelassen. Loyal, wie sie ist, hat meine Schwester schließlich eingewilligt. Und na ja, kaum war sie bei Magnus angekommen, da … da hat sich auch schon in ihn verliebt", sage ich. „Sie ist am Boden zerstört."

„Hm", macht Asger und nimmt einen Schluck Wein. „Interessante Geschichte."

„Interessante Geschichte?!" Ich bin verwirrt.

Mehr hat er nicht dazu zu sagen?

„Weiß Magnus davon?"

„Ja! Romy hat ihm alles in einem Brief erklärt und sich aufrichtig entschuldigt. Und er hat das alles komplett ignoriert."

„Das tut mir leid für deine Schwester."

„Mir auch", antworte ich wahrheitsgemäß. „Jetzt, da ich endlich glücklich sein kann, wünsche ich es mir für sie auch. Hey", sage ich. „Nur ihretwegen habe ich dich gefunden, Asger. So elendig diese Lüge ist, ohne sie wäre die Wahrheit nicht ans Licht gekommen."

Kapitel 25 ❀ Elisa, 2024

„Das glaube ich jetzt nicht!", rufe ich, als Asger mich zum Parkplatz führt und ich einen weißen Audi entdecke. „Das ist aber nicht der von damals, oder?"

Er schmunzelt, und irgendwie sieht er in diesem Moment aus wie der Neunzehnjährige, der vor langer Zeit mein Herz gestohlen hat. Asger nestelt am Schlüssel herum.

„Ich hab es nicht übers Herz gebracht", murmelt er. „Ihn zu verkaufen. Weil ... weil er alles ist, was mir von dir geblieben ist. Weil du dringesessen hast."

Mir fehlen die Worte. Ich schlucke und stütze mich auf die Motorhaube. Meine Finger gleiten über den Lack, der kaum einen Kratzer hat. Ich kann nicht glauben, wie er diesen Wagen gehegt und gepflegt haben muss.

„Manchmal habe ich mich auf den Beifahrersitz gesetzt und mir eingebildet, dein Parfum zu riechen. Elisa ..."

Er schaut mich an, während meine Knie immer weicher werden. Ich schüttle den Kopf, um ihm zu bedeuten, nicht weiterzusprechen. Tränen rollen über meine Wangen. Er kommt auf mich zu. Wortlos schlinge ich die Arme um ihn. So stehen wir eine Weile da in der nächtlichen Kälte und wärmen einander.

Er küsst meine Stirn, meine Wangen, wischt meine Tränen fort.

„Jeg elsker dig", flüstert er in mein Ohr.

„Ich weiß, was das heißt", flüstere ich zurück. „Das hat mal ein Däne zu mir gesagt. Genau an dieser Stelle. Neben genau diesem Auto."

Er lächelt im Licht der Straßenlaterne. Mir ist so kalt, aber dieses Lächeln wärmt mich mehr, als jedes Feuer es je könnte.

Erneut küssen wir uns. Bis er bemerkt, wie sehr die Kälte mir zu schaffen macht.

„Schnell, steig ein", sagt er und schiebt mich zur Tür.

Ich tue nichts lieber als das. Leider verfügt dieses Modell noch nicht über eine Sitzheizung. Asger steigt ebenfalls ein und startet den Motor.

Hier drinnen ist es wie in einer Zeitkapsel. Nach all den Jahren sitze ich wieder in diesem Auto. Ich erinnere mich an die Armaturen, an das Polster, den Sicherheitsgurt, an Franz im Fußraum, der auf meinen Sandalen gehockt hat. Ich weiß noch, wie wir in diesem Wagen zum kleinen Farmcafé gefahren sind. Ich hatte Waffeln mit Schokoeis und Sahne, Asger einen Milchkaffee und ein Stück Heidelbeerkuchen.

Nie im Leben hätte ich für möglich gehalten, dass er den Audi noch hat. Dann bemerke ich einen sonderbaren Geruch.

„Puh", sage ich. „Also komm mir jetzt nicht damit, dass du in diesem Auto noch in der Lage bist, Parfum zu erriechen!"

„Oh, sorry, das ist … Äh … Das sind meine Gummistiefel. Du erinnerst dich, der Notfall heute …"

„Will ich wissen, was daran klebt?"

„Schweinemist", erklärt er. „Bloß Schweinemist."

„Ich dachte, man muss solche Spezialschuhe tragen, um keine Keime in die Ställe hineinzubringen."

„Da will es aber jemand genau wissen", sagt er und grinst.

„Tja, wenn ich schon diesen Geruch ertragen muss …"

Er sieht mich an, bevor er ausparkt.

„Bioschweine. Sie leben draußen."

„Es gibt also noch glückliche Tiere in dieser Welt."

„Die gibt es tatsächlich."

Wenig später erreichen wir die Hoteladresse. Plötzlich kommt die Müdigkeit in mir durch, kriecht bleiern durch meine Knochen. Ich bin todmüde und todtraurig zugleich. Wie gern würde ich die ganze Nacht mit Asger durchmachen. Reden, küssen, Wein trinken. Ich hätte einfach bei ihm schlafen können.

Aber das wollte ich nicht. Wir haben uns gerade erst wiedergefunden und noch alle Zeit der Welt. Ich möchte jede Sekunde mit ihm genießen, alles in Zeitlupe erleben und auskosten, den erwachsenen Asger neu kennenlernen. Bei ihm zu bleiben, hätte ein Ende genommen, für das ich noch nicht bereit bin. Außerdem möchte ich Romy nicht warten lassen. Wir sind zwar aus dem Alter raus, aber als Ältere von uns beiden fühle ich mich immer noch verantwortlich für sie.

„Danke fürs Bringen und für den wundervollen Abend", sage ich, als er vor dem Hoteleingang anhält.

„Danke, dass du mich gefunden hast, Elisa! Sehen wir uns morgen noch? Wann plant ihr heimzufahren?"

Mir geht ein Stich durchs Herz. Mit einem Mal ist meine Unbeschwertheit verflogen. Morgen ist Sonntag. Wir müssen zurück.

Sowohl Romy als auch ich müssen am Montag wieder zur Arbeit. Und Asger ganz sicher auch. Na ja, meine Schwester wurde zu Homeoffice verdonnert. Und auf mich wartet die Kita.

„Ich weiß nicht", sage ich. „Muss ich mit Romy klären. Aber ich werde nicht verschwinden, ohne dir Farvel zu sagen."

„Gut, dann telefonieren wir, wenn du ausgeschlafen hast", schlägt er vor.

Unser Abschiedskuss dauert ewig. Wir haben so viel nachzuholen. Aber irgendwann muss ich aussteigen und er nach Hause fahren.

Ich schaue ihm nach, bis ich den weißen Audi nicht mehr sehe. Dann drehe ich mich um, gehe ins Hotel und an die Rezeption.

Ich reibe mir die Arme, denn ich habe Gänsehaut, so kalt ist mir. Das muss der lange, aufregende Tag sein. Die Müdigkeit, der Wein.

Die Dame an der Rezeption tippt in ihren Computer und reicht mir den Zimmerschlüssel.

„Thank you", sage ich, will zum Fahrstuhl gehen, als ich die Stimme meiner Schwester höre. Oder besser gesagt: das Lallen meiner Schwester. Ich halte inne und Ausschau nach Romy.

„Oh mein Gott!", entfährt es mir, als ich sie entdecke.

Mit schnellen Schritten bin ich an der Bar, wo sie sitzt und Mühe hat, nicht vom Hocker zu fallen.

„Romy! Was um alles in der Welt …?"

„Da bissu ja!", singsangt sie und fällt mir um den Hals. „Freerick, thisss my sisser. Elisa. Ich hab dich vermisst."

„I'm sorry", sage ich in Richtung des Barkeepers, dessen Namens-schild tatsächlich *Frederick* verkündet.

„I tried to stop her. But she didn't want to", erklärt er.

„Okay ... Hey, Romy, hast du das gehört? Er wird dir keine Drinks mehr geben. Jetzt ist Feierabend."

„Doch, wirter. Ich sahle schließich dafür."

Romys Haare sind aus ihrem Zopf gefallen. Die schwarzen Sträh-nen hängen halb im Glas, halb auf dem Tresen. Ich habe keine Ahnung, was sie alles getrunken hat. Aber eine von uns beiden wird die Nacht über der Kloschüssel verbringen. Und das bin si-cher nicht ich.

Frederick poliert Gläser und schaut mich mitleidig an. Ich frage ihn, seit wann sie hier sitzt und trinkt. Er schaut auf die Uhr und sagt dann, seit etwa zwei Stunden. Na super!

„Romy, es ist ein Uhr nachts. Ich möchte jetzt gern ins Bett. Kommst du mit?"

„Hat Asser dich geküsst?"

„Das verrate ich dir erst, wenn du mitkommst." Ich gähne. „Wie konntest du dich bloß so volllaufen lassen?"

„Das iss alles Bon Jovis Schuld."

„*Was?*"

„Magnus hat mich verfolgt und dann habbich Max geschrieben und ihn um ein Date gebeten. Und jetzt schwimmen sie beide hier in meinem Whisky. Schau mal."

Meine Schwester stiert in ihr Glas und fischt mit dem Zeigefinger darin rum.

273

„Herrje", sage ich und schaue Frederick an. „I guess, I'll need some help."

„Sure." Er legt das Glas und den Lappen beiseite und kommt um den Tresen herum.

„Siehsu? Siehsu? Hier schwimmt Magnus, und dassa, dassis Max. Und der winzich kleine Knopf da, den hab ich ihm angenäht!"

„Noch ein Grund mehr, dieses Glas nicht auszutrinken. Oder willst du sie beide töten?"

Romy verzieht das Gesicht. Ihre Augen sind verquollen, und sie sieht absolut fertig aus. Ich nehme ihren linken Arm und lege ihn um meine Schulter. Frederick tut dasselbe mit ihrem rechten Arm. Gemeinsam hieven wir sie vom Barhocker.

„Du hättes mir nicht schreiben dürfen", lallt sie. „Nur weil du Okay gesagt hast, hat Magnus mich durch ganz Dänemark gejagt."

„Das tut mir leid", antworte ich, ohne zu verstehen, was sie da plappert.

Mir wird übel bei ihrer Fahne. Als wir am Fahrstuhl ankommen, bedanke ich mich bei dem Barkeeper und bitte noch einmal um Verzeihung, bevor er wieder hinter seinem Tresen verschwindet. Ich weiß, so was ist nichts Ungewöhnliches in seinem Job, aber trotzdem ist es mir unangenehm. Hoffentlich bekomme ich Romy von hier aus allein ins Zimmer. Zum Glück sind nicht mehr allzu viele Gäste in der Lobby. Das hier ist nicht nur mir peinlich, meine Schwester wird sich morgen so schämen, dass sie nicht zum Frühstück herunterkommen wird. Vorausgesetzt, sie will überhaupt frühstücken.

Die Lifttüren schwingen auf, ich schiebe Romy hinein und folge ihr. Behutsam ziehe ich das Zopfgummi aus ihren Haaren und entdecke noch etwas anderes darin.

„He!", protestiert sie. „Du ruiniers meine Frisur!"

„Oh, das hast du schon selbst geschafft. Aber was ist das hier?" Ich pflücke zwei Kiefernnadeln aus ihren Strähnen. Seltsam. Soweit ich das gesehen habe, stehen in Hotelnähe keine Kiefern. „Romy?" Meine Kehle schnürt sich zu. „Ist dir ... Ist dir was passiert? Hat dir jemand was angetan? Wo warst du bis elf Uhr? Also, bevor du dich hast volllaufen lassen. Du ... du bist doch lange vor acht an Asgers Haus weggefahren."

Sie fällt mir wieder um den Hals und ist dabei schwer wie ein Mehlsack. Ihre Pupillen sind so geweitet, dass sie nicht mal auf das Neonlicht im Hotelflur reagieren, als wir den Fahrstuhl verlassen.

„Habbich doch gesagt", brabbelt sie, strauchelt und schwankt an meiner Seite. „Ich war bei Maanus. Danke, dassu mich nach Hause bringst. Wo sinnwir hier, Elisa?"

An der Zimmertür angekommen, stecke ich die Schlüsselkarte ein, schiebe Romy in den Raum und setze sie aufs Bett.

„Du warst bei Magnus?", hake ich nach.

Das ergibt doch überhaupt keinen Sinn. Wieso sollte sie zu Magnus gefahren sein? Nach allem, was geschehen ist.

Sie grinst selig, kippt nach hinten und fängt direkt an zu schnarchen. Ich raufe mir die Haare, als es an der Tür klopft. Es ist Frederick. Er hat Romys Tasche in der Hand. Unser Gepäck. Schon wieder bedanke ich mich. So schnell wird er uns wohl nicht vergessen.

Dann mache ich mich daran, meiner Schwester Schuhe, Hose und T-Shirt auszuziehen. Ich hieve sie mit aller Macht in eine gerade Position, decke sie zu und gehe ins Bad, um mich selbst bettfertig zu machen.

Oh Mann, bin ich erledigt. So erschöpft, wie ich mich fühle, schlafe ich sehr schnell ein. Irgendwann höre ich im Halbschlaf, wie Romy sich auf der Toilette übergibt. Meine arme kleine Schwester.

Ich erwache von einem Stöhnen. Es kommt von Romy. Mein eigener Körper fühlt sich an wie Blei, und mein Schädel dröhnt, als hätte ich die vergangene Nacht gesoffen und nicht sie.

„Hi", flüstert meine Schwester.

Ich blinzle und sehe, dass ihr Kopf zur Hälfte unter dem Kopfkissen liegt.

„Wie spät ist es?", frage ich und bemerke, dass ich komplett durchgeschwitzt bin. Dabei war die Heizung gar nicht so stark aufgedreht.

„Zehn oder so …"

„Was, schon so spät?" Ich setze mich auf. Im gleichen Moment ist es, als würde mir jemand mit einem Brett auf die Stirn schlagen.

„Mir ist so schlecht", faselt Romy.

„Tja, wovon das wohl kommt."

Ich massiere meinen Nacken. Meine Nase kribbelt. Genau genommen schmerzt mein ganzes Gesicht. Die Stirnhöhlen, die Nebenhöhlen.

„Mist", sage ich und sinke zurück in die Kissen.

„Was?"

„Ich glaub, ich bin krank. Kann sein, dass ich Fieber hab."

„Krank", murmelt Romy. „Willkommen im Club!"

Dann springt sie aus dem Bett und rennt ins Bad. Sie kotzt sich die halbe Seele aus dem Leib.

Als hätte er gespürt, dass was nicht stimmt, ruft Asger mich an.

Ich muss das erst mal auf meiner Zunge zergehen lassen.

Asger ruft mich an. Asger. Mich. Ich hab jetzt seine Nummer.

Ich sinke tiefer in die Kissen und kuschle mich ein.

„Hej", sage ich ins Telefon.

„Hej", ist die Antwort.

Mein Bauch schlägt Purzelbäume.

„Ausgeschlafen?", fragt er dann, legt eine kurze Pause ein und fügt hinzu: „Sag mal … Was sind das für Geräusche im Hintergrund?"

„Romy hat gestern Abend ein wenig zu tief ins Glas geschaut. Wir mussten sie zu zweit von der Hotelbar tragen."

„Ist das ein Scherz?"

„Ich wünschte, es wäre einer."

„Braucht ihr Hilfe?"

Ich stöhne, fasse mir an die Stirn und überlege.

„Eventuell."

„Eventuell?", fragt er nach.

„Ich habe Fieber."

„Okay, ich bin unterwegs."

„Elisa", tönt es aus dem Bad. Es klingt elendig. „Ich glaube, ich muss sterben."

„Red nicht so einen Blödsinn", antworte ich und drehe mich auf die Seite. Wenn ich meine Kopfschmerzen nur auch durch Kotzen loswerden könnte.

„Ich meine es ernst", sagt Romy.

„So viel hast du auch wieder nicht getrunken."

„Nicht wegen des Trinkens."

„Sondern?"

„Wegen Max Koch."

Ich brauche einen Moment, um mich an diesen Namen zu erinnern. Ich glaube, das ist dieser Stammkunde aus der Schneiderei.

„Ich habe ihm geschrieben."

„Putz erst mal deine Zähne, wasch dich oder und nimm am besten eine Dusche. Asger kommt her. Du willst sicher nicht, dass er dich so sieht."

„Du hast mir noch gar nichts erzählt. Wie ist es gelaufen?"

„Selbst wenn ich es getan hätte, würdest du dich sowieso nicht mehr dran erinnern."

„Du bist gemein."

Ich höre die Duschbrause. Meine Schwester stöhnt und quält sich unter den Wasserstrahl.

„Checkst du bitte mal mein Handy?", ruft sie. „Ich trau mich nicht!"

Ich rapple mich mühsam auf und greife nach ihrem Telefon.

Gut, dass ihr Passwort so simpel ist. Ich öffne den Chat mit Max Koch, der tatsächlich eine neue Nachricht anzeigt. Zunächst lese ich jedoch die von Romy.

Hey, Herr Koch. Sorry, wenn ich einfach so schreibe. Ich bin Romina aus der Schneiderei. Die Ihnen den Knopf angenäht hat. Also … es geht um eine Frage. Natürlich nur, wenn Sie möchten. Also mal mit mir ausgehen, meine ich. Ganz unverbindlich. Aber wenn es nicht passt, ist das auch nicht weiter schlimm. Viele Grüße!

Okay, das ist wirklich peinlich. Aus was für einer Not heraus hat sie denn so was Hirnloses geschrieben? „Hat Max geantwortet?", will sie wissen. Weil ich zu schwach bin, gegen die Dusche anzuschreien, schweige ich. Er hat geantwortet. Nachts um halb eins.

Hi, Romina! Natürlich weiß ich, wer Sie sind! Danke noch mal für den Knopf. Er sitzt perfekt. Ich würde mich freuen, mit Ihnen auszugehen. Wann und wo? Viele Grüße, Max!

Ich reibe mir die Augen. Eigentlich will ich bloß schlafen und kein Fieber mehr haben. Tja, was soll ich meiner Schwester sagen? Jetzt kommt sie aus der Nummer nicht mehr raus.

Kapitel 26 ✂ Romina, 2024

Ich hatte nicht erwartet, dass die Dusche hilft. Aber sie tut es. Ein bisschen zumindest. Gleichzeitig wünschte ich, sie würde nicht helfen. Ich will mich nicht an das erinnern, was ich gestern getan habe. An die Nachricht an Max. An die Verfolgungsjagd mit Magnus. Was, wenn er mich gekriegt hätte? Wenn ich gestolpert wäre und er aufgeholt, mich zu packen bekommen hätte? Ich weiß nicht, wie das geendet hätte.

Seufzend stelle ich die Dusche ab. Ich fühle mich im wahrsten Sinne des Wortes bedröppelt. Ich greife nach einem Handtuch, trockne mich ab, hülle mich hinein, nehme ein zweites, um meine Haare zu einem Turban zu wickeln. Mein Magen rebelliert. Ich brauche dringend einen Kaffee und was zu essen, bevor mir wieder schlecht wird. Als ich das Bad verlasse und ins Zimmer gehe, um mir frische Kleider aus der Tasche zu nehmen, begegnet mir Elisas Blick. Herrje, sie hat ganz glasige Augen und rote Wangen.

„Du glühst ja", stelle ich fest, als ich ihre Stirn befühle. „Was hast du dir denn bloß eingefangen?"

„Keine Ahnung", murmelt sie und hält mir mein Handy hin. „Du hast ein Date."

Bei ihren Worten kommt mir sofort wieder die Galle hoch, aber ich schaffe es, nicht zu spucken.

„Oh nein", presse ich hervor. „Was mache ich denn jetzt?"

„Hingehen?"

„Ich will doch gar nicht", heule ich auf, falle aufs Bett und knirsche mit den Zähnen.

„Wieso hast du ihm dann geschrieben?", fragt Elisa. „Erzähl mir doch mal die ganze Geschichte. Von Magnus und Bon Jovi und all dem wirren Zeug, das du da gestern gefaselt hast. Und gib mir bitte ein Glas Wasser, ja?"

Ich springe auf, gieße ihr Sprudel ein und reiche ihn ihr.

Dann erzähle ich von meiner dummen Aktion, Magnus hinterher-
zuspionieren, dass ich ihn einfach zu sehr liebe, um ihn aufzugeben und irgendwie gedacht habe, ich könnte ihn über Max vergessen. Während ich rede, pendle ich zwischen Bad und Zimmer,
ziehe mir Jeans und T-Shirt an, putze mir die Zähne und föhne
meine Haare. Ich lege auch etwas Schminke auf und freue mich,
dass sie ihren Zweck erfüllt.

Als ich wieder vor dem Bett stehe, ist Elisa eingeschlafen.

Ich streiche ihr verschwitzte Haare aus der Stirn und überlege, was
ich Max antworten soll. Und wenn ich doch hingehe?

Ach, darüber will ich jetzt nicht nachdenken. Was ich brauche, ist
mehr Zeit, um eine Entscheidung zu treffen. Ich schnappe mir das
Handy und überlege, wie ich meine Antwort hinauszögern kann.

*Guten Morgen, tippe ich. Hoffentlich habe ich Sie gestern so spät nicht über-
rumpelt mit meiner Nachricht. Ich bin aktuell nicht in Deutschland. Sobald
ich zurück bin, melde ich mich.*
Liebe Grüße, Romina

Prima. Damit habe ich erst mal Zeit gewonnen. Ich ärgere mich,
ihm überhaupt geschrieben zu haben. Jetzt verwickle ich schon
unschuldige Menschen in meine dämliche Misere.

Ein Klopfen an der Tür lässt mich aufschrecken. Ich öffne.

Vor mir steht ein Mann in Hemd und Jeans. Sein Gesicht kommt
mir irgendwie bekannt vor. Du meine Güte!

„Asger?", frage ich.

„Du musst Romy sein", stellt er freundlich fest.

„Ja, genau! Wow, ist das lange her." Ich trete zur Seite und bitte ihn herein. Mit dem Zeigefinger an den Lippen deute ich zum Bett rüber.

„Elisa schläft. Ich glaube, sie hat hohes Fieber."

„Oje. Es ging ihr gestern Abend schon nicht gut. Sie hat gefroren und ein paarmal geniest", erklärt er.

Ich beobachte, wie er zum Bett geht, ihre Stirn befühlt und etwas auf ihr Nachtschränkchen stellt. Bei seinem liebevollen und besorgten Blick schmelze ich dahin. Dann ist ihr Wiedersehen also gut verlaufen. Ich könnte heulen vor Glück!

„Wenn sie aufwacht, soll sie das hier nehmen", sagt er. „Ibuprofen. Und viel trinken."

„Danke, Asger, das ist lieb von dir."

„Und wo wir beim Thema viel trinken sind …", fährt er grinsend und mit einem Augenzwinkern fort. „Das empfehle ich dir auch. Aber heute besser nur Wasser."

„Hat sie mich etwa verpetzt?"

„Nein. Man hat dich im Hintergrund gehört, als wir telefoniert haben."

„Oh!"

Irgendwie wird es gerade nicht angenehmer, mit ihm zu reden.

Ich möchte schnell das Thema wechseln, denn die Sache ist echt peinlich.

„Eigentlich wollten Elisa und ich heute Abend zurückfahren. Aber in ihrem Zustand fünf Stunden Auto?"

Er nickt und denkt nach.

„Ja, wir sollten erst mal abwarten, wie es ihr später geht. Notfalls muss sie hierbleiben. Wenn sie krank ist, kann sie morgen ohnehin nicht arbeiten."

Da hat er recht. Aber wie kommt sie dann zurück? Will er sie etwa heimfahren?

„Vielleicht sollten wir uns unten ins Restaurant setzen und dort weiterreden", schlage ich vor, weil mir der Magen in den Kniekehlen hängt und ich dringend einen Kaffee gegen meinen Schädel benötige. „Ich will Elisa nicht aufwecken. Hast du schon gefrühstückt?"

„Habe ich", antwortet er. „Aber einen Kaffee trinke ich gern noch."

Ich schlüpfe in meine Schuhe, nehme die Schlüsselkarte und bin gespannt, zu erfahren, wieso Asger so gut Deutsch spricht. Soweit ich weiß, hat er das damals noch nicht getan. Ich hätte ja meine Schwester danach gefragt, aber die ist gerade nicht in Plauderlaune. Als wir im Lift nach unten sind, erfahre ich, dass Asger in Hannover studiert hat. Das ist wirklich harter Tobak. Arme Elisa. Bestimmt hat diese Tatsache ihr zu schaffen gemacht.

Im Restaurant ist es nicht mehr sehr voll. Es ist beinahe elf Uhr, und ich habe Glück, dass ich noch ein Frühstück ergattern kann. Wir setzen uns an ein Fenster mit Blick in einen kleinen Park. Asger trinkt einen Milchkaffee, während ich mir zwei Croissants, ein Rundstykker, Müsli, Marmelade, Käse, einen Latte Macchiato und Orangensaft aufs Tablett gepackt habe.

„Sorry", murmele ich. „Ich muss ein paar Reserven auffüllen nach der letzten Nacht …"

„God appetit!", sagt er verständnisvoll.

Er ist ein gut aussehender Mann. Meine Schwester hat wirklich Geschmack. Ich denke darüber nach, wie professionell er sich oben im Zimmer verhalten hat.

„Was machst du beruflich?", frage ich. „Zufällig irgendwas mit Medizin?"

„Ja, Tiermedizin."

Ich nicke anerkennend und schmiere dick Marmelade auf mein Croissant.

„Das ist ja kaum ein Unterschied", merke ich an. „Ob da jetzt jemand mit einer Grippe im Bett liegt oder ein Pferd eine Kolik hat."

Asger lacht.

„Ja, Säugetier ist Säugetier", stimmt er zu, nippt an seinem Kaffee und wird wieder ernst.

„Romy, darf ich dich etwas fragen?"

„Na klar", antworte ich, bevor ich ausgehungert in das Croissant beiße.

„Elisa hat mir erzählt, was zwischen dir, Sybille und Magnus vorgefallen ist."

Mir bleibt der Bissen im Hals stecken. Damit habe ich nicht gerechnet. Aber natürlich hat Elisa ihm alles erzählt, denn er hat ohne Zweifel wissen wollen, wie sie ihn ausfindig gemacht hat. Ich nehme einen großen Schluck Latte und spüle den Happen in meiner Kehle hinunter. Asger redet inzwischen weiter.

„Ich weiß, das geht mich nichts an. Es ist nur so, dass Magnus mein bester Freund ist und … Na ja, auf der anderen Seite hättest du nie die Flasche gefunden, wenn …“

Jetzt ist mein Appetit dahin. Für den Moment hatte ich es geschafft, nicht an Magnus zu denken. Oder an die Szene vom Abend. Ich schiebe mit dem Finger die Croissantkrümel auf meinem Teller zusammen. Wieso bröseln diese Dinger bloß immer so stark?

„Ja, ich weiß, das war eine ganz miese Sache“, gestehe ich. „Glaub mir. Ich habe meine Quittung bereits erhalten. Das Wichtigste ist jetzt aber, dass du und Elisa euch wiederhabt.“

„Da hast du recht. Tut mir leid, dass ich das Thema angesprochen habe“, sagt er, als er bemerkt, dass ich nicht weiteresse. „Ich wollte dir nicht das Frühstück verderben.“

„Schon okay.“

„Du solltest essen.“ Er trinkt einen Schluck und macht Anstalten aufzustehen. „Ich schaue noch mal nach Elisa.“

„Asger?“, halte ich ihn zurück.

„Ja?“

„Falls du in nächster Zeit mal mit ihm telefonieren solltest … Also, dann vielleicht … Äh, … das wäre lieb. Wenn du es mir dann erzählst.“

Er schaut verwirrt und belustigt zugleich.

„Dir was erzähle?“

„Ja. Also, was er gesagt hat. Ob er was gesagt hat. Über … über mich.“

Jetzt lacht er. Ich bin nicht sicher, ob ich das witzig finde. Aber sein Lachen ist kein Auslachen. Es ist eher ein freundliches. Vielleicht ein mitleidiges. Asger setzt sich wieder und beschließt, den Kaffee doch noch auszutrinken.

„Mach ich", sagt er. „Versprochen. Aber ob ich es dir erzähle, hängt von den Dingen ab, die er sagt, okay? Vielleicht willst du es gar nicht wissen."

„Okay. Kann gut sein, dass ich es gar nicht wissen will ..." Während ich das sage, schaue ich das Croissant an. Und es schaut mich an. Ich kann seinem Duft einfach nicht widerstehen. Mein Magen kann es nicht. Er will es haben. So sehr.

„Entscheide du, was ich wissen will und was nicht. Ja?"

„Einverstanden."

„Danke, Asger!"

„Ich danke dir. Dass du mir meine Elisa zurückgebracht hast. Du kannst dir nicht vorstellen, was mir das bedeutet." Ich schaue auf und lächle ihn an. Er sieht wirklich glücklich aus. Das war es wert! Ich schaffe das schon. So war der Plan.

Am Abend sitze ich allein in meinem Wagen und fahre zurück nach Deutschland. Schon wieder. Ich würde ja sagen, es ist ein Déjà-vu, aber das ist es nicht, denn ich hab es tatsächlich vor ein paar Tagen so erlebt. Mein Kilometerstand bestätigt es, und natürlich auch meine Spritrechnung. Elisa ging es nicht besser, und da ich morgen im Homeoffice bin, musste ich allein heimfahren. Meine arme Schwester hat es ziemlich erwischt. Wir haben mit Asger beschlossen, dass sie vorerst im Hotel bleibt und sich auskuriert. Er schaut regelmäßig nach ihr und kümmert sich um sie. Vielleicht kann sie auch zu ihm, wenn es ihr etwas besser geht. Ab Mitte der Woche habe ich dann frei; es ist das lange Christi-Himmelfahrt-Wochenende mit dem Brückentag. Ich habe vorgeschlagen, dann zurückzukommen, um Elisa abzuholen.

Ein letztes Mal, denke ich. Ich werde dann ein letztes Mal nach Dänemark fahren, für sehr, sehr lange Zeit.

Ich muss das mit Magnus zuerst hinter mir lassen. Je mehr und je länger ich darüber nachdenke, desto erwachsener erscheint mir der Gedanke. Letztendlich habe ich sowieso keine andere Wahl. Er will mich nicht. Er hat mich nie gewollt. Höchstens Sybille.

Als ich gegen halb eins in der Nacht daheim ankomme, sinke ich erschöpft in mein Bett und schlafe schnell ein.

Kapitel 27 ✂ Romina, 2024

Das Türglöckchen bimmelt, als ich am nächsten Morgen kurz vor Ladenöffnung die Schneiderei betrete, um meine Aufträge abzuholen. Ich bemühe mich um ein Lächeln, als Sybille um die Ecke vom Büro schaut und ich meine Freundin begrüße. Das heißt, ist sie das noch? Nach dem, was mit Magnus war?

„Hi, Romina", erwidert sie knapp. „Hier ist noch eine Weste von Frau Weber. Sie hat sich eine Klinke gerissen. Und die Innentasche hat ein Loch. Kannst du das mitmachen?", fragt sie und drückt mir eine Tüte in die Hand.

„Klar. Mach ich."

Sybille wirkt gestresst.

„Ist alles okay bei dir?", frage ich.

„Dein Ernst?" Sie rauscht an mir vorbei. „Hast du denn schon alles wieder vergessen? Ich nicht."

Puh! Ich hatte ja mit dicker Luft gerechnet. Aber mit *so* dicker Luft?

Oben angekommen, mache ich mich direkt an die Arbeit. Ich kümmere mich um Frau Webers Weste, um ein Sommerkleid, das ausgelassen werden muss und um verschiedene andere Dinge.

Am frühen Nachmittag falle ich auf mein Sofa, nehme das Handy und verabrede mich noch für heute Abend mit Max Koch.

Ich will diesem Date eine Chance geben. Und sei es nur, um mich von Magnus abzulenken.

Als es so weit ist, gehe ich ins Bad, nehme eine Dusche, schminke mich dezent, schlüpfe in einen knielangen Faltenrock und eine rosafarbene Bluse. Sie passt sehr gut zu meinen schwarzen Haaren, wie ich finde. Dann stecke ich meinen langen Pony zurück und verlasse das Haus.

Während ich zu dem griechischen Restaurant laufe, denke ich an Sybille. Ich sehne mich danach, mich mit ihr zu versöhnen. Ich bin sehr harmoniebedürftig und will nicht, dass die Situation zwischen uns so kalt und unpersönlich bleibt, wie es heute Morgen im Laden gewesen ist. Wir haben uns vor langer Zeit mal versprochen, dass niemals ein Mann zwischen uns stehen soll. Ob sie sich noch daran erinnert? Ich meine, es war ihre Idee, mich zu Magnus zu schicken. Sie hat es also gewissermaßen provoziert, dass ein Mann zwischen uns steht.

Wenige Minuten später erreiche ich den vereinbarten Treffpunkt. Anscheinend bin ich als Erste da. Ein Blick auf mein Handy zeigt eine neue Nachricht von Elisa an. Es geht ihr etwas besser, und sie hat das Hotel verlassen, um sich bei Asger im Gästezimmer auszukurieren.

Ich wünsche ihr weiterhin gute Besserung und schreibe, dass ich mich über Asgers Fürsorge freue.

Kaum habe ich mein Handy wieder in der Handtasche verstaut, spricht mich jemand an.

„Hallo, Romina. Schön, dass es geklappt hat."

Ich stehe in einem Pinienwald. Max Kochs Parfum ist unverkennbar. Das Grübchen an seinem Kinn, die Bernsteinaugen. Aber irgendwas ist anders. Ich überlege angestrengt und komme schließlich darauf: Ich müsste schweben bei seinem Anblick. So wie kürzlich noch, als er sein Hemd mit dem angenähten Knopf abgeholt hat.

Aber da ist nichts. Gar nichts. Nur ein netter Mann, der mich anlächelt.

Das Restaurant gefällt mir. Wir kommen oft mit der Familie her. Heute mit Max fühlt es sich jedoch seltsam an.

Aber jetzt bin ich nun mal hier und nehme mir vor, es wenigstens zu versuchen.

Max hat einen Zweiertisch reserviert, und der Kellner führt uns in eine gemütliche Ecke. Er zündet eine Kerze an und reicht uns die Menükarten. Als er verschwunden ist, mustert Max mich ausgiebig.

„Sie sehen sehr hübsch aus", sagt er.

Wie kann es sein, dass ich so lange Zeit darauf gehofft habe, von ihm bemerkt zu werden, und jetzt, wo er mich bewundernd ansieht, ist es mir egal?

„Also, ich muss zugeben, dass ich sehr überrascht war, diese Nachricht von dir zu bekommen", fährt er fort. „Ich darf doch du sagen? Wo wir jetzt ein Date haben."

„Äh, … Ja klar."

„Mir ist übrigens nicht entgangen, dass du immer ganz nervös bist, wenn ich die Schneiderei betrete."

Oh Gott! Wie unangenehm, dass er es mitgekriegt hat! Am liebsten will mich hinter der Menükarte verstecken.

„Ich scheine eine gewisse Ausstrahlung auf Frauen zu haben", fügt er hinzu. *Echt jetzt?*

Wenig später bestellen wir, halten Small Talk, und ich bemühe mich wirklich, Interesse zu zeigen. Aber spätestens, als er damit beginnt, ausgiebig über seine Ex-Freundin zu plaudern, schließlich von seiner Mutter erzählt, wie gut sie kocht, dass sie noch seine Wäsche macht und er jeden Sonntag bei ihr zum Kaffeetrinken eingeladen ist, verstumme ich. Als das Essen kommt, bin ich für die Unterbrechung dankbar. Und froh, dass der Abend bereits zur Hälfte um ist.

„Hast du mal darüber nachgedacht, dir Locken zu machen?", fragt Max plötzlich zwischen zwei Happen Lammfleisch. „Meine Ex Carola hatte auch Locken."

Wieso ruft mich denn niemand an? Elisa zum Beispiel. Sie weiß doch, dass ich gerade dieses Date habe. Wieso ruft sie nicht an, um zu fragen, wie es läuft? Dann könnte ich mich aus dem Staub machen und ihm sagen, es sei ein Notfall.

„Carola hatte aber auch kürzere Haare. Ich glaube, die Locken würden sich in deiner Länge schnell aushängen."

„Bist du Friseur?", platzt es aus mir heraus.

„Nein", sagt er mit einem Schmunzeln. „Mama hatte vierzig Jahre einen Salon. Da bekommt man so einiges mit."

Okay, das hier sollte so schnell wie möglich enden.

„Ich bin Immobilienmakler", sagt er dann. „Wenn du also mal eine neue Wohnung, vielleicht eine Maisonette, oder ein Haus suchst, bist du bei mir genau richtig."

Dann greift er in seine Hemdtasche und zaubert eine Visitenkarte hervor.

„Hey, danke", antworte ich. „Momentan bin ich jedoch nicht auf der Suche."

Er fährt mit einigen Anzüglichkeiten fort, und sein schmieriges Grinsen lässt mich auf Abstand gehen. Als er mir auch noch anbietet, mit ihm den Standort seiner Firma in Barcelona zu besuchen, gebe ich vor, unglaublich müde zu sein und zahlen zu wollen.

„Oh, jetzt schon?", fragt er mit traurigem Blick. „Ich hatte gehofft, noch einen Digestiv zu nehmen und uns näher kennenzulernen. Aber jetzt, wo du es sagst, ich muss morgen auch früh raus."

Ich lächle erleichtert.

Max winkt dem Kellner, und als der am Tisch ist, sagt er zu ihm:

„Das geht alles zusammen."

Gerade will ich darauf bestehen, selbst zu zahlen, als Max sich an mich wendet: „Vielen Dank für den wunderschönen Abend und die Einladung, Romina. Dieses Date war eine grandiose Idee von dir, das wiederholen wir ganz bald, ja? Du bist eine so interessante und hübsche Frau, und ich will dich unbedingt wiedersehen. Ich warte draußen auf dich. Will noch eine rauchen."

Damit steht er auf und verschwindet. Ich bin so perplex, dass mir die Worte fehlen. Das … ist nicht wahr, oder? Lässt er mich allen Ernstes hier sitzen und für ihn bezahlen? Der Kellner kommt zurück an unseren Tisch und legt mir die Rechnung hin. Nachdem ich sie beglichen habe, frage ich ihn, ob es noch einen zweiten Ausgang gibt. Er sieht mich sehr lange an und bietet mir dann den Lieferantenausgang an.

Die frische Abendluft tut gut. Der Duft von Rapsfeldern, Frühling und Blüten besänftigt mich ein wenig. Ich glaube, so ein filmreifes Date hatte ich noch nie.

Ich hole mein Handy aus der Tasche, blockiere und lösche Max' Nummer, bevor ich Elisa anrufe und ihr von diesem Desaster erzähle.

Kapitel 28 ✂ Romina, 2024

Morgen ist Christi Himmelfahrt. Die vergangenen Tage im Homeoffice sind ruhig und entspannt verlaufen. Meine Schwester ist wieder gesund, und eigentlich hatte ich ihr versprochen, sie abzuholen. Immerhin habe ich von morgen an eineinhalb Wochen

Urlaub. Aber es gab eine kleine Planänderung. Da die Kita einen Brückentag nach dem Feiertag hat, verbringen Asger und Elisa die Woche in Nørre Nebel, und sie baten mich, erst am Freitag zu kommen, das Wochenende mit ihnen zu verbringen und Elisa danach mitzunehmen.

Nørre Nebel. Bestimmt lassen Asger und sie dort alte Erinnerungen aufleben, gehen zum Bunker am Strand, zu der Stelle, an der sie die Flaschenpost ins Meer geworfen haben, fahren nach Tipperne oder besuchen das Farmcafé. Ich freue mich für die beiden, die sich jetzt ganz neu kennenlernen.

Was mich betrifft, ich versuche noch immer, Magnus zu vergessen, was mir offen gesagt schwerfällt. Vielleicht hatte ich gehofft, durch Max über ihn hinwegzukommen. Aber das hat sich ja erledigt. Ich habe Magnus an der Nase herumgeführt und womöglich dazu beigetragen, dass er den Glauben an die Existenz aufrichtiger und liebenswerter Frauen verliert.

Es gibt keine Worte für den abgrundtiefen Scham, den ich empfinde. Aber was nützt es, sich über Dinge zu ärgern, die man nicht mehr ändern kann? Es ist, wie es ist, und das muss ich akzeptieren.

Am Freitagmorgen stehe ich zeitig auf, nehme eine Dusche, frühstücke und packe mir eine kleine Reisetasche. Dieses Wochenende möchte ich Dänemark genießen und nicht wieder nur hin- und am nächsten Tag gleich wieder zurückfahren.

Elisa sagt, wir wohnen bis Sonntag im Ferienhaus von Asgers Familie. Ich freue mich auf meine Schwester, das Meer und die Dünen. Noch während ich packe, sendet Elisa mir eine Nachricht:

Hey, fahr bitte vorsichtig. Ich freu mich auf dich! Wir zwei wieder vereint in Nørre Nebel, wer hätte das gedacht? Hat was von früher, oder? Nimm dir bitte für morgen was Schickes zum Anziehen mit, Asger und ich wollen dich einladen, weil du uns wieder zusammengebracht hast. Wir sind dir sooo dankbar! Hab dich lieb!

Ich lächle und tippe eine kurze Antwort. Was für eine schöne Idee von den beiden! Ich bin so glücklich, dass sie sich wiedergefunden haben. Und ein bisschen Abwechslung und Ablenkung – genau danach sehne ich mich.

Ich öffne meinen Kleiderschrank und überlege, welches Teil für solch einen Anlass passen könnte. Laut der Wetter-App ist es sonnig, und die Temperaturen liegen in Dänemark bei 22 Grad. Ich entscheide mich für mein burgunderfarbenes, knielanges Lieblingskleid. Es hat Rüschenärmel und einen aus Spitze gefertigten V-Ausschnitt. Dieselbe Spitze tailliert das Kleid und macht es zu einem sehr hübschen Hingucker. Zudem unterstreicht das Burgunderrot meine schwarzen Haare, die ich nie wieder verstecken möchte. Sicherheitshalber nehme ich noch eine dünne Strumpfhose mit. Und natürlich darf ich meinen Bikini nicht vergessen, denn Asgers Familie besitzt ein Ferienhaus mit Pool.

Dann gieße ich meine Zimmerpflanzen und die Balkonblumen und komme so richtig in Urlaubsstimmung. Ich kann es gar nicht erwarten, dem Glück meiner Schwester beizuwohnen!

Nachdem alles erledigt ist, schnappe ich mir meine Tasche, schließe die Wohnung ab und verlasse das Haus. Unten werfe ich einen Blick durch das Schaufenster der Schneiderei. Sie hat über das lange Wochenende geschlossen. Drinnen ist alles ordentlich, meine Nähmaschine winkt mir wehmütig zu. Ich zucke die Schultern und versuche ihr zuzuflüstern, dass ich in einer Woche wieder bei ihr bin. Aber sie versteht mich nicht. Ein letzter Blick durch den Laden, dann werfe ich mein Gepäck ins Auto und fahre los.

Wegen des Brückentags herrscht kaum Berufsverkehr; die meisten Leute sind bereits gestern verreist, daher komme ich gut durch und befahre bald die A7.

Nørre Nebel, ich bin voller Vorfreude! Dieses Mal fühlt es sich richtig an, wieder in mein altgeliebtes Land zu reisen. Ich fahre weder nach Esbjerg noch nach Nymindegab. Ich bin als ich selbst unterwegs zu meiner Schwester und ihrer großen Liebe, und es kommt mir so vor, als würden wir dort wieder einen unbeschwerten Sommerurlaub mit der Familie verbringen.

Gegen fünf Uhr am Nachmittag erreiche ich die Ferienhaussiedlung. Den Straßennamen kenne ich gut, denn in genau diesem Gebiet sind wir fast jedes Jahr mit unseren Eltern gewesen. Ich muss lediglich nach Asgers Hausnummer Ausschau halten. Während ich über die Kieswege fahre, erkenne ich das eine oder andere Haus wieder, in dem wir auch schon Urlaub gemacht haben. Einige sehen noch genauso aus wie damals, andere wurden renoviert oder die Gartenanlagen neu gestaltet.

Viele, viele Erinnerungen kommen in mir auf, die ich längst vergessen hatte.

Dann erreiche ich den Højsvej und entdecke die Nummer. Das Haus liegt inmitten eines von Kiefern und Krüppeleichen bewachsenen Grundstücks. Vor der Tür steht ein weißer Audi. Ich parke direkt daneben, ziehe den Schlüssel aus der Zündung und lehne mich zurück. Mit geschlossenen Augen horche ich in mich hinein. Ich kann von ganzem Herzen behaupten, in diesem Moment glücklich zu sein. Hier bei meiner Schwester und Asger, deren Liebe mich tröstet und mir beim Vergessen hilft.

Plötzlich reißt jemand meine Tür auf und springt mir in die Arme. Ich schrecke zusammen.

„Was tust du denn da?", ruft Elisa freudestrahlend. „Seit wann bist du hier? Wieso steigst du nicht aus? Ich habe mir schon Sorgen gemacht!"

„Hi, Süße!", antworte ich, löse meinen Sicherheitsgurt und klettere aus dem Wagen. „Ich bin gerade eben erst angekommen und hab nur eine Minute verschnauft. Du siehst toll aus!"

Das tut sie wirklich. Elisa trägt eine weiße Bluse, Jeans und ihre hübschen Sandalen.

„Danke, Romy!" Sie drückt mir einen Kuss auf die Wange. „Brauchst du Hilfe mit dem Gepäck? Komm, Asger freut sich schon, dich zu sehen. Dieses Ferienhaus ist einfach wunderschön. Du wirst es lieben! Schau mal dahinten, hast du die Häuser gesehen? In dem dunkelbraunen waren wir 2009, oder? Kann aber auch schon 2008 gewesen sein. Ach, waren das Zeiten! Wir müssen unbedingt noch mal mit Mama und Papa herkommen. Und mit Franz! Aber jetzt komm erst mal rein und schau dir den Pool an! Ich hoffe, du hast Badezeug dabei? Und was Schickes für morgen? Du hast doch dran gedacht?"

„Elisa!", rufe ich und lache laut auf. „Sag mal, hast du Quasselwasser getrunken?"

Sie packt mich, hebt mich hoch und schwingt mich einmal im Kreis herum. Ich bin erstaunt, wie stark sie ist.

„Romy, ich bin so glücklich wie in meinem ganzen Leben noch nicht. Danke, dass du ihn für mich wiedergefunden hast!"

Ihre Worte rühren mich zu Tränen. Ich umarme sie und flüstere: „Das habe ich gern getan."

Dann schnappe ich mir meinen Koffer, und gemeinsam gehen wir ins Haus.

Elisa hat nicht übertrieben. Das Haus ist ein Traum. Vom Flur aus gelangt man in eine kleine Küche, die hell und modern eingerichtet ist. Eine Theke, an der zwei Barhocker stehen, bildet den Übergang zum Wohnzimmer. Schwarze Ledersofas. Eine riesige Glasfront zeigt auf eine Terrasse und in den Garten hinaus. An das Wohnzimmer schließt sich der Essbereich und hinter großen Glasscheiben der Poolbereich an.

Der Boden besteht aus weißen Fliesen, auf denen im Wohnzimmer ein Kuhfell und im Esszimmer ein großer Flickenteppich liegen.

Bodenvasen mit Gräsern, moderne Kunstgemälde und Familienfotos an den Wänden und ein Holzofen verleihen den Räumen ein wohnliches Flair.

„Die Schlafräume gehen nach hinten raus", erklärt Elisa. „Es gibt auch eine Sauna, einen Billardtisch und ein Beachvolleyballfeld im Garten. Oh Mann, Romy, wie damals am Strand! *Beachvolleyball!* So haben Asger und ich uns kennengelernt …"

Meine Schwester schwebt auf Wolke sieben. Ich sehe sie noch vor mir, wie sie mit den Jungs den Ball über das Netz pritscht, als wäre es erst gestern gewesen … Als ich Snorre wieder vor mir sehe, verdränge ich die Erinnerung. Nie im Leben hätte ich damals für möglich gehalten, unter welch wirren Umständen ich Magnus einmal wiedersehen und dass ich sogar mein Herz an ihn verlieren würde. Ich seufze. Magnus. Obwohl ich mit aller Macht dagegen ankämpfe; er ist überall präsent.

„Komm", ruft Elisa und zieht mich hinter sich her. „Ich zeige dir dein Zimmer, dann kannst du dein Gepäck abstellen und dich frisch machen."

„Okay, okay … Aber wo ist eigentlich dein Asger?", will ich wissen und schaue mich um.

„Oh, er ist draußen und bereitet den Grill vor. Lass dir ruhig Zeit, ich mache noch einen Salat, und wenn du so weit bist, gesell dich einfach zu uns. Trinkst du einen Rotwein zum Essen?"

„Ja, gern", erwidere ich und lasse mich von Elisa in mein Zimmer führen.

Mein kleines Reich ist wie der Rest des Hauses stilvoll eingerichtet. Das Fenster geht zur Straße raus, wo mein Wagen und Asgers Audi parken. Das Boxspringbett ist mit einer Tagesdecke im skandinavischen Stil überzogen und macht einen bequemen Eindruck.

Auf den Nachtschränkchen stehen kleine Lampen mit hübschen Schirmchen.

Ich wette, Asgers Mutter hat bei der Einrichtung Hand angelegt, nach allem, was Elisa mir über sie erzählt hat. Aber wieso auch nicht? Es ist das Ferienhaus seiner Familie.

Ich stelle fest, dass mein Zimmer über ein eigenes kleines Bad verfügt. Sofort packe ich meine Tasche aus, räume meine Wäsche in den Schrank und ziehe mir bequemeres Zeug an. Eine eisblaue, hochtaillierte Freizeithose und ein weißes Shirt. Meine Haare binde ich zu einem hohen Pferdeschwanz. Jetzt fühle ich mich pudelwohl, und mein Magen freut sich auf Gegrilltes.

Ich laufe in die Küche, um meiner Schwester bei der Zubereitung des Salats und mit dem Geschirr zu helfen, als Asger hereinkommt. Wir begrüßen uns und halten Small Talk.

„Vielen Dank, dass ich bei euch wohnen darf", sage ich.

„Aber gern doch. Das ist das Mindeste, was wir für dich tun können", erwidert er. „Nach allem, was du für uns getan hast."

Der Abend verläuft sehr schön. Ich lehne mich zurück, genieße die Gesellschaft meiner Schwester und Asgers. Sie erzählen, ich lausche ihrer Geschichte, wir trinken Wein, essen Steak, Salat und zum Nachtisch Zitronenkuchen. Die Vögel zwitschern, es ist ein wunderschöner, milder Frühlingsabend. Der große Garten ist von Kiefern umsäumt, durch deren Zweige der Wind rauscht.

„Jetzt bin ich aber neugierig, was ihr morgen vorhabt", sage ich und schaue die beiden aufmerksam an. „Wozu das schicke Zeugs?"

„Na ja, wie ich schon schrieb", erklärt meine Schwester mit einem auffälligen Seitenblick zu Asger. „Wir wollen uns bei dir bedanken und dich einladen."

„Aber das habt ihr doch schon!", rufe ich mit einem Lachen. „Das hier, dass ich hier wohnen darf, und – ehrlich gesagt, bin ich wunschlos glücklich, wenn ich euch zwei nur sehe."

Asger schenkt Elisa ein zärtliches Lächeln. Er greift nach ihrer Hand und streichelt darüber. Meine Schwester errötet und schlägt scheu die Augen nieder. Irgendwas ist hier doch im Busch …

„Wollen wir es ihr nicht schon sagen?", flüstert Asger, als hätte er vergessen, dass ich hier sitze und ihn hören kann.

Elisa schaut wieder auf, zuckt leicht mit den Schultern und nickt schließlich.

Dann sehen sie mich an, und ihre plötzliche Aufregung ist so süß.

„Romy?" Elisa rutscht nervös auf ihrem Stuhl herum.

„Ja?"

„Na ja, es ist so … Asger und ich … Wir … wir werden heiraten!"

Sofort schießen mir Tränen in die Augen. Ihre Worte treffen mich ins Herz. Ich springe hoch und falle Elisa in die Arme.

„Oh mein Gott, ist das wahr?", frage ich. „Ist das wirklich wahr?"

„Ja, so ist es", bestätigt Asger, bevor ich auch ihn in meine Arme ziehe.

„Herzlichen Glückwunsch! Ich weiß gar nicht, was ich sagen soll. Ich freu mich so für euch! Das ist … das ist fantastisch!"

„Danke!"

Die beiden strahlen wie zwei Honigkuchenpferde. Sie werden heiraten! Oh, alles war es wert! Alles hat sich gelohnt, meine Qualen, mein Verlust von Magnus. Die abscheuliche Lüge hat sich in das Bestmögliche gewandelt. Mir kullern immer noch die Tränen. Als ich mich wieder fange und Platz nehme, rückt Elisa mit der Sprache heraus.

„Wir planen für morgen eine kleine Verlobungsfeier. Stell dir vor, Mama und Papa kommen sogar mit Franz her. Und natürlich Asgers Eltern und sein Bruder mit seiner Frau. Deswegen das schicke Zeugs. Wir wollten dich überraschen, daher die Nachricht mit dem Ausgehen."

Ich schüttle den Kopf. Lachend und weinend.

„Na, die Überraschung ist euch ja gelungen. Ich freu mich auf morgen! Und auf Mama, Papa und Franz. Die haben sicher auch Augen gemacht, was? Wie wunderbar!"

Bevor ich an diesem Abend in mein Bett falle, kraule ich noch ein paar Runden durch den Pool, genieße den Kurzurlaub und das Glück meiner Schwester. Ich hatte gehofft, dass sie zusammenbleiben. Aber dass sie so schnell heiraten wollen, haut mich von den Socken. Und alles nur wegen Sybille und ihrer Dating-App. Eigentlich muss ich ihr dankbar sein, dass sie mich dazu gebracht hat, unsere Rollen zu vertauschen. Ohne Magnus und seine Werkstatt hätte ich die Flaschenpost nie gefunden, wäre die Wahrheit nie ans Licht gekommen.

Kapitel 29 ✂ Romina, 2024

Der nächste Tag beginnt mit Sonnenschein, als würde der Himmel sich mit uns freuen! Ich gähne und strecke mich. In diesem Bett hab ich geschlafen wie ein Stein. Ich stehe auf, wasche mich und ziehe noch einmal die bequemen Kleider vom Vorabend an. Asger und Elisa sind bereits in der Küche, kochen Kaffee und decken den Tisch, wobei ich ihnen zur Hand gehe.

Noch während wir frühstücken, treffen seine Eltern, sein Bruder und dessen Frau aus Esbjerg ein. Sie sprechen kein Deutsch wie Asger. Also müssen wir uns auf Englisch unterhalten, was mir gefällt, denn ich liebe internationale Konversationen. In der Schneiderei bietet sich da leider kaum Gelegenheit dazu.

Mathild, Asgers Mutter, macht anfangs einen kühlen und reservierten Eindruck. Dafür ist ihr Mann Owe das komplette Gegenteil. Elisa hat mir erzählt, dass er Chirurg ist. Er ist sehr offen und herzlich, lacht viel und spricht direkt aus, was er denkt. Merrit und Viggo, Asgers Bruder, erwarten ihr erstes Baby. Beide sind sehr nett und humorvoll. Ich bin sicher, dass diese Party heute ein wunderschönes Fest wird. Die Familie setzt sich zu uns an den Tisch, trinkt Kaffee, und wir beenden unser Frühstück.

Dann wird es erst mal hektisch. Mathild räumt das Geschirr in die Spülmaschine ein, Elisa und Asger besprechen das weitere Vorgehen, während Merrit in der Küche Salate aus einem Korb entnimmt und sie im Kühlschrank verstaut.

Viggo bittet mich um Hilfe, die Gartenstühle aus dem Schuppen herauszutragen, abzuwaschen und sie auf dem Rasen zum Trocken aufzustellen.

Viele Hände packen mit an, und bis zum Mittag ist das Ferienhaus wie verwandelt. Eine lange Tafel ist im Garten aufgestellt. Ein florales Muster ziert die cremefarbene Tischdecke, Vasen sind mit Frühlingsblumen bestückt, Windlichter bereit zum Entzünden.

Dann treffen unsere Eltern mit Franz ein. Wir umarmen uns herzlich, während der alte Hund sich nur kurz schwanzwedelnd umschaut, die Anwesenden beschnuppert, um sich dann ein sonniges Plätzchen auf der Terrasse zu suchen. Er schaut, als wollte er sagen: „Ach, euch kenne ich doch. Lang nicht gesehen, Asger."

Ich lache und kraule seine Ohren.

„Er ist alt geworden", sagt Asger und beugt sich zu ihm hinunter.

„Na, mein Junge! Schön, dass du mitgekommen bist."

„Ja, wir wollen gar nicht dran denken, was sein wird, wenn er mal nicht mehr da ist", flüstere ich wehmütig.

Mama und Papa sprechen nur gebrochen Englisch, daher müssen wir ab und an übersetzen. Aber das ist kein Problem.

Immer wieder denke ich an damals zurück, als Mama am Strand gelesen hat, die Jungs aufgeschlagen sind und Elisa zum Volleyballspielen entführt haben. Elisas heimliches Abhauen in der Nacht, als ich sie verpetzen wollte. Ich lache bei diesem Gedanken. Und jetzt dieses Bild: ein glückliches Verlobungspaar mit seinen Eltern und Geschwistern in Dänemark.

Ein Klopfen an der Haustür reißt mich aus meinen Erinnerungen. Owe bittet mich zu öffnen. Ich gehe durch den Flur, als William plötzlich vor mir steht. Vor Schreck weiche ich einen Schritt zurück und starre ihn an. Er scheint genauso überrascht zu sein wie ich. Aber was hat er erwartet? Meine Schwester hat sich mit Asger verlobt. Natürlich bin ich hier. Nur, wieso ist er es? Ich dachte, das wäre eine Familienfeier. Sofort breitet sich ein mulmiges Gefühl in meiner Magengegend aus, aber ich verdränge es erfolgreich. Magnus wird nicht kommen, da bin ich sicher. Das würden Asger und Elisa mir nicht antun. Und ihm sicher auch nicht.

„Hej", begrüßt William mich, nachdem wir uns minutenlang angestarrt haben.

„Hej", stammle ich.

Es ist mir unangenehm, ihn hier anzutreffen. An einem fröhlichen Tag wie diesem. Niemand kommt zu uns in den Flur, wir sind ganz allein, denn alle haben mit den Essensvorbereitungen, dem Grill, oder weiß Gott was zu tun.

„Ich, äh, ...", stammle ich weiter. „Es wäre am besten, wenn wir einfach so tun, als wäre der andere nicht da, okay, William? Ich ... möchte bloß die Verlobung meiner Schwester feiern, und dann verschwinde ich wieder nach Hause. Ich will nichts hören von ... na ja, du weißt, von wem. Alles, was zählt, sind Asger und Eli ..."

„Nur eine Sache", unterbricht er mich.

Ich bekomme Gänsehaut, als ich zu ihm aufschaue.

„Ja?", frage ich zaghaft.

„Es tut mir leid, dass ich dich in der Werkstatt so beschimpft habe, Romina", gesteht er. „Das ist sonst nicht meine Art. Und dass ich dich mit dem Ultimatum erpresst habe. Das war nicht korrekt."

„*Was*? ... Nicht korrekt?"

Ich verstehe gar nichts mehr. Hat William sich gerade ernsthaft bei mir entschuldigt? Wieso? Ich kratze mich am Ohr und runzle die Stirn.

„Aber das … Äh, ich meine", stottere ich. „Ich finde, du hattest allen Grund … also, mit dem … du weißt schon. Das auch. Aber dann … Ich hab ja … Deswegen nur! Und ohne dich hätte ich nie …"

William lacht, klopft mir auf die Schulter, und bevor er sich an mir vorbei in die Küche schiebt, sagt er: „Lass gut sein, Romina. Es ist alles okay zwischen uns."

Hä?! Muss ich das jetzt verstehen?

„Romy?", fragt Elisa wenig später an meiner Seite. „Alles gut bei dir? Wieso kommst du nicht wieder zu uns in die Küche? Du siehst aus, als hättest du ein Gespenst gesehen!"

„Ein Gespenst?", murmle ich. „Wieso … wieso ist William hier?"

„Oh, das!", ruft meine Schwester. „Er bringt die Getränke. Ich habe ganz vergessen, dich vorzuwarnen. Tut mir leid. Asger hatte ihn gebeten, im Laden vorbeizufahren und … Hey, jetzt komm schon! Lass dir deswegen nicht die Laune verderben, okay? Es ist meine Verlobung!"

Ihr Bettelblick erweicht mein Herz. Sie hat recht! Ich umarme sie kurz und verziehe mich dann in mein Zimmer, um in das weltallerschönste burgunderrote Kleid zu schlüpfen. Während ich mir die Augen schminke, ein paar Haarsträhnen flechte und zu einer eleganten Frisur zusammenstecke, erinnere ich mich an das Gespräch von neulich zurück. An das mit William in der Werkstatt. Wieso hat er sich dafür entschuldigt? Das ist zwar eine nette Geste von ihm, aber … Ich verstehe es nicht. Ich an seiner Stelle wäre genauso explodiert, wenn jemand meine Schwester oder beste Freundin an der Nase herumführen und ich ihn dabei ertappen würde.

Aber ich will nicht länger darüber nachdenken, denn heute ist ein herrlicher Tag, und kein William wird ihn mir verderben.

Ich drehe mich vor dem schmalen Stehspiegel, der neben meinem Bett steht, hin und her und betrachte mich darin. Dieses Kleid ist ein Traum! Ich bin so froh, es gekauft zu haben. Es ist eines dieser Teile, von denen man im Nachhinein besser zwei oder drei in verschiedenen Farben genommen hätte, weil man sie so liebt!

Tja, leider habe ich nur dieses eine gekauft, und hinterher ist man immer schlauer.

Als i-Tüpfelchen meines Outfits lege ich mir die Perlenohrringe an, die meine Oma mir hinterlassen hat, und schlüpfe in meine Sommersandalen.

Gegen vierzehn Uhr schmeißt Asger den Grill an. Papa, William und Owe stehen daneben und schauen zu, als würden sie zum ersten Mal im Leben einem Barbecue beiwohnen. Mama und ich decken die Salate auf und amüsieren uns über die Männer. Merrit hat sich vorerst mit Senkwehen ins Haus zurückgezogen, wo Viggo sie umsorgt. Owe schüttelt darüber den Kopf. Er sagt, früher sei eine Geburt das Natürlichste der Welt gewesen. Trotzdem, denke ich, ist er aufgeregt, Großvater zu werden und Viggo beruhigt, einen Arzt hier zu haben. Nur für den Fall aller Fälle. Aber Merrit hat Elisa versprochen, das Kind nicht heute zur Welt zu bringen, um ihrer Feier nicht die Show zu stehlen. Außerdem sind es noch zehn Tage bis zum errechneten Geburtstermin.

Es tut gut, zu sehen, dass alle sich so gut verstehen. Elisa ist ein Familienmensch wie ich, und falls sie nach Dänemark ziehen sollte – was mir natürlich das Herz brechen würde –, ist es gut zu wissen, dass sie in ein nettes Umfeld kommt.

„Tja, wer hätte das gedacht, was?", fragt plötzlich jemand an meiner Seite. Es ist Papa, der sich vom Grill ab- und mir zugewandt hat.

„Meinst du Elisa und Asger?", will ich wissen.

Er nickt.

„Mama und ich haben erst vor ein paar Tagen davon erfahren, wie du Asger wiedergefunden hast."

„Oh." Ich schaue zu Boden. „Muss ich mir jetzt auch noch von euch anhören, wie schrecklich meine Missetat war? Das mit Magnus, meine ich. Bestimmt kennt ihr die ganze Geschichte."

Mein Vater nimmt mich in die Arme, was mich überrascht. Ich hatte wirklich eine Moralpredigt erwartet.

„Du hast deine Schwester damit sehr glücklich gemacht", sagt er.

„Wir haben ihre Liebe damals unterschätzt."

„Ja, das haben wir alle."

Wir lösen unsere Umarmung, als Franz herüberkommt und uns mit seiner Stupsnase anstößt. Ich kraule sein Fell.

„Wo wohnt ihr denn?", frage ich Papa. „Auch hier in diesem Haus?"

„Nein." Er lacht und fährt sich durch den Nacken. „Stell dir vor, wir haben eines unserer Häuser von früher gebucht. Deine Mutter und ich bleiben noch eine Woche hier und machen Urlaub."

„Was?!" Ich stemme die Hände in die Hüften. „Ohne uns? Ich meine, ihr habt mir überhaupt nichts davon erzählt, dass ihr herkommt. Lass mich raten: Das war Elisas Plan, oder? Ihr seid ganz schön ausgefuchst! Aber ich freu mich, dass wir alle wieder gemeinsam hier sind!"

„Ja, das letzte Mal liegt viele Jahre zurück." Er deutet mit dem Kinn in Richtung meiner Schwester, die zum Grill gelaufen ist, um Asger zu fragen, wie lange es noch dauert. „Wie es aussieht, kommen wir jetzt öfter wieder her."

Papa und ich lachen, als ein lautes Stöhnen aus dem Haus zu uns herausdringt. Alle schauen sich um. Im nächsten Moment stürzt Viggo auf die Terrasse und ruft aufgeregt irgendwas auf Dänisch. Alle, die ihn verstanden haben, laufen zu ihm und verschwinden im Haus. Wir anderen schauen uns verwundert an.

„Was ist denn los?", ruft Elisa Asger hinterher, aber er reagiert nicht. Wir zucken die Schultern und folgen den anderen.

Drinnen herrscht ein Stimmengewirr. Alle laufen durcheinander und verfallen in Unruhe. Viggo stützt Merrit, die sich den Bauch hält und erneut aufstöhnt. Ihr Gesicht ist schmerzverzerrt. Owe beugt sich zu ihr und redet ihr gut zu.

„Oh, das sieht aber nicht nach Senkwehen aus", murmele ich. „Auch wenn ich keine Ahnung davon habe."

William, der mich gehört hat, nickt und sagt: „Ihre Fruchtblase ist geplatzt."

„Was? Ernsthaft? Heute? Jetzt? So kurz vorm Essen?", ruft Elisa und wird ganz blass um die Nase. Sie tut mir leid. Sie hatte sich so auf die Feier gefreut.

„Ich fürchte, die Steaks müssen warten", sage ich in ihre Richtung. Papa und ich gehen zu ihr, um sie zu trösten.

„Und was jetzt?", fragt sie. „Merrit hat mir doch versprochen, es heute nicht zu bekommen."

„So was kann man eben nicht planen", mischt Mama sich ein.

„Hey, freu dich doch!", schlage ich vor. „Immerhin wirst du anverlobte Tante. Oder wie nennt sich das?"

„Oh mein Gott, ja!", ruft Elisa aus. „So hab ich es noch gar nicht gesehen. Ich werde Tante! Ich bekomme eine Nichte! Oder einen Neffen!"

Elisa hüpft vor Freude auf und ab. Asger kommt herüber und erklärt, dass Merrit, Viggo, Owe, Mathild und – eigentlich alle – jetzt zum Krankenhaus aufbrechen wollen.

„William fährt nach Hause, er wohnt ja um die Ecke", schließt er.

Wir übrigen starren uns an.

„Was wird aus uns?", frage ich.

„Ich fahre natürlich mit!", erklärt Elisa. „Immerhin ist es unsere Verlobungsfeier, und jetzt werden wir auch noch Onkel und Tante! Das können wir uns nicht entgehen lassen!"

„Dann sollten wir zwei zum Ferienhaus fahren und unsere Sachen auspacken", schlägt Mama Papa vor. „Vielleicht seid ihr abends alle wieder zurück, und wir essen dann zusammen? Wer weiß, wie lange die Geburt dauert."

„Klingt nach einer vernünftigen Idee", stimmt Papa zu.

Ich schaue von einem zum anderen und fühle mich plötzlich völlig allein.

„Schon okay …", murmle ich, während alles in Aufbruchstimmung ist. „Ich komm schon klar. Fahrt ruhig. Ich esse dann einfach alles auf, schwimme im Pool, stoße auf die Verlobung an, auf das Baby, betrinke mich und gehe schlafen."

Merrit, die von Owe und Viggo gestützt wird, verschwindet aus der Haustür. Ich rufe ihr noch auf Englisch alles Gute hinterher. Keine Ahnung, ob sie es hört. Was für ein Tag!

Sogar die reservierte Mathild ist völlig aufgelöst und stolpert beinahe über Franz, der mitten im Weg liegt und schläft.

Wenig später ist es mucksmäuschenstill und leer im Haus. Die Szene hat was von einem postapokalyptischen Film, in dem die Menschen fluchtartig ihr Anwesen verlassen haben. Alle sind verschwunden. Bis auf Franz und mich. Ganz verschlafen hebt er den Kopf und zeigt mir seine Kniepaugen. Ich gehe zu ihm, beuge mich hinunter und streichle seinen Rücken.

„Na, mein Guter. Haben sie dich auch vergessen?"

Er schnauft, streckt sich und schläft wieder ein. Prima!

So hab ich mir das vorgestellt. Ich gehe zum Kühlschrank, nehme eine Flasche Sekt heraus und setze mich draußen an die festlich gedeckte Tafel. Als ich die Flasche entkorken will, bemerke ich den Geruch von Verbranntem.

„Der Grill!", entfährt es mir.

Ich springe auf, sammle die schwarz verkohlten Steaks vom Rost und bringe sie zum Entsorgen in die Küche. Jammerschade um das leckere Fleisch. Es wurde in der Aufregung ganz vergessen.

Gerade ist die Klappe des Mülleimers zugefallen, als jemand vom Garten an die Terrassentür klopft und etwas auf Dänisch sagt: „Hej, Asger? Er der nogen hjemme?"

Kapitel 30 ✂ Romina, 2024

Ich erstarre. Das kann nicht wahr sein! Das bilde ich mir ganz bestimmt nur ein. Das ist nicht Magnus' Stimme. Wieso sollte er denn auch hier sein?

Er weiß ja sicher, dass heute die Feier stattfindet. Im engen Familienkreis, zu dem er nicht gehört. Dass Asger sich mit Elisa verlobt hat. Mit meiner Schwester.

Ich wage nicht, mich zu bewegen, zu atmen oder mich umzudrehen. Ich warte einfach ab, ob ich noch einmal diese Stimme höre. Oder ob sie nur in meinem Kopf herumspukt. Vermutlich werde ich seinetwegen bereits wahnsinnig.

„Asger?", ruft er erneut.

Ach, herrje! Diese Stimme klingt ziemlich real. Magnus ist hier. Er ist wirklich hier. Ich muss irgendwas unternehmen. Aber was? Wird er wieder verschwinden, wenn ihm niemand antwortet?

Ich beiße mir auf die Lippen. Was wird er tun, wenn er mich sieht? Er kennt die Frau mit den schwarzen Haaren nicht, die hier in der Küche steht. Er hat sie nie gesehen. So lange ich also schweige, wird er mich nicht erkennen.

Noch während ich überlege, welche Optionen ich habe, steht Franz auf und trottet in Richtung Terrasse. Als wollte er sagen, wenn du nicht gehst, übernehme ich das einfach.

Mieser Verräter!

„Åh, hvem er du?", sagt Magnus mit freundlicher Stimme.

Mein Bauch kribbelt. Alles in mir kribbelt. Ich kann ihm einfach nicht widerstehen. Ich hole tief Luft, drehe mich um und trete aus meinem Versteck heraus.

Da hockt er, in Bluejeans, einem hellblauen Poloshirt und krault unseren Hund. Bei seinem Anblick werde ich ganz schwach.

Als Magnus mich bemerkt, schaut er hoch, steht auf und sieht mich fragend an.

„Åh hej!", sagt er.

Lieber Himmel, sieht er gut aus! Meine Hände zittern, meine Knie sind weich, und ich glaube einfach nicht, welche Macht dieser Mann über meinen Körper hat.

„Hej", antworte ich mit kratziger Stimme. „Ähm, … Asger ist leider nicht zu Hause. Niemand ist hier. Außer Franz und mir. Sie sind alle zum Krankenhaus gefahren, da Merrit ihr Baby bekommt."

Magnus starrt mich an. Mit seinen gischtgrünen Augen, in die zu schauen ich mich so unfassbar gesehnt habe. Sie übertreffen all meine Vorstellungskraft. Magnus scheint in diesem Moment zu begreifen, wer ich bin. Er verbindet vermutlich gerade die ihm bekannte Stimme mit meinem äußeren Erscheinungsbild.

„Ich denke, ich sollte mich erst mal vorstellen", sage ich zaghaft.

„Hej. Ich bin Romina. Elisas Schwester."

Er schluckt und mustert mich von oben bis unten.

„Magnus", sagt er. „Ein Freund von Asger."

Gott, er hat mit mir gesprochen! Ich lehne mich an die Theke, um nach Halt zu suchen.

„Dann bekommt Merrit also ihr Baby", wiederholt er. „Was für ein aufregender Tag für die Familie."

„Ja, ein sehr aufregender Tag. Wir wollten gerade die Verlobung feiern, als der Blasensprung dazwischenkam."

Magnus nickt. Franz wackelt zurück zu seinem Schlafplatz, rollt sich zusammen und pennt ein. Danke dafür. Jetzt lässt er mich auch noch im Stich, nachdem er mich reingeritten hat.

Ich spiele nervös mit meinen Fingern, drehe an meinen Ringen herum, während Magnus sich nicht vom Fleck rührt. Er scheint im Rahmen der Terrassentür festgewachsen zu sein und schaut mich ununterbrochen an.

„Wie geht es deinen Augen? Ich hoffe, es ist alles vollständig verheilt", rutscht es mir heraus. „Ich meine, äh, … entschuldige. Magnus, … Es tut mir leid. Ich wünschte, ich könnte das alles rückgängig machen. Das war eine blöde Idee … Sybille und ich … Ich meine, ich kann verstehen, dass du wütend bist und … nichts mehr mit uns zu tun haben willst. Ich werde Asger ausrichten, dass du hier gewesen bist, und dann wird er sich bei dir melden, sobald er …"

„Meinen Augen geht es hervorragend", unterbricht er mich. „Danke der Nachfrage."

Ich bin perplex. Mit dieser Antwort hatte ich nicht gerechnet. Er schaut sich zum Garten um und fragt dann: „Was ist mit der Tafel? Kommt heute noch jemand zum Essen?"

„Zum … Essen?"

„Die Grillkohle ist jedenfalls verglüht."

„Oh, ja, … die Kohle. Ähm, das Fleisch ist verbrannt", stottere ich und zeige zum Mülleimer. „Sie haben alles stehen und liegen lassen und sind zum Krankenhaus. Es ist noch reichlich Salat da. Falls du dir was mitnehmen willst?"

Falls du dir was mitnehmen willst?! Spinne ich jetzt total? Was ist denn das für eine Frage?! Wieso sollte er sich Salat mitnehmen wollen?

Magnus lacht. Er lacht! Dieses Geräusch! Wie hab ich es vermisst! Dieses Lachen und wie sein Kehlkopf dabei auf und ab springt.

„Eigentlich dachte ich, die Party steigt erst morgen", gesteht er.

„Ich wollte Asger nur das hier vorbeibringen, damit deine Schwester es dir zurückgibt."

Er greift sich an die Gesäßtasche und zieht meine Mütze heraus. Meine Strickmütze, meinen Lebensretter, den ich bei ihm vergessen habe. Er dreht die Mütze in seinen Händen und schaut scheu zu mir herüber.

„Ich dachte, du brauchst sie vielleicht, um deine Haare darunter zu verstecken."

Ich weiche seinem Blick aus.

„Danke", flüstere ich. „Aber das werde ich nie wieder tun."

„Ich wüsste auch keinen Grund dafür", antwortet er, kommt zwei Schritte auf mich zu und hält sie mir hin.

Ich strecke die Hand aus, bete, dass er mein Zittern nicht bemerkt, und greife nach dem Wollstück. Natürlich berühren wir uns dabei. Alles ist wieder da. Intensiver als zuvor. Wie ein heißer Strom ebbt seine Wärme durch meine Hand, zieht meinen Arm hinauf und kribbelt durch meinen ganzen Körper.

„Romina", sagt er.

Er nennt mich bei meinem Namen. Ohne dabei an Sybilles Freundin zu denken. Er sagt meinen Namen zu mir. Meine Atmung beschleunigt sich.

„Deine Haare sind sehr schön."

„Sie sind schwarz", gebe ich eine unsinnige Antwort.

„Oh, tatsächlich! Ist mir gar nicht aufgefallen."

„Wieso tust du das?", will ich wissen und presse die Mütze fest an mich.

„Wieso tue ich was?"

„Hier stehen, mit mir reden. Wieso bist du so nett zu mir?"

„Sollte ich denn nicht nett zu dir sein?"

„Ich habe dich belogen", flüstere ich und schaue zu Boden. „Ich habe dir nachgestellt, heimlich durch dein Fenster geschaut. Ich denke, es wäre die übliche Reaktion, einen Menschen dafür zu verachten."

Er fährt sich durch die Haare und überlegt kurz.

„Ich reagiere wohl nicht auf die übliche Weise, wie andere Menschen es tun", sagt er. „Und ich habe mich tatsächlich schon gefragt, ob du das hinter meinem Haus gewesen bist."

Er grinst, legt den Kopf schräg und mustert mich.

„Kannst du mir das mal erklären? Das interessiert mich! Wieso bist du um mein Haus geschlichen?"

„Herrje, hör auf, mich so was zu fragen!", flehe ich, lege die Mütze auf die Theke und atme tief durch. Das hier ist die reinste Folter für mich. Ich werde das nicht lange ertragen. Am liebsten würde ich abhauen. Durch den Garten oder aus der Haustür rennen. Stattdessen muss ich mich einem Kreuzverhör unterziehen.

„Die Antwort bist du mir wenigstens schuldig", sagt er, und ich weiß, dass er recht hat.

„Hast du meinen Brief nicht gelesen?", will ich wissen. „Wieso fragst du mich, wenn du weißt, was in dem Brief steht?"

„Ah, der Brief. Lustige Angelegenheit. Ich habe ihn nämlich erst vorgestern gelesen."

„Was?" Ich schaue hoch und treffe direkt in seine grünen Augen. „Wieso hast du ihn denn erst vorgestern gelesen?"

„Weil ich ihn da erst gefunden habe." Magnus verschränkt die Arme vor der Brust und setzt sich halbherzig auf einen der Barhocker. „Stell dir vor, jemand hatte sein Leergut einfach im Zimmer vor dem Bett entsorgt, und ich habe die Flasche versehentlich umgestoßen. Sie ist weggerollt, und bis ich wieder vollständig sehen konnte, sie gefunden und begriffen habe, dass da ein Brief drinsteckt … Liegt das eigentlich in eurer Familie? Dass ihr wichtige Briefe in Flaschen steckt? Ich meine, wieso legt man sie nicht an einen sichtbaren Ort, wenn man will, dass sie gefunden und gelesen werden?"

„Hör auf damit, Magnus. Bitte. Du hast keine Ahnung, was ich gerade durchmache."

„Das ist mir ziemlich egal", gesteht er. „Jedenfalls, vorgestern hab ich deinen Brief gefunden. Da hatte William mir aber längst schon alles erzählt, weil er nämlich dachte, du wärst vor Ablauf seines Ultimatums einfach feige abgehauen, ohne mir die Wahrheit zu sagen."

„Das stimmt nicht!", protestiere ich lauthals. „Ich bin nicht feige abgehauen. Ich hab alles aufgeschrieben, weil ich nicht wollte, dass du es von William erfährst."

„Siehe oben. Der Punkt mit der weggerollten Flasche."

Ich raufe mir die Haare und treffe dabei auf die geflochtenen Strähnchen. Kann Elisa denn nicht anrufen und verkünden, dass das Baby da ist? Kommt mir niemand zu Hilfe? Franz? Keiner?

Ich bin wohl zum Nachdenken gezwungen und muss meine Schlüsse aus dem ziehen, was Magnus erzählt.

„Dann ... dann ergibt es plötzlich Sinn, wieso du noch am selben Abend mit Sybille Schluss gemacht, sie gelöscht und blockiert hast", erschließt es sich mir. „Und ich habe mich die ganze Zeit gefragt, wieso du so hart reagierst, wo ich doch alles im Brief erklärt und dich um Verzeihung gebeten hatte. Und wieso William heute so freundlich zu mir war und sich entschuldigt hat."

Jetzt bin ich es, die einen Schritt auf ihn zugeht. Ich will das ein für alle Mal hinter mich bringen. Je eher und je schneller desto besser.

„Dann muss ich dir ja nicht mehr sagen, wieso ich um dein Haus geschlichen bin", flüstere ich.

„Ich will es aber von dir hören", antwortet Magnus, ohne sich zu rühren. Er sitzt noch immer mit verschränkten Armen halb auf

dem Hocker und schaut mich aufmerksam an. Dieses Gespräch
… seine Nähe. Ich atme immer flacher und fürchte, dass ich ohnmächtig werde, wenn das hier noch länger dauert.

„Ich habe Hunger", antworte ich. „Wollen wir uns nicht raussetzen und die Salate aufessen? Alle sind fort, ohne dass wir gegessen haben. Wir haben auch Sekt und könnten auf die Verlobung von Asger und Elisa anstoßen. Ohne diese schreckliche Lüge wären wir heute nämlich gar nicht hier und würden auch nicht dieses Fest feiern."

„Erst sagst du mir, wieso du um mein Haus geschlichen bist."

„Trinkst du ein Glas Sekt? Oder lieber Rotwein?"

„Romina."

„Hm?"

Ich versuche mich an ihm vorbeizuschieben und zu flüchten.

Wäre Franz doch nur nicht so alt! Er würde herkommen und bellen, Magnus in die Füße beißen und mich verteidigen.

Nein, würde er nicht. Er würde mit dem Schwanz wedeln und auf ein Leckerli hoffen.

Magnus packt mich im Vorbeigehen am Arm und hält mich fest.

Ich schaue ihn flehend an. Aber er sieht aus, als wäre es ihm ernst.

„Gut, wie du willst", ergebe ich mich und winde mich aus seinem Griff. „Ich bin um dein Haus geschlichen, weil ich dich ein letztes Mal sehen wollte", gestehe ich. „Ich hatte Elisa zu Asger gefahren, damit sie sich aussprechen können. Diese eineinhalb Tage mit dir … Ich hatte nicht erwartet, mich in dich zu verlieben. Und noch weniger hatte ich erwartet, wie unmöglich es sein würde, dich wieder zu vergessen. Also bin ich zu dir gefahren, mit dem festen

318

Vorsatz, mit dir abzuschließen. Ich wusste ja nicht, dass du zum Telefonieren das Haus verlässt. Nachdem ich dir entkommen war, wollte ich im Dünensand sterben, aber dummerweise hat mich ein alter Mann gefunden. Daraufhin habe ich mich an der Hotelbar betrunken, hatte ein furchtbares Date mit einem Stammkunden, und Sybille hat mir die Freundschaft gekündigt. Oder so ähnlich. Diese Verlobungsfeier war der erste Lichtblick seit Wochen. Dann verschwinden alle, und du tauchst auf, um mir Salz in die Wunden zu streuen. Genügt dir das als Antwort?"

Er schaut mich amüsiert an.

„Vorerst ja", sagt er und greift erneut nach meinem Arm. Seine Berührung brennt auf meiner Haut.

„Lass mich los, Magnus. Ich muss jetzt wirklich dringend an die Luft. Bitte."

„Habe ich dir schon mal gesagt, was für ein Glück ich hatte, dir zu begegnen?", flüstert er und schaut mich durchdringend an.

Was soll das? Will er mit mir spielen? Will er sich an mir rächen, dafür, dass wir ihn belogen und betrogen haben?

„Hast du nicht", antworte ich. „Aber du hast so was in der Art mal zu Sybille gesagt."

„Daran kann ich mich nicht erinnern. Denn die Frau, die bei mir gewesen ist, war nicht Sybille."

Mir wird heiß und kalt. Er zieht mich an sich, so nahe, dass ich seinen Atem auf meinen Wangen spüre. Beinahe geben meine Knie nach. Ich schaue in seine Augen. Darin ist nichts mehr rot verquollen. Sie sind einfach nur grün, und der Blick, der mich aus ihnen trifft, berührt mein Herz. Als ich fest davon überzeugt bin, dass Magnus mich gleich küssen wird, lässt er mich los und steht auf.

„Sagtest du, ihr habt Rotwein da?"

„Rotwein?"

Er lacht und geht in den Garten. Ich bleibe verstört zurück.

Nachdem ich mich gefangen, meine Haare und mein Kleid glatt gestrichen habe, nehme ich die Weinflasche und folge ihm. Magnus sitzt am Tisch und schaut in die herrliche Landschaft. Weit in der Ferne rauscht das Meer. Ich halte kurz inne und frage mich, ob das wirklich gerade geschieht. Ob Magnus hier ist oder ob ich nur träume. Dann setze ich mich zu ihm und stelle die Flasche auf dem Tisch ab.

„Wie hast du das vorhin gemeint?", frage ich, als er mich anlächelt und nach dem Korkenzieher greift.

„Was denn?"

„Das mit Sybille. Mit der Frau, die bei dir war."

Er lässt sich mit der Antwort Zeit, versenkt die Spirale im Korken, um ihn dann behutsam aus dem Flaschenhals zu ziehen.

„Du auch?", fragt er, als er sich eines der Gläser nimmt.

Wer will schon Sekt, wenn man von jemandem wie Magnus Wein angeboten bekommt? Ich nicke.

„Gern. Danke."

In der Zwischenzeit entzünde ich das Windlicht, das direkt vor uns auf dem Tisch steht und fülle uns von den Salaten auf.

Ganz langsam stellt sich eine Ruhe in meinem Innern ein. Ein tiefer Frieden, der mir hilft, Magnus' Anwesenheit zu genießen.

Ich wage noch nicht, meinem Glück zu trauen. Aber den Moment genießen, das fällt mir nicht mehr schwer. Ich beobachte Magnus dabei, wie er Korken und Öffner beiseitelegt, eine Serviette zum Tropfenfänger umfunktioniert, sie um den Flaschenhals bindet und uns Wein einschenkt.

Dann erhebt er sein Glas und sieht mich an.

„Erinnerst du dich an meinen Trinkspruch auf Dänisch, den du nicht verstanden hast?"

„Tu ich", sage ich und nehme auch mein Glas zur Hand. „Du wolltest mir irgendwann verraten, was er bedeutet."

Magnus nickt und lächelt. Wie gerne ich diesen Moment auf ewig festhalten würde. Sein Gesicht, den hübschen Ausdruck um seinen Mund, das Sonnenlicht in seinen Pupillen.

„Skål", sagt er und stößt mit mir an.

Wir trinken einen Schluck. Der Wein ist köstlich. Ich schaue Magnus erwartungsvoll an, denn er schuldet mir noch immer eine Antwort.

„Also der Trinkspruch", sagt er und schwenkt sein Glas. „Ich wusste ab einem gewissen Punkt, dass die Frau, die bei mir war, nicht Sybille ist."

Ich bin sprachlos. Dann habe ich mich vorhin also nicht verhört.

„Wie meinst du das?", frage ich. „Also, ich meine, seit wann wusstest du es? Und woran hast du es bemerkt? Wieso hast du mich nicht drauf angesprochen?"

Er nickt unmerklich und beobachtet, wie der Wein in seinem Glas zur Ruhe kommt.

„So viele Fragen."

„Magnus!“

„Ihr habt doch nicht wirklich geglaubt, dass so was funktioniert?“

Ich zucke mit den Schultern und weiche ihm aus.

„Na ja … Sybille war fest davon überzeugt, dass …“

„Sybille!“ Er lacht auf.

Ich stochere in meinem Salat.

„Es waren die vielen kleinen Dinge“, erzählt er. „Das mit Bornholm. Dass du nach meiner Augenfarbe gefragt hast. Deine viel zu kurzen Fingernägel. Sybille hat ständig erwähnt, dass einer ihrer Nägel abgebrochen ist und sie zur Maniküre muss.“

„Ja, so ist sie“, flüstere ich. „Genau daran habe ich auch gedacht, als du meine Hand genommen und …“

Ich kann nicht weiterreden. Ich denke, er weiß, was ich meine.

Magnus greift über den Tisch nach meiner Hand. Ich erstarre. Er berührt meine Finger, während ich darauf warte, dass seine Berührung Funken sprühen lässt. Zärtlich streicht er über meine Knöchel, über meine Nägel, malt kleine Kreise und eine Gänsehaut auf meinen Handrücken.

„Du warst so zurückhaltend“, flüstert er. „So schüchtern. Nicht wie die Frau, die mir in der App geschrieben hat. Das hat mir gefallen.“

Ich würde meine Hand gern zurückziehen. Ich glaube, bei seinen Worten schießt mir die Röte ins Gesicht. Er hat recht. Ich bin keine Draufgängerin wie Sybille. Das bin ich nie gewesen.

„Und du bist kein Morgenmuffel“, fährt er fort. „Und als ich dir am letzten Abend die Mütze vom Kopf genommen habe. Deine Haare waren glatt. Da waren keine Locken.“

„Und du hast einfach diese fremde Frau an dich rangelassen", sage ich. „Wieso? Ich hätte doch weiß Gott wer sein können."

Er lässt meine Hand los und trinkt einen Schluck. Sein geheimnisvoller Gesichtsausdruck raubt mir den Atem. Er lächelt in sich hinein und schaut dann zu mir auf.

„Ich weiß es nicht", gesteht er. „Ich wollte dich die ganze Zeit über fragen, wer du bist. Ich kann nicht erklären, was du in mir ausgelöst hast. Neugier, Faszination, Bewunderung. Als du dann erzählt hast, dass du William begegnet bist, war ich völlig verunsichert. Ich habe mich gefragt, wieso er mitspielt. Ich meine, er wusste, wie Sybille aussieht. Ich habe ihm Fotos von ihr gezeigt. Das hat mich wieder zweifeln lassen."

„Ja, ich habe ihn angefleht, nichts zu sagen. Die Geschichte kennst du mittlerweile sicherlich."

Noch immer habe ich deswegen ein schlechtes Gewissen.

„Und dann …", fährt Magnus fort. „Dann ist mir klar geworden, dass ich mich während dieser eineinhalb Tage in dich verliebt habe. In diese völlig fremde Frau, die mich so liebevoll und freundlich behandelt hat."

Jetzt bin ich wirklich baff. Ich schaue ihn mit großen, ungläubigen Augen an.

„Liebevoll und freundlich? Ich habe dich belogen und deine Situation ausgenutzt."

Magnus nickt.

„Das hast du. Trotzdem habe ich dich bewundert. Du hättest ebenso kühl und abweisend sein können. Stattdessen hast du mich behandelt wie jemanden, den du schon dein ganzes Leben lang kennst. Wie einen Freund. Du hättest mich beklauen können oder meine Werkstatt ausräumen."

„So hat es sich auch angefühlt", flüstere ich. „Als würde ich dich schon immer kennen."

„Ich wollte dich drauf ansprechen", sagt er. „Aber ich hatte Angst vor deiner Antwort. Und ich habe mir insgeheim gewünscht, dass du mir selbst die Wahrheit sagst. Was du letztlich in deinem Brief getan hast. Dafür bin ich dir sehr dankbar, Romina."

Wow! Ich muss seine Worte erst mal sacken lassen. Das ist alles sehr viel für mich. Vor allem, dass er mir eben gestanden hat, sich in mich verliebt zu haben. So, wie ich mich in ihn. Ich nehme eine Gabel vom Salat und lasse ihn mir auf der Zunge zergehen. Er schmeckt sehr gut. Eine Sache verstehe ich nicht, daher frage ich nach.

„Und Sybille? Wenn du mit ihr Schluss gemacht hast wegen dieser Lüge, wieso willst du dann noch mit mir zu tun haben, wo ich dich doch genauso belogen habe?"

„Weil du Romina bist. Scheu und wunderbar. Und die Frau, die ich einfach nicht mehr vergessen kann."

Bei seinen Worten wird mir ganz warm ums Herz. Ich will etwas erwidern, als jemand an der Haustür klingelt. Man kann es bis in den Garten hören. Franz schlägt sogar an. Magnus und ich blicken auf.

„Oh, ich werde wohl besser mal schauen, wer das ist", sage ich und stehe auf. Er nickt und sieht mir nach.

Ob Merrits Baby da ist? Ich erreiche den Flur und schließlich die Haustür. Franz steht schwanzwedelnd neben mir und wartet, dass ich endlich öffne.

„Ach, da bist du ja, mein Hübscher!", ruft Mama, sobald die Tür aufschwingt. Sie beugt sich zu Franz hinunter und krault seine Ohren. „Haben wir dich einfach hier vergessen! Na komm her!"

„Hi", sage ich und trete zur Seite. „Komm doch rein. Ist Papa auch da?"

„Nein", antwortet sie. „Er war so müde von der Fahrt und hat sich hingelegt. Gibt es schon was Neues? Sind die anderen aus dem Krankenhaus zurück? Ist das Baby da?"

Ich schüttle den Kopf. Auch mein Handy zeigt keine neuen Nachrichten an.

„Keine Ahnung, wann sie zurückkommen." Ich schaue mich zur Küche um. „Willst du ein bisschen Salat für Papa und dich mitnehmen?"

„Ach, lass mal. Wenn gleich alle zurück sind, haben sie bestimmt Hunger. Wir sehen uns morgen, ja? Und schreib mal, wenn du was von Elisa hörst."

„Mach ich!"

Mama umarmt mich, ruft nach Franz und verlässt mit ihm über die Kiesauffahrt das Grundstück. Ich schließe die Tür. Als ich zurück in den Garten trete, ist Magnus verschwunden. Ich laufe ums Haus, suche die Anlage ab, rufe nach ihm; aber er ist nirgends zu sehen. Er ist so urplötzlich fort, wie er vorhin gekommen ist. Nur meine Mütze auf der Anrichte, sein Weinglas und der unberührte Teller Salat bezeugen, dass er hier gewesen ist.

Kapitel 31 ✂ Romina, 2024

Traurig über Magnus' wortloses Verschwinden, setze ich mich wieder an die lange Tafel und esse meinen Salat auf. Ich denke über seine Worte nach, erinnere mich mit heftigem Bauchkribbeln an seine Berührungen, seine Zärtlichkeit.

Er kann mich nicht vergessen; wie ich ihn nicht vergessen kann. Dieser Satz brennt sich in mir fest. Wieso ist er bloß so schnell verschwunden? Hat er nicht stören wollen, für den Fall, dass die Familie wieder eintrifft? Dachte er, Asger und Elisa kommen zurück, und wollte er ihnen an ihrem Ehrentag nicht im Weg sein? Aber er ist doch ihr Freund. Und nach allem, was er damals für Asger getan hat … Ich verstehe es nicht.

So seltsam es klingt, er fehlt mir! Ich wünschte, er wäre nicht gegangen.

Als der Spätnachmittag in den Abend übergeht und der Wind auffrischt, bringe ich die Salate zurück in die Küche, decke sie mit Frischhaltefolie zu und stelle sie in den Kühlschrank. Ich räume das Geschirr ab, trage die überschüssigen Gartenstühle wieder in den Schuppen, bringe die Windlichter und Vasen ins Haus und falte die Tischdecke zusammen. Das war also die Verlobungsfeier meiner Schwester. Vielleicht holen wir sie morgen einfach nach.

Bevor ich in mein Zimmer gehe, um mein Kleid gegen bequemere Klamotten einzutauschen, schreibe ich Elisa eine Nachricht.

Hey, wie sieht es aus bei euch? Was macht das Baby? Wann kommt ihr zurück?

Es dauert nicht lange, da antwortet sie:

Romy, es ist so aufregend! Das Baby ist jeden Moment da! Wir warten alle vor dem Kreißsaal. Die Hebammen versorgen uns mit Tee und Kaffee. Ich bin so glücklich; aber mir hängt der Magen in den Kniekehlen! Sobald das Kind da ist, fahren wir heim. Ich hoffe, du langweilst dich nicht zu sehr. Sorry, dass du den Tag allein verbringen musstest.

Na ja, … ganz allein war ich nicht.

Was meinst du? Sind Mama und Papa noch mal zurückgekommen? Wie lieb von ihnen!

Nein, Papa war zu müde. Ich erzähle es dir später.

Später? Romy! Spann du mich nicht auch noch auf die Folter! Das mit der Geburt ist schon aufregend genug!

Ich antworte nicht mehr. Stattdessen schicke ich ihr ein paar Emojis, die meine Schwester natürlich in den Wahnsinn treiben.

Zwei weitere Stunden vergehen, bevor Asger und Elisa endlich zurückkommen. Sie sehen erschöpft aus, aber glücklich. Meine Schwester fällt mir direkt in die Arme und erzählt von dem kleinen

Janis, der jetzt ihr Neffe ist. Von seinen winzigen, verschrumpelten Fingerchen, seinen großen Augen, mit denen er die Welt anschaut. Von seinem roten Kopf, den er durch die anstrengende Geburt hat, und wie laut er bereits schreien kann.

Merrit und Viggo geht es gut. Sie sind stolze Eltern, Mathild und Owe begeisterte Großeltern.

„Was für ein Tag!", ruft Elisa und lässt sich in die Ledercouch fallen. Asger holt die Sektflasche aus dem Kühlschrank, stellt Gläser bereit und schenkt uns allen ein.

„Trinken wir auf Janis, Merrit und Viggo", sagt er, erhebt sein Glas und schaut Elisa liebevoll an. „Und auf uns. Auf die verrückteste Verlobungsfeier aller Zeiten, die ganz anders verlaufen ist als geplant."

Wir prosten einander zu, ich nippe an dem perlenden Getränk und nehme neben meiner Schwester Platz.

„Wollen wir sie morgen einfach nachholen?", frage ich.

„Eine sehr gute Idee!", ruft Elisa. „Mathild und Owe werden vermutlich nicht mehr herkommen, aber Mama und Papa sind ja da. Und du!" Sie lächelt mich selig an.

Asger ist einverstanden.

Wir plaudern noch eine Weile, leeren die Sektflasche, und die beiden bedanken sich, dass ich draußen alles aufgeräumt habe.

Dann steht Elisa auf, streckt sich und gähnt.

„Ich muss ins Bett, Leute. Das war alles zu aufregend."

Asger lacht und stimmt ihr zu. Bevor sie verschwinden, schaut meine Schwester mich noch einmal an und fragt: „Oh, äh, wolltest du mir nicht noch was erzählen? Wegen heute? Wer war denn hier?"

Ich winke ab und leere mein Glas.

„Alles gut. Nicht so wichtig. Wir reden morgen. Schlaft gut."

„Wie du meinst", sagt Elisa und gähnt erneut. „Dir auch eine gute Nacht. Hab dich lieb!"

Und dann bin ich wieder allein. Ich betrachte mein leeres Sektglas, erhebe es und flüstere: „Janis."

Hier schließt sich also der Kreis. Janis heißt auch der Drummer der *Purple Needles*. Die Welt ist schon ein seltsamer Ort.

In der Nacht kann ich kaum schlafen. Ich denke immerzu an Magnus und an die Dinge, die er gesagt hat. An seine Blicke, seine Berührungen. Daran, dass er von jetzt auf gleich verschwunden ist.

Heute ist Sonntag, und Elisa muss morgen wieder arbeiten. Das bedeutet, wir reisen am Nachmittag ab. Dieser Gedanke schafft es, dass ich aus dem Bett springe. Ich raufe mir die Haare, werfe einen Blick auf meinen Wecker. Es ist 5:24 Uhr.

Ich tapse ins Bad, wasche mich, putze mir die Zähne und ziehe mich an. Weil es draußen bewölkt und windig ist, hab ich mich für Jeans und einen warmen Hoodie entschieden. Dazu die Schnürschuhe und meine Windjacke. Nichts hält mich länger im Haus. Ich muss raus an die Luft. Ich schleiche durch das Wohnzimmer und den Flur bis zur Haustür. Asger und Elisa schlafen ohne Zweifel noch. Das Gute an dem Kiesparkplatz hier ist, dass er nicht am Schlafzimmerfenster meiner Schwester liegt. Niemand wird also hören, wenn ich in meinen Wagen steige und wegfahre. Zuerst hatte ich überlegt, den ganzen Weg zu laufen. Aber jetzt bin ich so ungeduldig, so getrieben, dass ich einen eineinhalbstündigen Fußmarsch nicht aushalten würde.

Bevor ich den Motor starte, fahre ich mein Handy hoch und entdecke eine Sprachnachricht, die Sybille mir in der Nacht geschickt hat. Um halb eins.

Oje, was kommt jetzt?, frage ich mich und halte mir das Handy ans Ohr. Bestimmt ist sie noch sauer auf mich und will mir den Urlaub streichen. Ich rechne gern immer erst mit dem Schlimmsten, um dann am Ende positiv überrascht zu werden. So wie jetzt.

„Hey, Romina", sagt sie. „Du schläfst bestimmt schon … Ich wollte dir nur sagen, dass … Hey, es tut mir leid. Ehrlich. Es war nicht deine Schuld. Also das mit Magnus. Ich habe Mist gebaut und brauchte einen Sündenbock. Du hattest recht. Es war falsch, das Konzert über einen Menschen zu stellen. Und dann diese dumme Idee mit der Lügerei … Wie auch immer. Ich will dich deswegen nicht als beste Freundin und Mitarbeiterin verlieren. Ich wollte dir nur sagen, dass … Wenn du mir verzeihen kannst, wäre das super! Ich war ziemlich gemein und ungerecht zu dir. Ach, übrigens hab ich vor ein paar Tagen deine Eltern im Supermarkt getroffen. Sie haben mir von der Verlobung deiner Schwester erzählt und dass ihr dieses Wochenende alle in Dänemark seid, um zu feiern. Na ja … Ich war ja bisher nur auf Bornholm, in Schweden, ha! Du weißt schon …

Ich dachte mir, ich brauche auch mal Urlaub. Wie auch immer. Ich komme hoch nach Dänemark, und … vielleicht treffen wir uns mal. Meld dich doch bitte. Liebe Grüße und gute Nacht!" Ich höre mir die Nachricht direkt ein zweites Mal an. Wie schön ist das denn?! Sybille hat mich tatsächlich um Verzeihung gebeten! Und sie kommt her! Wow! Viel besser kann dieser Tag gar nicht beginnen. Ich markiere den Chat als ungelesen, und während ich losfahre, überlege ich mir, was ich ihr antworten werde. Auf jeden Fall möchte ich mich mit ihr treffen. Vielleicht kann Elisa einfach mit meinem Wagen heimfahren, und ich fahre mit Sybille oder meinen Eltern zurück. Wer weiß, vielleicht stelle ich meiner Freundin mal William vor. Er ist total ihr Typ, soweit ich das beurteilen kann. Der Gedanke zaubert mir ein breites Grinsen aufs Gesicht.

Beflügelt von diesen Gedanken, erreiche ich Nymindegab. Es ist nicht mal sechs Uhr, aber das ist mir völlig egal. Ich biege in den Dünenweg ein, beobachte, wie der Giebel des blauen Hauses verschlafen aus den Sandbergen emporwächst, und parke in der Kiesauffahrt.

Mein Herz schlägt mir bis zum Hals. Was, wenn die Tür verschlossen ist? Wenn Magnus gar nicht zu Hause ist? Egal, ich muss es herausfinden. Ich steige aus dem Wagen, gehe zur Haustür und drücke die Klinke herunter. Zu meinem Erstaunen gibt sie nach. Ich trete ein, inhaliere den typischen Ferienhausgeruch von Holz und Hyggeligkeit. Zwei der vier Garderobenhaken sind von einer Männerstrickjacke und einem dunklen Parka belegt. Auf dem unteren Regalbrett stehen dreckige Arbeitsschuhe neben zwei Paar Filzpantoffeln.

Es fühlt sich an, als wäre ich endlich wieder daheim. Ich gehe durch die Küche, entdecke die Moss-Tasse auf dem Tisch, bevor ich ins Wohnzimmer trete. Meine Blicke schweifen durch den Raum, der noch im Halbdunkel liegt. Der Holzofen ist erloschen, keine Glut zu sehen. Durch den Eingang zum Wintergarten wird sich bald das zarte Tageslicht ausbreiten. Hinter der Couch lehnt Magnus' Gitarre. Ich bin so aufgeregt und doch die Ruhe selbst. Wie kann das sein? Wie kann es sein, dass mich alles hier an die schönste Zeit meines Lebens erinnert?

Ich weiß, wie das sein kann: weil es wahr ist.

Auf dem Wohnzimmertisch steht eine Flasche, und die Flasche dient als Briefbeschwerer für ein Stück Papier, das sich nur allzu gern einrollen würde. Es ist mein Brief.

Ich drehe mich um, stehe vor der linken Tür und strecke die Hand nach der Klinke aus. Mein Herz pocht so laut, dass ich fürchte, Magnus mit diesem Trommelwirbel aufzuwecken. Meine Knie sind weich, meine Finger zittern, mein Bauch kribbelt.

Dann falle ich mit einem ungeschickten Poltern durch die Tür.

Magnus wird wach, stöhnt und reibt sich die Augen.

„Hej", sage ich.

Er erschrickt und schaut mich an.

„Romina?", fragt er völlig verschlafen und setzt sich auf. „Was … was tust du denn hier? Ist was passiert?"

„Nein", stammle ich. „Doch! Du … du bist einfach verschwunden … Ohne ein Wort. Wieso bist du abgehauen? Ich wollte dir doch noch was sagen. Nämlich dass …"

„Dass was?"

„Dass deine Haustür offen ist … und dass ich dich liebe."

Ich kann nicht länger warten, darauf, dass er antwortet oder mehr Zeit zum Aufwachen braucht. Ich kann einfach nicht.

Stattdessen gehe ich zu seinem Bett, setze mich auf die Kante und ziehe ihn in meine Arme. Er ist warm und riecht nach Schlaf.

100% Magnus und 100% Romina. Die Stoffe, aus denen ich unser Leben nähen werde.